ESTHER MEYNELL

DIE KLEINE CHRONIK DER ANNA MAGDALENA BACH

Meynell

Die kleine Chronik der Anna Magdalena Bach

KOEHLERS VERLAGSGESELLSCHAFT MBH
HERFORD

AUS DEM ENGLISCHEN VON ESTHER MEYNELL
THE LITTLE CHRONICLE OF MAGDALENA BACH

Meynell, Esther
Die kleine Chronik der Anna Magdalena Bach
498. bis 500. Tausend, 1981, 308 Seiten
mit 8 Abbildungen auf Tafeln

ISBN 3782201345

Umschlaggestaltung: Ernst A. Eberhard, Bad Salzuflen
Gesamtherstellung: Hans Kock Buch- und Offsetdruck GmbH, Bielefeld
Printed in Germany

ALLEN DENEN GEWIDMET,
DIE JOHANN SEBASTIAN BACH LIEBEN

Wir können die folgende kleine Chronik der Anna Magdalena Bach nicht in die Öffentlichkeit entlassen, ohne ihr ein paar einführende Worte mit auf den Weg zu geben.

Jedermann kennt die Geschichte vom heiligen Augustinus und die Antwort, die das Kind gab, das mit einer Muschel das Meer ausschöpfen wollte. Eine solch großartige Entmutigung wollte uns beschleichen, als wir zum ersten Male die folgenden Blätter lasen. Aber je mehr wir uns in die Chronik vertieften, um so mehr erstaunten wir darüber, daß es der Verfasserin gelungen war, in ihren wenigen Kapiteln den ganzen gewaltigen Stoff in seinem Wesentlichen zu ergreifen und darzustellen. Das Buch ist nicht als

Buch für Musikgelehrte gedacht, obwohl kein Zugehöriger dieser schönen Gilde irgendeine Ungenauigkeit im rein Musikalischen oder etwas Unzutreffendes im Biographischen oder Psychologischen würde entdecken können, denn der Verfasserin kam es wohl darauf an, auch der lernbegierigen Jugend ein durchaus zutreffendes Bild vom Leben und Schaffen des einzigartigen Künstlers zu vermitteln. Das Werk will der unabsehbaren Schar derer Auskunft geben, die Bach und seine Musik, also *die* Musik, lieben und sich immer wieder gefragt haben, wie der Mann menschlich beschaffen war, der so Außerordentliches hervorgebracht hat. Diesen ernsthaft das Menschliche hinter der künstlerischen Erscheinung Suchenden wird der große Kantor aus diesen Blättern erstehen mit der ganzen Unmittelbarkeit und Glaubwürdigkeit, mit der er vor Anna Magdalena, mit der er vor dem innern Auge der Herausgeber dieses Büchleins stand.

Wir lernen den *Menschen* Bach in seinem täglichen Leben kennen, den klassischen Typus des Künstlers als des schöpferischen Menschen, in dem sich Diesseitiges und Jenseitiges in gleich großer Menge und Kraft zusammenfinden und vollkommen harmonisch durchdringen, so daß in seinem Dasein und Schaffen für menschliche Problematik kein Raum mehr bleibt.

Darüber hinaus ist dies Werkchen noch so etwas wie eine allgemein-gültige Monographie der gleichwertigen Lebensgefährtin des Genies. Wir sehen, wie die Frau beschaffen war und wohl immer sein muß, die einem schöpferischen Manne als Lebensgefährtin taugen kann.

Und zum Schluß will uns scheinen, als habe die Verfasserin doch in einer Muschel das Meer zu fassen vermocht, da diese Muschel vollkommene Liebe, mithin auch ein Unendliches war.

Möge das Büchlein den Lesern die Erhebung vermitteln, die es den Herausgebern gespendet hat, und seien zum Schluß alle die bedankt, die sich mit uns um die Herausgabe bemüht haben, nicht zuletzt Herr Wilhelm Hülser, der andachtsvolle Interpret Bachscher Klaviermusik.

Wie der Kapellmeister Johann Sebastian Bach aus dem Rauschen der Orgel gleich Sankt Georg hervortrat und die einsame Lauscherin schaudernd aus der Kirche floh, und wie die junge Magdalena des gewaltigen Bach Frau wurde und ihn ganz verstand, weil sie ihn vollkommen liebte

Heut kam in meine Einsamkeit ein Besuch, der mein Herz erfreuet hat. Caspar Burgholt, der nun auch alt gewordene vormalige Lieblingsschüler meines geliebten Sebastian, hatte nach mir geforscht und besuchte mich nun. Und es war wirklich einiges Suchen nötig gewesen, um die alte Frau Bach in ihrer Verlassenheit und Armut aufzufinden; denn ach! wie schnell sind unsere, der Bachs, glücklichere Tage vergessen worden! Wir hatten vieles, von dem wir miteinander sprechen konnten, der Alte und ich. Er erzählte mir von seinen bescheidenen Erfolgen, von seiner Frau und seinen jungen Kindern, aber am meisten sprachen wir von dem, der nun dahin ist, von seinem Lehrer, von meinem

Gatten. Nachdem wir manches herrliche Ding aus jenen wundervollen Jahren in traulicher Rede aufgeweckt hatten, sprach Caspar ein Wort, das auf einmal meinem verborgenen demütigen Dasein von heute einen hohen Sinn gibt. »Schreibe Sie doch«, sagte er, »eine kleine Chronik über den großen Mann! Sie kannte ihn, wie ihn sonst niemand gekannt hat, schreibe Sie alles, dessen Sie sich von ihm erinnert, auf! Ich bin sicher, Ihr treues Herz wird nicht viel vergessen haben, schreibe Sie von seinen Worten, seinen Blicken, seinem Leben und seiner Musik! Die Menschen vernachlässigen *heute* sein Andenken, aber er wird nicht auf *immer* vergessen sein! Die Menschheit wird ihn sich nicht für lange verschweigen können, und eines Tages wird sie Euch für alles danken, was Ihr von ihm ihr überliefert habet.«

Das waren Caspars Worte, und kaum hatte er mich verlassen, so eilte ich, sie niederzuschreiben, denn ob es sich nun erfüllen wird oder nicht, was er von der Nachwelt sagt, mir wird es ein süßer Trost in meiner Einsamkeit sein, seinen Worten zu folgen. Er kannte Sebastian gut und war ihm tief ergeben, wie alle Schüler, die alt genug waren, um seine große Natur zu erkennen – denn eigentlich, wenn ich's recht bedenke, waren ihm nur die unnützigen Jungen aus der Thomasschule eine Plage.

Mir ist von allem, was Sebastian besessen, fast nichts geblieben. Alle wertvolleren Dinge mußten verkauft und unter uns, unter so viele, verteilt werden. Wie bitter kam es mir an, daß ich nicht einmal die golden und achatne Schnupftabakdose, die er so gern hatte und die ich so oft in seiner Hand gesehen, so oft für ihn gefüllt habe, habe behalten dürfen! Aber sie wurde für zu wertvoll gehalten, als daß man sie seiner Witwe gelassen hätte, und so wurde sie verkauft und der Erlös unter uns verteilt. Aber wenn ich auch *nichts* habe, das mich an ihn erinnern könnte, so weiß der Himmel wohl, daß dies auch nicht nötig ist; ich könnte ihn nie vergessen bei dem unschätzbaren Hort der Erinnerungen, die in meinem Herzen ruhen. Arm, wie ich bin, und vergessen und erhalten von den Almosen der Stadt Leipzig und alt – gestern wurde ich siebenundfünfzig alt, und bin nur sieben Jahre jünger, als er war, da er von uns ging – möchte ich doch nichts anderes sein, als ich jetzt bin, wenn ich das herrlichste, geehrteste Alter damit erkaufen müßte, nicht seine Frau gewesen zu sein. Ich halte nur zwei Frauen im Thüring'schen für ganz glücklich – seine Base Maria Barbara Bach, die seine erste Gattin gewesen, und mich selbst, seine zweite Ehefrau. Er liebte uns beide, aber manchmal denke ich lächelnd, er liebte mich noch mehr als Maria Barbara, denn es ist gewiß, er liebte mich durch die Güte der Vorsehung länger.

Er war nur dreizehn Jahre lang mit Maria Barbara verheiratet, und die Ärmste mußte sterben, während er auf der Reise mit dem Prinzen Leopold von Anhalt-Cöthen war. Sein zweiter Sohn Emanuel hat, so jung er damals war, nie seines Vaters Schmerz vergessen, als er, heimgekehrt, seine kleinen Kinder mutterlos und sein Weib, das er glücklich und gesund verlassen, nur noch unter dem Hügel fand. Arme Barbara Bach, die sterben mußte ohne ein Lebewohl, einen letzten Blick von ihm!

Und mein erster Blick auf ihn! – Wie bei dem Gedanken die Jahre vor meinem Auge in Nichts dahinschwinden und alles wieder klar und deutlich vor mir steht. Mein Vater, der mich in seiner Güte oft auf seinen kleinen Reisen mit sich nahm, ganz besonders wenn Musik im Spiele war, denn er kannte meine Liebe zu dieser Himmelskunst, führte mich auch auf seiner Reise nach Hamburg im Winter des Jahres 1720 mit sich, wo er meinen Großonkel und meine Großtante besuchte. In der Sankt-Katharinen-Kirche in Hamburg prangte eine sehr edle Orgel. Sie hatte vier Manuale und Pedal, und ich hatte die musikalischen Freunde meines Vaters viel von ihr reden hören. Am zweiten Tage, den ich in Hamburg verbrachte, war ich für meine Großtante ausgegangen, um einzukaufen, und als ich auf dem Rückwege an der Sankt-Katharinen-Kirche vorüberkam, schlüpfte ich auf einen Augenblick hinein, um mir die Orgel anzusehen. Als ich die Tür aufstieß, hörte ich, daß irgend jemand spielte, und mir schien plötzlich eine so wundervolle Musik aus dem Dunkel herauszukommen, daß mich dünkte, ein Erzengel säße vor den Tasten. Da stahl ich mich ganz leise vollends hinein und blieb lauschend stehen. Ich schaute zur Orgel auf, die in die westliche Galerie eingebaut war; die großen Pfeifen türmten sich gegen die Decke empor, all das schöne Schnitzwerk glänzte braun und golden herunter, aber der Organist war meinen Augen nicht sichtbar. Ich weiß nicht, wie lange ich dort in der leeren Kirche gestanden habe, nur ganz *ein Zuhören,* als hätte ich Wurzel in den Steinfliesen gefaßt, und den Sinn für die Zeit hatte ich ganz verloren.

So sehr hatte ich ihn in dem Rauschen dieser Musik verloren, daß ich auch dann noch, als sie mit einer glorreichen Akkordfolge die Luft mit ihrem Brausen erschütterte und dann plötzlich verstummte, daß ich auch dann noch regungslos nach oben lauschend stehen blieb, ob nicht ein ferneres Himmelsgedröhn aus den Pfeifen auf mich herniederdonnern wolle. Statt dessen aber kam der Organist selbst auf der Orgelempore zum Vorschein und näherte sich der Treppe, die von der Orgel herabführte. Er erblickte mich, wie ich noch immer aufwärts starrte. Einen Augenblick sah ich ihn nun an, von seiner plötzlichen Erscheinung so erschreckt, daß ich mich nicht bewegen konnte. Heute will es mir scheinen, als habe ich damals nach einer solchen Musik eher erwartet, den heiligen Georg herabsteigen zu sehen denn einen Menschen. Dann aber begann ich zu zittern. Ich ergriff meinen Mantel, der zu Boden gefallen war, und stürzte in einem unbegreiflichen Schauder zur Kirche hinaus. Als ich mich draußen in Sicherheit fühlte, wunderte ich mich selber über mein törichtes Benehmen – denn selbst meine strenge Großtante hätte nichts Unmädchenhaftes darin finden können, daß ich in die Kirche eingetreten war und dem Orgelspiel gelauscht hatte.

Ich hatte keine Ahnung, wer der Organist gewesen sein mochte, aber als ich meinen Vater das kleine Erlebnis beim Abendessen erzählte – den Blick und das Erzittern und das Wegstürzen verschwieg ich dabei –, rief er aus: »Das kann nur der Kapellmeister des Herzogs von Cöthen, Johann Sebastian Bach, gewesen sein. Er will morgen die Orgel in Sankt Katharina dem Herrn Reinken vorspielen, und ich gehe mit einigen andern Herren zum Zuhören hin. Ich werde ihm erzählen, wie sehr meine kleine Tochter seine Musik liebt. Wenn er dich einmal singen hört, du kleine Nachtigall, wird er vielleicht ein Lied für deine Stimme schreiben.«

Ich bat meinen Vater mit manchem Erröten, das mich nur noch verwirrter machte, dem Kapellmeister nichts von mir zu sagen, doch je mehr ich errötete, um so heiterer wurde der Vater und meinte, ich müsse wohl mein Herz in den Frackschoßknopflöchern des Kapellmeisters verloren haben; denn es war ja nicht anzunehmen, daß ich, während er spielte, sein Gesicht habe sehen können, und auch

stand Herr Bach nicht in dem Rufe, junge Mädchen mit liebenswürdigen Blicken zu bedenken.
Mein Vater begab sich also am folgenden Tage zum Konzert in die Sankt-Katharinen-Kirche, und ich bestürmte ihn, als er zurückkam, mit Fragen.
Er war von Bewunderung erfüllt, nie im Leben hatte er so Orgel spielen hören, und vermeinte, er werde es auch nie wieder so hören, es sei denn von denselben Händen. Wir saßen in der Runde um ihn herum und hörten ihm zu. Er erzählte weiter, der Kapellmeister habe wohl zwei Stunden lang gespielt und dann eine Zeitlang frei phantasiert über den Choral: »An den Wassern Babylons« und die wunderbarsten Läufe im Pedal dabei angebracht. Er spielte doppeltes Pedal, sagte mein Vater voll Staunen, und zwar so leicht, als spiele man die Tonleiter mit einer Hand. Dann ließ er uns eine Phantasie und Fuge in G-moll hören, die er kürzlich komponiert hatte. Es war ein außerordentlich glanzvolles und schönes, wohlklingendes Stück. Ich selbst hörte es in späteren Zeiten oft von ihm und habe stets eine besondere Vorliebe dafür gehabt. Besonders der Anfang der Fuge gefällt mir stets aufs neue. Welch eine Heiterkeit, welch ein Jubeln! Als Sebastian seine wunder-

volle Darbietung geendet hatte, war Herr Reinken, der bis jetzt Organist an der Sankt-Katharinen-Kirche gewesen war, auf ihn zugekommen. Er war siebenundneunzig Jahre alt, und man wußte, daß er sehr eifersüchtig und sehr stolz auf seine Fähigkeiten war. Aber zum äußersten Erstaunen aller Anwesenden nahm er den Kapellmeister Bach bei der Hand, küßte diese Hand und sprach dabei: »Ich dachte, diese Kunst wäre gestorben, ich sehe aber, daß sie in Ihnen noch lebt.«

Was meinem Vater bei dem Orgelspielen des Herrn Bach den größten Eindruck gemacht, das war seine Ruhe und Leichtigkeit. Obgleich seine Füße auf den Pedalen auf und nieder flogen, als hätten sie Schwingen, schien er doch seinen Körper nicht im kleinsten zu bewegen und wand sich nicht herum, wie so viele Organisten tun. Sein Spiel war die Vollkommenkeit, die leicht aussieht und keinerlei Anstrengung verrät.

Was nun weiter geschah, hörten wir von meinem Großonkel, der selbst Musiker war und eine große Hinneigung zu Sebastian hatte. Der Organist der Sankt-Jakobs-Kirche in Hamburg, die eine große und schöne Orgel besitzt, war gerade gestorben, und

Sebastian, dem der Gedanke, solch ein großes auserlesenes Instrument zur Verfügung zu haben und Kirchenmusik komponieren zu können (beim Herzog von Cöthen mußte er hauptsächlich Kammermusik schreiben), tief ins Herz ging, bot sich für diesen Posten an. Aber anstatt daß man sich über das große Glück freute, den größten Organisten des Vaterlandes gewinnen zu können, stimmten die wohllöblichen Stadträte für einen gewissen Joachim Heitmann, einen sehr gang und gäbigen Musiker, weil er ein Geschenk von viertausend Mark mitgebracht hatte. »Er präludiert besser mit den Talern als mit den Fingern«, rief mein Onkel damals zornig aus. Auch der Pastor Neumeister, der dem Stadtrat angehörte, war so ärgerlich über dies Geschäft, daß er aus dem Rate ausschied und in seiner nächsten Predigt folgende beißende Worte sprach:

»Ich glaube, wenn einer der Engel, die in Bethlehem dem Kinde Jesu die himmlische Musik vormachten, Organist in Sankt Jakob werden wollte, man würde ihn wieder wegfliegen lassen, wenn er kein Geld mitbrächte!«

So kam also Kapellmeister Bach nicht nach Hamburg.

Und nun komme ich zu meiner ersten Begegnung mit ihm, die ein Jahr, nachdem ich ihn zuerst gesehen, sich ereignete. Mein Vater war Hoftrompeter in Weißenfels, und in unserem Hause war ein stetes Kommen und Gehen von Musikern. Er selbst war auch oft am Hof in Cöthen, wo Sebastian Kapellmeister war. Ich selbst hatte auch zuweilen in den Hofkonzerten dort gesungen, doch jedesmal war Sebastian abwesend gewesen, einmal durch eine Krankheit, dann auch einmal durch eine Reise verhindert. Mir war sein Fernsein jedesmal eine bittere Enttäuschung, denn der Wunsch, ihn wiederzusehen und ein paar Worte mit ihm zu sprechen, war sehr groß in mir.

An einem schönen Morgen jedoch, es war ein heller Frühlingsmorgen, wie ich mich noch gut entsinne, war ich ausgewesen und wollte mich beim Heimkehren gerade in das Wohnzimmer begeben, um ein paar grüne Zweige, die ich mitgebracht, in das Blumenglas an der Tür zu stecken, als meine Mutter ihre Hand auf meinen Arm legte: »Wart ein Weilchen, Magdalena«, sagte sie, »dein Vater hat ein Gespräch mit dem Kapellmeister Bach, ich glaube, du würdest jetzt da stören.«

Mein törichtes Herz begann wild zu klopfen. Ich hatte ihn doch nur erst einmal gesehen, wenn auch oft von ihm gehört, und ich hatte ein mir unerklärliches großes Verlangen, ihn wiederzusehen. Ich stand da, bange, mein Vater möge mich rufen, und auch wieder bange, er möge mich nicht rufen. Ich wollte schnell in mein Schlafzimmer laufen, um eine neue Schleife umzubinden, ich hatte eine blaue, von der ich glaubte, daß sie mir sehr gut stände, als mein Vater seinen Kopf durch die Tür steckte und fragte: »Mutter, ist Magdalena wieder zurück?« Da erblickte er mich und rief: »Komm her, Kind, Herr Bach ist so gütig, sich einmal deine Stimme anhören zu wollen!«

Da ging ich denn hinein und stand vor ihm. Ich war so verlegen, daß ich kaum aufzublicken wagte, und hoffte nur, er werde mich nicht wiedererkennen; denn die Sankt-Katharinen-Kirche war sehr düster gewesen. Er erzählte mir jedoch später, daß er sofort in mir die schreckhafte Zuhörerin von damals wiedergesehen habe. Er kam mir außerordentlich groß vor, körperlich meine ich, und doch war er es nicht in ungewöhnlichem Maße, er war nur wenig größer als mein Vater. Aber irgendwie wirkte er hoch, groß, breit, kraftvoll, etwas Felsiges ging von ihm aus, und wenn er unter anderen Menschen stand, schien er immer auch körperlich größer zu sein, während doch hauptsächlich sein Herz und sein Geist höher und gewaltiger als das Wesen der anderen waren. Caspar erzählte mir gestern, daß auch er stets Sebastians körperliches wie geistiges Erhobensein über alle Menschen seiner Umgebung gefühlt habe. Er wirkte durch sein Dasein bedeutend, nicht durch das, was er sagte, denn er war sehr ernst und ruhig, plauderte selten und dann nur mit Menschen, mit denen er sehr vertraut war.

Ich selbst war augenblicklich mehr wie schüchtern. Ich machte ihm eine Reverenz und tat meinen Mund nicht auf, bis er Noten vom Klavier nahm, sich hinsetzte und mich aufforderte zu singen. Glücklicherweise schwindet jede Befangenheit von mir, wenn ich singe, und als ich geendet hatte, rief mein Vater mit zufriedenem Gesicht aus: »Gut, mein Kind.« Herr Bach sah mich einen Augenblick unbeweglich an und sagte dann: »Du kannst singen und deine Stimme ist rein.« Und ich hätte am liebsten geantwortet: Und du kannst spielen! Doch wagte ich nichts dergleichen. Es war unbeschreiblich gewesen, was er aus der einfachen Begleitung gemacht, die ich selbst so oft gespielt hatte. Wie er die Hand hielt, den Daumen gebrauchte, sein Fingersatz, alles war so ganz anders, als die andern es machten! Aber ich konnte von all dem nichts sagen, ich war wieder, nun ich schwieg, in einer unbeschreiblichen Erregung. Am liebsten wäre ich auch jetzt davongelaufen wie damals in der Kirche, aber ich blieb wie angewurzelt und dumpf neben dem Klavier stehen wie ein Kind. Ja, ich fühlte mich kindisch bis zum Unsinn vor diesem Manne, und doch ging in diesem kurzen Zeitraum etwas in mir vor, das sich in einem Kinde nicht ereignet. Gott hatte von je meine Seele der Musik geöffnet, und nun, nachdem ich Sebastian Bach spielen gehört, war es unmöglich, daß mir ein anderer Mann auf dieser Welt je etwas hätte sein können. Und auch er sagte sich damals (hätte ich es nur gewußt): dieses Mädchen will ich heiraten. Daß ich einwilligen würde, schien ihm durchaus sicher, denn er wußte, daß er alles, was er wirklich wollte, auf dieser Erde durchführte. Bei manchen Gelegenheiten in späteren Jahren ist mir diese seine Zielsicherheit und Beständigkeit oft als Starrsinn vorgekommen. Meine Beschreibung aus jener Zeit, da ich ihn zuerst sah und sprach, ist im einzelnen und im ganzen genau, die Eindrücke von damals stehen mit unverminderter Klarheit in mir, ungetrübt durch lange Jahre innigster Vertraulichkeit, ja ungeblendet durch die Erinnerung an den letzten Blick auf das geliebte Angesicht, als es mit für ewig geschlossenen Augen vor mir lag.

Es wäre töricht zu sagen, daß er schön gewesen, wenige Bachs waren schöne Männer, doch sprach die ganze Kraft seinens Geistes aus seinen Zügen. Bemerkenswert waren die gewaltige Stirn und die Augen mit den ausgesprochenen Augenbrauen, die stets wie in tiefem Nachdenken zusammengezogen waren. Als ich ihn kennenlernte, waren seine Augen sehr groß, in seinen späteren Jahren zogen sie sich, durch sein Leiden und durch Überanstrengung matt gemacht, zusammen, und die Lider fielen ein wenig mehr darüber her – der Blick schien mit einer großen Intensität nach innen gerichtet zu sein, was sehr auffiel. Es waren sozusagen *horchende* Augen, die zuzeiten einen verschleierten und mystischen Ausdruck hatten.

Sein Mund war breit und beweglich, ein Ausdruck von Großmut lag auf ihm, und ein Lächeln ruhte in den Mundwinkeln; sein Kinn war breit und viereckig, wie es sein mußte, um ein Gegengewicht gegen die Stirn zu bieten. Niemand konnte ihn ansehen und ihn nicht *wieder* ansehen, denn es lag irgend etwas ganz Ungewöhnliches über ihm, das sich einem jeden, ganz gleich, wer es auch sonst war, mitteilte. Eine wunderbare Vereinigung von Größe und Demut strahlte von ihm aus – er war sich seiner Kraft bewußt, aber daß ER der Träger dieser Kraft war, das war ihm fast gleichgültig, er dachte nicht darüber nach; das einzige, was ihn bewegte, war die Musik, und er schien oft zu glauben, daß Fleiß und hartes Studium und Frömmigkeit einen jeden Menschen auf seinen Platz erheben könnten. Wie oft hörte ich ihn sagen, wenn ich einmal gelegentlich ins Zimmer trat und er am Klavier bei einem Schüler stand: »Wenn du so fleißig bist, wie ich gewesen, so wirst du auch bald so spielen können wie ich.« Einer seiner Orgelschüler, der ihn sehr liebte und wußte, wie gerne ich Aussprüche Sebastians vernahm, kam eines Tages zu mir und erzählte mir, daß Sebastian ihm eben auf der Orgel ganz glorios vorgespielt habe. Da habe er sich nicht enthalten können, in Ausbrüche des Entzückens auszubrechen, worauf Sebastian ihn fast verstimmt angesehen und abwehrend gesprochen habe: »Da gibt's nichts zu bewundern! Man muß nur die richtige Note im richtigen Augenblick anschlagen, das übrige tut die Orgel.« Wir beide lachten fröhlich darüber, doch damals wußte ich selber schon zu viel von den Schwierigkeiten des Orgelspiels, um ihm glauben zu können, daß man nur die rechte Taste im rechten Augenblick anschlagen müsse – ich hatte nämlich kurz nach unserer Verheiratung Sebastian gebeten, mir Unterricht im Orgelspielen zu geben, was er auch gern getan hatte, obwohl er der Meinung war, daß die Orgel kein Instrument für Frauen sei. Aber ich wollte immerhin so viel spielen können, um seine Orgelmusik besser zu verstehen und sein Orgelspiel besser würdigen zu können.

Im Spätsommer des Jahres 1721, ein Jahr etwa nach dem Tode seiner ersten Frau, hielt Sebastian bei meinem Vater um mich an. Ich hatte ihn nicht oft gesehen, doch öfter, als es meiner guten Mutter lieb gewesen wäre, an ihn gedacht. Und mir war klar geworden, lange bevor ich zu hoffen gewagt, daß er mich zu seiner Frau machen wollte, daß ich nie einem anderen Manne gehören könne. Meine Eltern empfanden die Ehre seines Antrags wohl, doch hielten sie es für ihre Pflicht, mich darauf aufmerksam zu machen, daß Sebastian fünfzehn Jahre älter sei als ich und vier Kinder habe. – Drei waren schon gestorben, den vier übriggebliebenen mußte ich, wenn ich Sebastians Frau wurde, Mutter sein. Als sie aus meinem Stammeln, meinem Erröten und meinen Tränen – mein Glück konnte sich nicht anders entladen – entnahmen, daß ich Sebastians Antrag annehmen wolle, schickten sie mich zu ihm, der in einem anderen Zimmer auf meine Antwort wartete. Ich glaube, er war über seinen Bescheid nicht im ungewissen, denn seine durchdringenden Augen hatten in meinem Herzen gelesen, obwohl wir nur wenige Worte bisher miteinander gewechselt hatten und ich in seiner Gegenwart immer merkwürdig in mich gebannt und schweigsam gewesen war. Jedesmal, wenn ich ihn gesehen, hatte mein Herz so zu klopfen begonnen, daß ich nicht reden gekonnt. Nun stand er am Fenster. Er wandte sich um, als ich eintrat, machte zwei Schritte auf mich zu und sagte: »Liebe Magdalena, du kennst meinen Wunsch, deine Eltern billigen ihn, willst du meine Frau werden?« Ich antwortete: »O ja, ich danke –« und brach in Tränen aus, was gewiß recht unpassend war, aber es waren Tränen reinsten Glückes, Tränen der Dankbarkeit gegen Gott und Sebastian. Als er nun seinen Arm um mich legte, zog das Gefühl durch mein Herz: »Ein' feste Burg«, und ich summte die große Melodie dieses Chorals, den wir oft an Winterabenden am Kamin gesungen, unwillkürlich in meinem Geiste leise nach. Ja, eine feste Burg, das war Sebastian und blieb es mir sein Leben hindurch. Meine Verlobung war ein außerordentlich fröhliches Fest. Ich sah mit Freude, wie stolz meine lieben Eltern waren, daß ihre Tochter einen so angesehenen Musiker heiraten sollte, einen, der überdies so hoch in der Gunst des Fürsten stand. Der Herzog Leopold sprach auf das liebevollste mit mir und sagte mir, daß ich in seinem Kapellmeister einen Mann eheliche, dessen Name geehrt sein werde, solange Musik auf Erden klinge. Dann machte er mir ein Kompliment über den glücklichen Umstand, daß ich die Gesänge meines Mannes zu Gehör bringen könne. Sein leutseliger, ja ich kann sagen, freundschaftlicher Umgang mit Sebastian, der sich auch darin zeigte, daß er, der Fürst, Pate bei Sebastians letztem Kind aus erster Ehe war, war auch der Grund, daß Sebastian ihn auf allen seinen Reisen begleiten mußte. Es war ja auch bei der Heimkehr von einer dieser Reisen gewesen, daß Sebastian, wie ich schon erzählt habe, die arme Maria Barbara tot und begraben gefunden hatte.

Sebastian liebte das ruhige Cöthen und dachte in jener Zeit nichts anderes, als daß er und ich unser ganzes Leben dort im Dienste des guten Herzogs, der der Musik so aufrichtig ergeben war, zubringen sollten. Noch ehe unsere Hochzeit stattfand, waren Sebastian und ich Pate bei dem Kinde des herzoglichen Sekretärs Christian Halen. An diesen Tag werde ich ewig denken müssen, denn zum ersten Male zeigte ich mich öffentlich mit meinem Verlobten. Mein blaues Kleid mit den vielen Litzen stand mir sehr gut, und ich empfand mit Entzücken, daß ich ihm gefiel, und von da an bis zu seinem Tode galt mir ein zustimmendes Wort von ihm mehr als alle Reden der ganzen Welt. Seine kleinen Kinder standen um uns herum und ich fühlte zum ersten Male, daß wir nun eine *Familie* waren. »Die Familie«, das war ihm auch der Inbegriff des Lebens – seine Frau, seine Kinder, sein Haus, das war ihm die ganze Welt. Nach den Fußreisen, die er in seiner Jugend gemacht hatte, um berühmte Organisten zu hören und verschiedene Orgeln zu spielen, und seinen dienstlichen Reisen mit dem Fürsten, auf denen er fast alle die kleinen Präludien und Fugen verfaßte, die er dann unter dem Namen »Das wohltemperierte Klavier« gesammelt hat, und die mir stets als die herrlichste Musik vorgekommen sind, obwohl er sie lediglich als Übungsstücke für seine Schüler geschrieben, von diesen Reisen abgesehen, lebte er ruhig und seßhaft zu Hause. Alle die Jahre, die wir in Leipzig verbracht haben, begab er sich fast nicht von Hause fort. Seine Arbeit Tag für Tag an der Thomaskirche und Thomasschule, die Konzerte, die er zu leiten hatte, seine Kompositionen, sein Heim, das füllte ihn vollständig aus. Er reiste niemals, um sich draußen bewundern zu lassen und um Aufsehen zu erregen, wie so viele Musiker, die ihm nicht das Wasser reichen konnten, es taten. Denn wenn Gott je einem Menschen Genie verlieh, so begabte er Johann Sebastian Bach damit, obschon außer ein paar alten Schülern nur ganz wenige Menschen heute sich seiner und seiner Musik noch erinnern. Doch still davon – ich greife meiner Erzählung zu weit vor.

Wir verlobten uns im September des Jahres 1721, und im Dezember fand unsere Hochzeit in Sebastians

Hause statt, so daß ich in dem Hause, das mein Heim werden sollte, meine Hochzeit feierte. Meinen Brautkranz schenkte mir Sebastians liebevoller Fürst, der großen Anteil an unserm Feste nahm, um so mehr, da er selber acht Tage später eine reizende Prinzessin von Anhalt-Bernburg zum Altare führte.

Wie sehr mir Sebastian an jenem Tage seine Liebe zeigte, in welch seligem Traum ich umherwandelte, das kann sich nur der ausmalen, der dergleichen selbst empfunden hat.

Man sagt, daß der Hochzeitstag der schönste Tag im Leben des Weibes ist. Gewiß war nie ein Mädchen an jenem Tage so glücklich wie ich, wer fand aber auch einen solchen Gatten wie meinen Johann Sebastian Bach? Nach jenem Hochzeitstage hatte ich kein Leben mehr als das seine. Ich empfand mich wie einen kleinen Strom, den der Ozean aufgenommen hatte. Ich war aufgegangen und eingehüllt in einem Leben, das tiefer und breiter war, als meins je hätte sein können. Und wie ich so Jahr nach Jahr in tiefster Vertrautheit mit ihm lebte, verstand ich seine Größe immer mehr. Oft sah ich ihn so gewaltig über mir, daß ich fast erschrak, doch verstand ich ihn, weil ich ihn liebte. »Die Liebe ist die Erfüllung des Gesetzes«, diesen Spruch führte er oft aus seiner großen Lutherbibel an, in der er in seinem großen ledernen Armstuhl im Sommer am Fenster, an Winterabenden am Herde sitzend, las, so daß er mit Luther sagen konnte: »Es sind nur wenig Bäume in jenem Garten, von denen ich mir nicht Früchte geschüttelt habe.« Ach, wenn ich daran denke, was für Erinnerungen steigen nicht in mein Herz hinab!

Für mich schrieb er zu unserer Verheiratung das Lied, das er dann mit anderen in meinem Notenbüchlein sammelte:

Ihr Diener, werte Jungfer Braut,
Viel Glücks zur heut'gen Freude!
Wer Sie in Ihrem Kränzchen schaut
Und schönem Hochzeitskleide,
Dem lacht das Herz vor lauter Lust
Bei Ihrem Wohlergehen;
Was Wunder, wenn mir Mund und Brust
Vor Freuden übergehen.

Das war meine Hochzeitsgabe, der Vorgeschmack des Glückes, das da kommen sollte.

Von Sebastians Jugend in Eisenach, Lüneburg und Arnstadt, von seiner Kopulierung in Mühlhausen, vom Kapellmeister in Weimar, dem Kammermusikus und Witwer in Cöthen

So begann also mein Leben. Alles, was voraufgegangen war, schien mir nur Vorbereitung und Warten auf dies Leben gewesen zu sein. Doch bevor ich die wundervollen und glücklichen Jahre beschreibe, die mir der Himmel als Frau Sebastians schenkte, möchte ich, so gut ich es vermag, von den Dingen sprechen, die ich von ihm und anderen von seiner Kindheit und seiner Jugend und den Jahren, die er ohne mich lebte, vernommen habe. Denn wenn diese Chronik einigen Wert für die Nachwelt haben soll, muß ich doch *alles* aus seinem Leben, was ich nur immer weiß, von der Geburt bis zum Tode erzählen.

Er war in Eisenach geboren, und mir ist es immer von Bedeutung gewesen, daß er im März das Licht der Welt erblickte, in der Fastenzeit also, denn für die Fastenzeit und die Karwoche schrieb er seine größten Werke, die Matthäus- und die Johannespassion, die Werke, die seine tiefe Seele am stärksten aufgewühlt haben. Ich trat einmal unerwartet ins Zimmer, als er gerade das Altsolo in der Matthäuspassion »Ach, Golgatha« schrieb. Wie erregte es mich, als ich sein sonst so ruhiges und frisch rotes Gesicht ganz aschenfarbig und von Tränen überströmt sah. Er bemerkte mich nicht, ich stahl mich leise wieder hinaus, setzte mich draußen auf die Treppe vor seiner Türe hin und weinte auch. Wie wenig wissen sie, die diese Musik hören, davon, was sie kostet! Es trieb mich, zu ihm hinzugehen und meine Arme um seinen Hals zu legen, doch ich wagte es nicht. Irgend etwas war in seinem Blick gewesen, das hatte mich mit schaudernder Ehrfurcht erfüllt. Er hat es nie erfahren, daß ich ihn einmal im Schmerz des Schaffens gesehen habe, und ich freue mich noch heute darüber, denn es war ein Augenblick, in dem nur Gott ihn sehen sollte. In dieser heiligen Musik, die er zu den Worten des Evangeliums gemacht hat, gibt er den Gefühlen der ganzen Christenheit, wenn sie zum Kreuze aufblickt, den erhabensten Ausdruck, und Sebastian fühlte in seiner Seele die ganze Angst, den ganzen Schauder der erlösungsbedürftigen Kreatur, die ganze Erhabenheit des Geheimnisses der Menschwerdung, als er sich zum Niederschreiben dieser Arie niedersetzte. Ich hörte die Matthäuspassion zum ersten Male vollständig an einem Karfreitag, acht Jahre nach unserer Verheiratung, in der Thomaskirche und ich konnte das glorreiche und erschütternde Werk kaum ertragen. Doch die wenigsten Menschen achteten seiner, und da es sehr schwer und nur mit vielen Proben aufzuführen war, so dauerte es elf Jahre, ehe ich es wieder hörte. Nun schläft die gewaltige, herzerschütternde Musik in Stillschweigen – vielleicht werde ich sie im Himmel einmal wiederhören.

Wie wenig mochte irgendeiner ahnen, daß der kleine Johann Sebastian, der im Jahre 1685 in dem langen weißen Hause zu Eisenach auf dem Frauenplan geboren wurde, eine Musik wie die zur Matthäuspassion schreiben werde – denn *solche* Musik war nicht in der Welt, bis er sie schuf. Zwar waren alle Bachs Musiker gewesen, solange als man nur zurückdenken konnte. Sebastian erzählte, daß der erste Musiker der Familie, von dem man Genaueres wußte, sein Ururgroßvater Veit Bach gewesen sei, ein Müller und Bäcker, dessen größtes Vergnügen darin bestanden haben soll, eine kleine Gitarre mit in seine Mühle zu nehmen und auf ihr zu spielen, während das Mehl gemahlen wurde. »Gewiß hat es hübsch zusammengeklungen«, meinte Sebastian einmal lächelnd, »und sicher hat er dabei im Takt spielen gelernt. Der Gute bedeutet sozusagen den Kinderstand der Musik in der Familie Bach.« Der Gedanke an den alten Müller, der sich in seiner Mühle Musik vormachte, behielt für Sebastian sein Leben lang immer etwas sehr Erheiterndes.

Augenblicklich waren alle Mitglieder der Familie Bach Musiker. Sie lebten als Organisten im Thüringer Land zerstreut. Sebastians Onkel, dessen jüngste Tochter seine erste Frau geworden, war Organist in Gehren. Er komponierte auch und baute Klaviere und Geigen. Ich glaube, auch Sebastian hätte gerne Instrumente für sich gemacht, wenn er bloß die Zeit dazu hätte finden können. Er interessierte sich außerordentlich für jeden Fortschritt im Instrumentenbau und war auch sehr handgeschickt. So besaitete er sich sein Spinett immer selbst und brauchte nicht mehr als eine Viertelstunde, um es zu stimmen.

Sebastian hat mir oft erzählt, daß alle Bachs seit Menschengedenken wenigstens einmal im Jahre zusammenkamen und große Musik miteinander machten. Sie begannen gewöhnlich mit dem Absingen eines Chorals und amüsierten sich sehr damit, Quodlibets zu machen, das heißt, sie harmonisierten irgendeine wohlbekannte Melodie, indem sie sie gleichzeitig zusammen sangen und die Vielstimmigkeit improvisierten. Das war nicht mehr als ein musikalischer Scherz, doch keiner der Bachs wäre ohne solch ein Quodlibet zufrieden von einem Familientage nach Hause gegangen. Und wenn Sebastian heiterer Stimmung war, so sang er mit seinen Söhnen wohl auch abends am Herde solche Quodlibets. Wenn ich einmal nicht mitsang, wahrscheinlich, weil ich das verzwickte Gekräusel eines Hemdes für Sebastian oder Friedemann oder Emanuel richten mußte, so sagte er wohl zu mir: »Mutter, laß uns auch dein süßes Pfeifchen hören«, und bat mich dann, irgendeine Weise zu singen. Er mochte nie auf meine Stimme verzichten. Diese Familienvorliebe für Quodlibets ist ihm geblieben, wie es noch aus der »Air mit dreißig Variationen«, die er in seinen späteren Jahren für den Grafen Kayserling schrieb, hervorgeht:

Die letzte Variation ist ein Quodlibet, das aus der Vereinigung zweier volkstümlicher Gesänge entstanden ist. Einer der Gesänge handelt von einem Mädchen, der andere von Kraut und Rüben, sie sind als Imitation über dem Baß hineingearbeitet. Sebastian konnte aus jedem Thema Musik machen.

Sebastians Vater und seine Mutter waren früh gestorben und er war nach ihrem Tode zu seinem älteren Bruder, der in Ohrdruf Organist war, ins Haus gekommen. Das schöne waldige Eisenach mit seinen fröhlichen Wasserläufen mußte er also in früher Jugend verlassen.

Aber die Geister zweier Einwohner von Eisenach machten den tiefsten Eindruck auf sein Herz – die heilige Elisabeth von Ungarn und Martin Luther, den er fast als einen Zeitgenossen empfand, denn oft als Kind hatte er, des großen Mannes gedenkend, zur Wartburg aufgeblickt, und die mächtigen Choräle des prachtvoll musikalischen Gottesmannes waren ihm noch in späten Jahren Anregung zu gewaltigen Orgelpräludien. Zu den kleinen Sonderbarkeiten im Wesen Sebastians, die ich oft mit einiger Überraschung feststellte, gehörte auch die, daß er, der doch eine unversiegliche Quelle der Musik war, oft die

Musik irgendeines anderen brauchte, um seinen Strom ins Fließen zu bringen. Wenn er auf der Orgel oder auf dem Klaviere improvisieren wollte, so spielte er zuerst eine kleine Komposition von Buxtehude oder Pachelbel oder von seinem Onkel Christoph Bach, dessen Musik er sehr bewunderte, und dann erst regte sein eigenerGenius die gewaltigeren Schwingen. Mir drängte sich dabei oft das häusliche Bild auf, wie man oft ein wenig Wasser in eine Pumpe schüttet, damit der unerschöpfliche Strom aus der unbekannten Tiefe von unten heraufgesogen werde. Ein anderes Band zwischen ihm und Luther war, daß auch er als Kind wie der künftige Kirchenverbesserer auf den Straßen Eisenachs im Chore gesungen hatte, und zwar war Sebastian Mitglied in dem Schülerchor, der fast hundert Jahre vor seiner Geburt gegründet worden war und auf den die Bürger von Eisenach sich viel zugute taten. »Unsere Stadt war immer ihrer Musik wegen berühmt«, pflegte er zu sagen, und erzählte mir weiter, daß der lateinische Name für Eisenach »Isenacum« sei, und das Anagramm von Isenacum wiederum en musica laute, das heißt »Siehe, Musik!« oder »canimus«, wir singen. Ich sehe ihn jetzt noch mit dem lustigen

Lächeln, mit dem er mir diese Scherze erzählte, vor mir stehen. Hoffentlich habe ich seine Worte korrekt wiedergegeben. Ich verstehe nämlich kein Latein, und Sebastian selbst war immer in allem sehr auf genaue Richtigkeit bedacht. Er war selbst ein guter Lateiner, und als er zum Kantor in Leipzig ernannt wurde, mußte er die Thomasschüler nicht nur in der Musik, sondern auch im Latein unterrichten. Er wollte auch mich gerne in dieser Sprache unterweisen, nur um, wie er sagte, an mir einen Gegensatz zu den unaufmerksamen Schülern der Thomasschule zu haben. Doch fand er nicht die Zeit dazu, und auch ich war zu sehr mit den Kindern und dem Hause beschäftigt, als daß ich auf diese Lehrstunden hätte bestehen können. Das einzige Latein, das ich lernte, blieb denn auch das »Gloria in excelsis« und das »Credo in unum Deum«, das ich lernte, als er die Messe in seiner Lieblingstonart h-Moll schrieb.

Als Knabe hatte Sebastian eine wundervolle Sopranstimme. Ich habe Freunde gesprochen, die ihn singen gehört; allen war der außerordentlich schöne Klang seines Organs in Erinnerung geblieben. In der Kirche zu Ohrdruf sang er alle Sonn- und Feiertage. Bei Hochzeits- und Begräbnisfeierlichkeiten sang er Motetten mit den Singeknaben in den Häusern und in der Kirche und zuweilen auch auf der Straße, wie er es von Eisenach aus gewöhnt war. Zur Zeit des Stimmbruchs, der unglücklicherweise eintrat, gleich nachdem er Ohrdruf verlassen und sich nach Lüneburg begeben hatte, ereignete sich etwas sehr Sonderbares mit ihm. Eines Tages, da er im Chor sang, hörte er sich plötzlich in Oktaven singen, also mit doppelter Stimme sozusagen. Er konnte das nicht ändern und hatte in keiner Weise Einfluß auf diese seltsame Erscheinung. Und eine ganze Woche lang sang er nicht nur, sondern sprach auch in Oktaven. Ich habe nicht gehört, daß irgend jemandem je ein Gleiches zugestoßen sei.

Den älteren Bruder Bach, der meinen Sebastian erzogen hat, habe ich nie gesehen, ich weiß nur, daß Sebastian stets mit großer Ehrfurcht und Dankbarkeit von ihm sprach und in späteren Jahren dem Sohne dieses Bruders alles und mehr erwies, was sich sein Vater um ihn verdient hatte. In vielen Dingen war es nicht gut, mit Sebastian zusammenzustoßen, und was er durchaus nicht ausstehen konnte, war die geringste Respektsverletzung gegen ein Mitglied seiner Familie, und wäre es das entfernteste. Deshalb durfte ich einem Groll, den ich gegen seinen Bruder hegte, auch nie Ausdruck geben. Ich schob nämlich die Schuld an einer gewissen Augenschwäche, an der Sebastian sein ganzes Leben gelitten hat, auf die Eifersucht oder den Mangel an Großherzigkeit bei diesem seinem Bruder. Dieser Bruder besaß nämlich eine Sammlung berühmter Musikstücke bekannter Komponisten, die er dem musikhungrigen Kinde vorenthielt, das alle Musik, deren es hatte habhaft werden können, durchstudiert hatte. Dies Notenbuch nun wurde in einem vergitterten Dokumentenkasten aufbewahrt, und manchen Monat hindurch schrieb der eifrige Knabe durch die Gitterstäbe hindurch den Inhalt des geliebten Buches ab, dazu bei Nacht und heimlich und nur vom Licht des Mondes beleuchtet, denn eine eigene Kerze gab es nicht. Da war es denn nicht verwunderlich, daß seine Augen durch Überanstrengung großen Schaden nahmen. Als die schwere Arbeit endlich beendet war und er die Musik, die er sich so mühsam erworben hatte, zu spielen begann, entdeckte sein Bruder das Verbrechen dieser Abschrift und nahm ihm das Manuskript nun noch obendrein weg. Er erhielt es erst beim Tode dieses Bruders im Jahr unserer Verheiratung zurück. Da erzählte er

mir dies Jugenderlebnis, und zwar ohne die geringste Spur eines Zornes über die Härte seines Bruders. Man sieht aber hieran, wie früh sich schon seine große Charakter- und Willensstärke äußerte.
Auch sein Verantwortungsgefühl war sehr früh entwickelt. Mit fünfzehn Jahren sorgte er schon selbst für seinen Lebensunterhalt. Er begab sich nach Lüneburg und trat in den Chor der Sankt-Michaelis-Schule ein, wo seine schöne Stimme ihm als Diskantsänger freie Verpflegung und ein kleines Gehalt sicherte.
Als ich vor Jahren einmal in Lüneburg war, besuchte ich auch die Michaeliskirche. Sie sieht so heiter von außen aus mit ihrem roten Ziegelsteinturm und der kupfernen Haube und Laterne. Doch rührte mich das Innere der Kirche noch mehr, das einmal die seraphische Stimme des jungen Sebastian gehört hatte – die Stimme, die zu vernehmen mir nie beschieden war. Ich fürchte, ich mißgönne aller Welt, was ich nicht von ihm habe erleben können, und doch sollte ich Gott danken, daß ich die Hälfte seines Lebens mit ihm habe verbringen dürfen. Leider brach Sebastians Stimme kurze Zeit nach seiner Übersiedelung nach Lüneburg, und er mußte seinen Unterhalt

durch Violinspielen und allerlei Begleitungen suchen. Er hatte eine natürliche Begabung für alle Instrumente und spielte die Violine, die Viola, das Spinett, das Klavichord, das Cembalo, seine Viola pomposa, vor allem aber die Orgel, sein Lieblingsinstrument, so, wie wahrscheinlich nie wieder jemand auf Erden Orgel gespielt haben wird. Ich will natürlich nicht sagen, daß er diese ganze Vollkommenheit schon mit fünfzehn Jahren besaß, aber als ich ihn kennenlernte, stand sein Talent in Blüte. Nur die Viola pomposa spielte er damals noch nicht, er erfand das Instrument selbst erst in späteren Jahren. Ich möchte diese Chronik mit aller Genauigkeit schreiben, so genau, wie er sie würde haben wollen, denn ich erinnere mich noch deutlich der Art, wie seine Hand auf meine Schulter fiel, wenn ich eine ungenaue Bemerkung gemacht oder auf dem Klavier ein wenig gehuschelt hatte. Es war ein kleines, halb zärtliches, halb unwilliges Rütteln. Ach, wie gerne würde ich doch mir eine Ungenauigkeit zuschulden kommen lassen, dürfte ich nur einmal noch seine Hand auf meiner Schulter fühlen!

Und hier möchte ich erwähnen, daß er sehr bemerkenswerte Hände hatte. Sie waren groß und außerordentlich kraftvoll und von ungewöhnlicher Spannweite auf den Tasten. Er konnte mit dem Daumen oder dem kleinen Finger eine Taste darniederhalten und mit dem anderen Teil der Finger Dinge vollführen, als sei die Hand ganz frei. Er konnte mit der größten Selbstverständlichkeit mit jedem Finger jeder Hand trillern und weiter dabei die kompliziertest ineinander gewobenen Stimmen spielen. Mir scheint noch heute, ihm war auf den Tasten und den Manualen der Orgel nichts unmöglich, ja *alles* mit *Leichtigkeit* möglich. Und dabei behauptete er immer wieder, diese ganze Kunstfertigkeit sei nur das Ergebnis seines Fleißes und von jedem, der nur mit ernstem Herzen aufrichtig arbeite, zu erreichen. Aber auch die vortrefflichsten seiner Schüler gaben ihm da nicht recht, denn je bessere Musiker sie waren, um so mehr staunten sie über sein Genie, das so wie er niemand mehr besaß und das man sich auch mit dem äußersten Fleiße und dem äußersten Ernste nicht anzueignen vermochte. Sebastian selbst empfand nicht den geringsten Stolz auf seine wundervollen Gaben, er sah sie gar nicht an, als gehörten sie irgendwie ihm. Das Leben der Musik war ihm das einzige wahre Leben, der Musiker war ihm nur Instrument, das

gar keinen Grund hatte, sich auf seine Vortrefflichkeit etwas einzubilden.
Während seines Aufenthaltes in Lüneburg arbeitete er mit der ihm eigenen Beflissenheit an seiner Vervollkommnung weiter, brachte seine Fingerfertigkeit zur reifsten Entwicklung, erfand eine eigene Methode des Fingersatzes, studierte das ganze Notenmaterial in der großen Bibliothek der Schule durch, die ihm wie ein Geschenk des Himmels vorkam. Viel Zeit auch widmete er dem Orgelspiel, worin ihn der Organist der Sankt-Johannes-Kirche, der wie er ein Thüringer war, unterrichtete. Bald jedoch überflügelte er seinen Lehrer, und ich glaube, es ist immer eine schwierige Angelegenheit gewesen, dem Sebastian Bach auch in seiner Jugend irgend etwas auf dem Gebiete der Musik beibringen zu wollen. Ich glaube, die musizierenden Engel haben ihn unterrichtet, lange ehe ein irdischer Schulmeister sich an ihm versuchte. Ich glaube, auch von dem ausgezeichneten Herrn Böhm hatte er nicht mehr viel zu lernen, als er nun zu ihm, wie noch zu einigen andern in jugendlicher Kraft die Schritte lenkte. So marschierte er mehrmals die vielen Meilen nach Hamburg, um Herrn Reinken dort zu hören, dem er mit so vielem

Erfolge im Jahre vor unserer Verheiratung, da ich ihn zum ersten Male gesehen, vorgespielt hatte. Wie man sich denken kann, verfügte er in jenen Jahren über sehr wenig Geld, und so fand er sich auf einer dieser Reisen hungrig und mit wundgelaufenen Füßen auf einer Bank unter einem Wirtshausfenster sitzen, ohne einen roten Heller, nicht fähig, sich den kleinsten Imbiß zu zahlen. Als er nun so dasaß und darüber nachgrübelte, wie er es wohl anstellen solle, die noch übrigen Meilen mit leerem Magen zurückzulegen, öffnete sich das Fenster vor ihm und zwei Heringsköpfe flogen zu seinen Füßen hin. Sebastian hob die nicht sehr reizvolle Speise auf, weil er dachte, daß Heringsköpfe immerhin eine bessere Mahlzeit als überhaupt keine seien, und zu seiner Verwunderung und Freude fand er in jedem Kopfe einen dänischen Dukaten. Die ganze Geschichte war mir immer wie eine der Erzählungen vorgekommen, mit denen man Kinder um die Weihnachtszeit rührt und erfreut. Vielleicht aus Dankbarkeit behielt Sebastian für immer eine Vorliebe für Heringe bei, besonders in einer Zubereitung mit dünnem weißem Wein und Gewürzen und Pfefferkörnern. Im heißen Sommer war ihm kaum eine Mahlzeit willkommener.

Mit dem Gelde aus den Heringsköpfen konnte er sich nun damals ein ausreichendes Gericht kommen lassen und, was ihm noch wichtiger war, er konnte seine Reise nach Hamburg wiederholen und die wunderbare Orgel und den meisterlichen Organisten noch einmal hören. Bei einer anderen und bedeutenderen späteren Gelegenheit – es war im Mai des Jahres 1716 – verschaffte ihm die Orgel ein Mittagessen, an das er oft mit Genugtuung zurückdachte. Er begab sich damals mit Herrn Kuhnau und Herrn Rolle nach Halle, um dort eine neue Orgel mit sechsunddreißig Registern zu probieren. Nachdem die Orgel abgenommen worden war, gab der Stadtrat den Prüfern ein sehr üppiges Mittagsmahl. Jedenfalls erschien es dem einfach gewöhnten Sebastian als außerordentlich üppig, und er sagte später noch oft, es sei die beste Mahlzeit gewesen, die er je genossen. Es gab Hecht, Rindfleisch, geräucherten Schinken, Erbsen, Kartoffeln, Spinat und kleine Würstchen, gesottene Kürbisse, Spargelsalat, Kopfsalat, Kalbsbraten, Radieschen, Spritzkuchen, eingemachte Zitronenschale und eingemachte Kirschen. – Sebastian war erst achtzehn Jahre alt, als er seine erste Stellung als Organist erhielt. Er war in Weimar schon zum Hofmusiker ernannt worden, und von Weimar machte er seinen ersten Besuch in Arnstadt, um eine schöne, dort in der Neuen Kirche aufgestellte Orgel einzuspielen. Hier hörten ihn einige hervorragende Musiker und erkannten sofort, trotz seiner großen Jugend, seine überragende Bedeutung. Der in Arnstadt angestellte Organist war ein sehr mittelmäßiger Musiker, man entließ ihn auf einen unbedeutenderen Posten und gab die Stelle meinem Sebastian.

Die Orgel, die er vorfand, war ein sehr schönes Instrument, außen mit geschnitzten und vergoldeten Palmen und Laubwerk geziert, an den Seiten bliesen schöne Cherub- und Cupidoköpfe auf goldenen Trompeten. Sie hatte zwei Manuale und ein ausgezeichnetes Pedal von fünf Registern.

Sebastian sprach sein ganzes Leben hindurch von dieser Arnstädter Orgel mit besonderer Zärtlichkeit, fast wie eine Mutter von ihrem ersten Kinde spricht. Es war die erste Orgel, die sozusagen *seine* Orgel war. Seine Bestallung als Organist ging sehr feierlich vor sich. Der Redner, der ihn einführte, rief all seinen Fleiß und seine ganze Berufstreue auf und empfahl ihm mit gerührter Stimme, als ehrlicher Diener Gottes vor dem Herrn und seinen Vorgesetzten zu wandeln. Diese Einführungsrede machte den tiefsten Eindruck auf sein jugendliches, aber schon ernstes innerliches Gemüt. – Es kam ihm vor, so erzählte er mir später, als habe Gott selbst nun ein Siegel auf sein Musikertum gedrückt und ihn zu dem gemacht, was zu sein er immer erstrebt: zu einem Kirchenmusiker. Er liebte die Orgel so sehr, daß er manches Mal mit einem eifrigen Freunde, der die Bälge zu treten unternahm, sich um Mitternacht in die Kirche begab und dort musizierte, bis die Morgenröte die östlichen Fenster glühen machte. Sebastian hatte in seiner Stellung Muße zur persönlichen Weiterarbeit genug, denn seine offiziellen Obliegenheiten bestanden nur darin, Sonntags und Donnerstags morgens beim Gottesdienst zu spielen, Montags eine Andacht mit Musik zu begleiten und die Proben des Kirchenchores zu leiten. Doch Muße hieß für Sebastian nur Gelegenheit zur Arbeit. Ich habe ihn nie unbeschäftigt gesehen, außer wenn er hin und wieder ein kleines Pfeifchen rauchte, und obgleich ich den Pfeifenrauch nicht liebte, so freute ich mich doch jedesmal, wenn er sich dies sonderbare Vergnügen gestattete. Er zeichnete mir in mein Notenbüchlein ein Lied über seine Pfeife auf, dessen Worte so lauten:

I.

So oft ich meine Tabakspfeife –
Mit gutem Knaster angefüllt –
Zu Lust und Zeitvertreib ergreife,
So gibt sie mir ein Trauerbild,
Und füget diese Lehre bei,
Daß ich derselben ähnlich sei.

II.

Die Pfeife stammt von Ton und Erde;
Auch ich bin gleichfalls draus gemacht,
Auch ich muß einst zur Erde werden, –
Sie fällt und bricht, eh ihr's gedacht,
Mir oftmals in der Hand entzwei,
Mein Schicksal ist auch einerlei.

Ich liebte die Melodie zu diesen Worten so sehr, daß ich sie eines Tages für Sopran nach G-Moll transponierte und mich, das Liedchen singend, am Spinett niederließ, während Sebastian den Rauch in langen Zügen von sich stieß. Er ergötzte sich sehr an meinem Liedchen und sagte: »Die Melodie liegt deiner Stimme gut, viel besser wie Tabak deinem Mündchen stehen würde, kleines Mütterchen. Laß mich niemals eine Pfeife zwischen deinen Lippen sehen«, fuhr er mit gespielter Ernsthaftigkeit fort, »du würdest keinen Kuß mehr von mir bekommen.«

Aber von solchen kurzen Mußestunden abgesehen, habe ich ihn während unserer ganzen Ehe nie Zeit verschwenden sehen, denn die Zeit, pflegte er zu sagen, sei eine der wertvollsten Gottesgaben, für die wir einst vor seinem Throne Rechenschaft abzugeben haben würden. Tag auf Tag unterrichtete er, komponierte er, spielte er Orgel oder Klavier oder Viola oder ein anderes Instrument. Dann widmete er sich der Erziehung seiner Familie, und wenn dann noch Zeit übrigblieb, so las er in seinen Büchern, die er nach und nach gesammelt hatte. Besonders theologische Schriften beschäftigten ihn sehr. Ich konnte ihm in dieser ein wenig schweren Lektüre nicht folgen, um so weniger, da die meisten dieser Bücher in lateinischer Sprache geschrieben waren. So immer beschäftigt war er von Jugend an gewesen, und wenn seine Zeitgenossen oft vor seinen Leistungen staunend die Hände erhoben, so pflegte er immer sehr kurz angebunden zu antworten, sie seien nichts weiter als die Frucht harter Arbeit. Beifall machte nie Eindruck auf ihn, nur die Anerkennung wirklich tüchtiger Musiker erfreute ihn zuweilen. »Ich spiele«, sagte er mir einmal, »für den besten Musiker der Welt. Vielleicht ist er nicht da – ich spiele aber immer so, als wäre er da.« Ich dachte bei mir, daß er stets zugegen sei, wenn Sebastian spiele, aber ich wagte diesen Gedanken nicht auszusprechen, denn derartige Äußerungen liebte er gar nicht. Er antwortete dann wohl nur: »Da irrst du, Magdalena«, aber aus einem kleinen Zusammenziehen der Augenbrauen, einem kurzen Verdunkeln seines Blickes sah ich wohl, daß ich ihm mißfallen hatte. Doch zu der Zeit, von der ich jetzt spreche, konnte ich ihm weder gefallen noch mißfallen. Ich war ja noch ein kleines Kind, das erst noch unsichere Schritte in die Welt machte, und ahnte noch nicht, zu wem mich meine Füße einst führen sollten.

Während Sebastian sich in Arnstadt im Orgelspielen vervollkommnete, wünschte er einmal Urlaub zu haben, um nach Lübeck zu gehen und dort die berühmte Abendmusik des Herrn Buxtehude zu hören, zu der von weit und breit die bedeutendsten Musiker herbeigeströmt kamen. Von Arnstadt hatte Sebastian mehr als zweihundert Meilen zu gehen, aber er war ein standhafter Wanderer und machte sich eines Tages mutig im nebligen Herbstwetter, seine Notentasche auf dem Rücken und einen guten Stab in der Hand, auf den Weg; die Musik in seinem Herzen leistete treue Gesellschaft. Er hatte einen jungen Mann gefunden, der ihn während seiner Abwesenheit als Organist vertreten konnte, und hatte Erlaubnis, einen Monat außerhalb zu bleiben. Er glaubte, als er abreiste, diese Zeit reiche aus, um seine vorgenommenen Studien zu absolvieren – doch kaum war er in Lübeck im Schoße der Musik angekommen, so fühlte er, daß er sich hier nicht so schnell würde losreißen können, und es vergingen in Wirklichkeit auch mehrere Monate, ehe er nach Arnstadt zurückkehrte. Die Abendmusik übte eine Art Zauber auf ihn aus, einen Bann, wie ihn in unseren Kindermärchen wohl die Hexen über einen Menschen aussprechen, nur daß dieser Lübecker Bann kein böser war. Noch in seinem Alter erzählte er mir wie von etwas Wunderbarem von jenen Adventtagen, da er abends in die von Kerzen erleuchtete, von einer schweigenden Menge erfüllte Kirche einzutreten pflegte und da eine der Kantaten von Buxtehude hörte, an die er all sein Leben lang eine so lebhafte Erinnerung behalten wie an »Die Hochzeit des Lammes« oder »Himmlische Seelenlust auf Erden über die Menschwerdung und Geburt unsers Heylandes Jesu Christi«. Der Gesang, die Saiteninstrumente und die große Orgel erfüllten ihn mit gewaltiger Glückseligkeit. Wie die Orgel ihn anzog, wie ihm der Posten des Organisten hier behagt hätte! Auch winkte in Lübeck viel mehr Bewegungsfreiheit als in Arnstadt. Und beinah hätte mir wirklich die Lübecker Orgel meinen Gatten geraubt, noch ehe ich ihn von der unendlich gütigen Vorsehung bekommen. Herr Buxtehude tat ihm nämlich zu wissen, er könne gerne sein Nachfolger an der Kirche werden, wenn er seine Tochter heiraten und sein Eidam werden wolle. Doch, dem guten Gott sei Dank! Sebastian wollte die Tochter mitnichten zum Ehegespons, denn die Jungfer war von säuerlicher Gemütsart und ihm in keiner Weise irgendwie wohlgefällig, auch war sie viel älter als er. Ohne Zweifel aber fühlte sich Sebastian durch das Anerbieten von Vater Buxtehude mehr und mehr beengt und dies ließ in ihm den nie schlummernden Vorsatz neu erwachen, wieder nach Arnstadt heimzukehren.

Als er alldorten angelangt war, fragten ihn seine Vorgesetzten, warum er denn so lange außerhalb geblieben sei. Er antwortete, er wäre nach Lübeck gegangen, um in seiner Kunst zu lernen und habe die wohllöblichen Herren ja Rechtens vorher um Erlaubnis dazu angegangen. Nun, meinten sie darauf, er habe ja nur Urlaub für vier Wochen genommen, wäre aber viermal so lange außen geblieben. Mit der schweigsamen Hartnäckigkeit, die allen Bachs eigen ist, tat er, als habe er die letzten Worte gar nicht gehört, sondern gab in freundlichen Worten der Hoffnun Ausdruck, daß sein Stellvertreter in seiner Abwesenheit die Orgel gewiß zu Dank der Gemeinde gespielt habe, und daß, da dies wohl der Fall sei, auch kein Grund zur Klage gegen ihn vorliege. Das hochlöbliche Konsistorium war über solchen Freimut ganz verblüfft und drehte nun den Spieß nach der anderen Seite. So beschuldigten sie denn ihren jungen Organisten, daß er selbstherrliche Veränderungen in den alten Gepflogenheiten des Orgelspiels und absonderliche Variationen in den Chorälen angebracht, was die Gemeinde in Verwirrung gesetzt habe. Auch spielte er, so es ihm gefalle, manchmal zweimal so lange, wie allerwärts üblich, um dann wieder, wenn ihm der Sinn darnach stünde, nur halb so lang zu postludieren, wie sonst Gewohnheit sei. Nun die, die Sebastians Orgelspiel nicht liebten, verdienten nicht besser, als daß man sie dessen beraube, und ich will nicht über sie weinen, wenngleich ich eingestehen muß, daß Sebastian ein wenig eigensinnig war und ganz starrköpfig sein konnte.

Und die Unbequemlichkeit und Unruhe, die ihm der Chor machte! Einen der Schüler nannte Sebastian einmal in einer Aufwallung rechten Ärgers einen Hornochsen, und dafür lauerte der junge Mann ihm auf der Straße mit einem Stocke auf. Sebastian zog allsogleich seinen Degen, und es wäre gewiß zu böser Beschwerlichkeit gekommen, wenn nicht ein Hinzueilender die Streitenden getrennt hätte. Aber dies Vorkommnis machte ihm den Aufenthalt in Arnstadt noch unlieber, obwohl er, wie ich gut weiß, unter dieser Strenge und Starrheit seiner Natur sehr litt. Er sagte mir einmal, die, so Musik in ihrer Seele hätten, müßten dafür mit einer Haut weniger um den Körper, als andere Leute hätten, bezahlen. Sonst aber sprach er nie über seine Gefühle wie andere, besonders französische und englische und italienische Musiker bei uns wohl taten, und so wußten auch nur wenige, wie er innerlich beschaffen war, wenn sie es nicht aus seiner Musik erkannten. Er war unendlich kraftvoll im Gefühl und seine Gemütsart sehr heiß und jäh, so daß ich mich nur wundern kann über die Selbstbeherrschung, die er immerwährend über sich übte. Wenn er aber einmal bei sich beschlossen hatte, daß er irgend etwas *nicht* tun wollte, so tat er es eben *nicht* und weder ich noch irgend jemand konnte ihn dazu vermögen. Er lehnte dann sehr sanft, aber jeder Einwirkung vollkommen unzugänglich jede Bitte ab. Zum Glück für das Wohlergehen der Familie, als deren Haupt er dastand, war er sehr weise und täuschte sich selten oder fast nie in seinem Urteil. Nur ein einziges Mal in meinem Leben war ich töricht genug, zu glauben, er sei im Unrecht. Doch bei aller Strenge des Charakters war er auf mancherlei Weise demütig, nur in allem, was die Würde seiner Stellung anging, duldete er nicht die geringste Zurücksetzung. Er forderte aber nur, was er auch gab – Achtung vor Stellung und Rang.

Wir hatten beide einen Teil unserer Jugend an Höfen verbracht, ich durch den Beruf meines Vaters, Sebastian durch seinen eigenen. Da ich fühlte, daß Sebastian viel weiser war als ich selbst, so mußte ich mir gestehen, daß seine Haltung tiefster Ergebenheit vor Königen und denen, die uns Gott vorgesetzt hat, wohl richtig sein müsse, doch war mir in meinem Herzen stets lebendig, daß Er größer war als alle Könige, weil er ein König nicht nur unter den Musikern, sondern unter den Menschen war, und daß in Wahrheit die Fürsten barhäuptig vor ihm zu stehen und seine Hand zu küssen hätten, seine wundervollen Hände, die eine Musik machten, die sich mehr für die Vorhöfe des Herrn als für den Hof des Herzogs von Sachsen schicken mochte. Ich sagte ihm einmal dergleichen, als ich zornig war, daß der Fürst ihn sehr lange auf eine Audienz hatte warten lassen, aber – was selten vorkam – er war recht böse mit mir dessentwegen. Er meinte, der erbliche Großherzog habe ein erbliches Recht, ihn warten zu lassen. Aber in dieser Sache konnte selbst mein Ehegemahl mich nicht eines anderen belehren, und ich bestand auf dem, was mir mein Herz sagte, ob ich gleich auch verstand, was er mir mit Muße auseinandersetzte, daß die Grundlage der Gesellschaft und Gesittung *Ordnung* ist und das von Gott gegebene Recht der Könige, zu herrschen. Er glaubte an die Ordnung in allen Dingen, in seinem Hause, in seiner Musik und in seinem Lande, und pries und stützte sie. Wenn er Worte in Musik zu setzen hatte, in denen von Ordnung und Pflicht die Rede war, so war er vollkommen glücklich. Ich erinnere mich an eine überlebhafte französische Dame, die uns einst in Leipzig ihre Aufwartung machte. Sie verfaßte selbst Gedichte und bekannte eine lebhafte Bewunderung für Sebastians Musik. Sie lobte ihn dabei mit einer Überschwenglichkeit, die ihm gar nicht gefiel, denn es wurde bald offenbar, daß sie von Musik nicht viel verstand, und Sebastian ärgerte sich leicht an unverständigen Lobeserhebungen. Dabei mißbilligte sie, daß er gewisse Worte und Hymnen aus den Evangelien vertont habe, besonders mißfielen ihr die Worte der Kantate, die von Steuern und dem Zehnten handelt. »Diese Gedanken sind viel zu klein für Ihre Gaben, Monsieur Bach«, rief sie allzu hitzig aus und alle ihre Federn nickten dabei auf dem Kopfe, »Steuern und Zehnten, Gesetz und Ordnung! – Wenn Sie vielleicht mein kleines Gedicht über die Liebe und die Schönheit in Musik setzen wollten –« »Madame«, fiel Sebastian ein und blickte die Dame ein wenig aufgebracht an, »es gibt keine Liebe und keine Schönheit, die des Namens wert ist ohne Gesetz und Ordnung, ohne Erfüllung seiner Pflichten und ohne Gehorsam unter die rechtmäßige Obrigkeit.«

Aber ich bin von dem geraden Wege meiner Geschichte seiner Jugend abgewichen und ich fühle immer mehr, wie schwer es für mich ist, mich streng an meinen Faden zu halten, so sehr drängen sich tausend Gedanken, tausend Erinnerungen an ihn zugleich auf.

Ich gehe also in meiner Erzählung zurück:

Das Konsistorium der Neuen Kirche in Arnstadt fand vielleicht nicht ohne Grund seine lange Abwesenheit in Lübeck zu tadeln, und bald darauf drückten sie ihre Unzufriedenheit aus, daß er mit den Knaben der Singschule nicht so verführe und ihnen die Musik nicht auf *die* Weise beibrachte, wie sie es gewollt. Um die Wahrheit zu sagen: Sebastian war ein wunderbarer Lehrer für alle Schüler, die wirklich lernen wollten, die ernsthaft arbeiteten und die die Musik liebten. Aber für die rohen, unbotmäßigen Knaben der Arnstädter Singeschule wie auch später für die Thomasschüler in Leipzig war er zu groß und zu ungeduldig.

Weiter machte man ihm einen großen Vorwurf daraus, daß er ein fremdes Mädchen mit auf die Orgelempore genommen und dort mit ihr musiziert habe. Dies Mädchen war aber keine Fremde, sondern seine

Base Maria Barbara Bach, die zum Altare zu führen er damals schon gesonnen war.

Aber all diese Verdrießlichkeiten, so gering sie waren, störten doch den Einklang seiner Seele, und der Wunsch, sich irgendwo anders als in Arnstadt niederzulassen, trat immer häufiger vor sein Herz. Schon begann die Musik, von der sein Wesen voll war, aus ihm herauszutreten, und seine ganze Person verlangte nach einem ruhigen, ungestörten Dasein, damit der gewaltige Strom ihm ungehemmt entrauschen könne. Er verlangte nach einem Weibe, das ihn in allen irdischen Dingen betreue, damit er alle Zeit und alle Kraft den wunderbaren Hervorbringungen opfern könne, zu denen Gott die Fähigkeit in so überreichem Maße in ihn gelegt hatte.

Zu dieser Zeit nun wurde der Posten eines Organisten und Musikmeisters an Sankt Blasius in Mühlhausen vakant, und Sebastian meldete sich zu ihm. Viele Bewerber traten auf den Plan, doch als man ihn spielen gehört, entschied man sich einstimmig und ohne alle weitere Überlegung für ihn. Zu dieser Zeit war er zweiundzwanzig Jahre alt. Er hatte nun seine Lehrjahre und auch die Wanderjahre beendet und war Meister geworden, und nach guter alter deutscher Sitte war nun für ihn die Zeit gekommen, da er sich verheiraten sollte und Schüler annehmen konnte, denen er seine Kenntnisse weitergab, wie er seinen Namen den leiblichen Kindern, den Früchten aus seiner Ehe, weitergab. Das selige Mädchen, auf das seine Wahl fiel, war eben seine Base Maria Barbara Bach, die zugleich mit ihm in Arnstadt bei ihrer Tante weilte und mit der er selbstverständlich dort zusammentraf, denn die Bachs hatten viel Familiensinn, und auf die er den ganzen Segen seiner Liebe ausgoß.

Pastor Stauber von Dornheim, der ihn kopulierte, heiratete später selbst Barbara Bachs Tante. Unter Sebastians Papieren fand ich die Abschrift aus dem Kirchenregister:

»Den 17. October 1707 ist der Ehrenveste Herr Johann Sebastian Bach, ein lediger Gesell und Organist zu S. Blasii in Mühlhausen, des weyland Wohlehrenvesten Herrn Ambrosii Bachen, berühmten Stadtorganisten und Musici in Eisenach Seeligen, nachgelassener eheleiblicher Sohn, mit der Tugendsamen Jungfrau Marien Barbaren Bachin, des weyland Wohlehrenvesten und Kunstberühmten Herrn Johann Michael Bachens, Organisten im Amt Gehren Seeligen, nachgelassenen Jungfrau jüngsten Tochter, allhier in unserm Gotteshause, auf Gnädiger Herrschaft Vergünstigung, nachdem sie zu Arnstadt aufgebothen worden, copuliert, worden.«

Trotz der kleinen Unstimmigkeiten verließ Sebastian Arnstadt in freundlichstem Einvernehmen mit seinen Vorgesetzten, die auch so hilfsbereit waren, ihm einen Planwagen zur Verfügung zu stellen, auf dem er seine Möbel und sonstige Habe durch die Ebene von Arnstadt nach Mühlhausen überführen konnte. So ließ er sich denn in diesem Städtchen nieder, und sein erster Schüler war der gute und liebenswerte Johann Martin Schubart, der nun zehn Jahre lang unter einem Dache mit seinem Meister lebte, durch das tägliche Beisammensein mit ihm Unermeßliches lernte und ihm dies durch treueste Liebe wieder zu zahlen sich ständig bemühte. Es gab mir eine Zeitlang manchen Grund zur Traurigkeit, daß er starb, ehe ich ihn kennengelernt, denn Sebastian sprach immer mit unwandelbarer Zuneigung von ihm und besonders auch während seiner letzten Krankheit, wenn das Gemüt des Menschen darnach neigt, in Erinnerungen an seine früheren Jahre hinabzusteigen. Ja, zwei- oder dreimal glaubte er, Martin befinde sich bei ihm im Zimmer. Der Schüler war seinem Meister in jeder Weise zu Diensten und ging seinem Geiste zur Hand bei dem großen Werke, die Kirchenmusik in Mühlhausen zu erneuern und sie des HERREN würdig zu machen, so sehr er nur immer konnte. Da der vorhandene Vorrat an Noten nicht ausreichend und bei weitem nicht nach Sebastians Herzen war, so kaufte Sebastian aus seinen eigenen Einkünften noch eine Menge guter Musik dazu. Auch die Orgel, seine vornehmste Sorge, war sehr verbesserungsbedürftig, manche Register waren ganz schrecklich in Unordnung und das Brustwerk überhaupt nicht zu gebrauchen. Er arbeitete einen Plan, die Orgel zu erneuern, mit vielem Fleiße aus, sein Antrag wurde bewilligt und ihm die Beaufsichtigung der Ausbesserungen übertragen. Auf seinen Wunsch wurde der Orgel ein Geläute kleiner Glocken, ein »Glockenspiel« angegliedert, das durch das Pedal zu spielen war. Es war seine eigene Erfindung, die ihm damals sehr gefiel. In späteren Jahren lächelte er darüber und nannte dies Klingelwerk eine kindliche Torheit, denn der Wesenszug des Orgelklangs sei Ernsthaftigkeit und Noblesse des Tones.

Doch war es ihm nicht bestimmt, lange in Mühlhausen zu bleiben. Er fand da doch nicht den Wirkungskreis, den er brauchte, um die Kirchenmusik, wie er wollte, zur Entwicklung zu bringen. Zu jener Zeit gab es fortwährend Zerwürfnisse zwischen den gelehrten Theologen und Doktores, und mein geliebter Sebastian, dessen Glaube so einfach und tief war und so wenig durch spitzige Wortstreitigkeiten zu stören, fand, daß seine Musik in dieser Luft voller Zwietracht nicht gedeihen könne. So schrieb er denn an den Rat der Stadt Mühlhausen: »Wenn ich auch stets dem Endzweck, nämlich eine regulierte Kirchenmusik zu Gottes Ehren und Ihrem Willen nach gern aufführen mögen, mit Lust nachgekommen wäre und sonst nach meinem geringen Vermögen der fast auf allen Dorfschaften anwachsenden Kirchenmusik aufgeholfen hätte, so hat sich's doch ohne Widrigkeit nicht fügen wollen. Auch ist zur Zeit die wenigste Aussicht, daß es sich anders fügen möchte.« Auch waren seine Einkünfte so gering, daß er in diesem Memoriale noch hinzufügen mußte: »Überdies möchte ich demütig anheimgeben, wie, so schlecht auch meine Lebensart ist, bei dem Abgange des Hauszinses und anderer äußerst nötigen Konsumtion, ich nur notdürftig leben kann.«

Als ihm daher der Herzog Wilhelm von Sachsen-Weimar zu wissen tat, daß er ihm gerne den Posten als Hoforganisten und Meisters der Kammermusik übertragen werde, war er sehr froh, in die heitere kleine Stadt übergehen zu können, die so anreizend zwischen Wäldern, Wiesen, Wassern und Hügeln gelegen ist.

In Weimar wurde auch am dritten Weihnachtsfeiertage des Jahres 1708 sein erstes Kind geboren, die kleine Katharina Dorothea, die ein Jüngferlein von dreizehn Jahren war, als ich ihren Vater ehelichte, die mir immer im Hause ein Trost und eine gute Hilfe gewesen ist und mir wie eine eigene leibliche Tochter bei der Aufziehung meiner kleinen Kinder und den mancherlei Obliegenheiten einer Hausfrau half. Alle vier Kinder Sebastians, die ich vorfand, da ich als seine Eheliebste in sein Haus zog – denn die Zwillinge und der gute kleine Leopold lagen schon unterm Grünen, wohin ich auch so manche meiner Kleinen betten mußte –, waren mir gute, kindlich gehorsame Söhne und Töchter, und nicht lange nach meinem Eintritt in Sebastians Haus schienen sie mir mein eigen Fleisch und Blut zu sein, und auch sie fühlten und sahen mich als ihre wirkliche Mutter an. Ich konnte ja nicht Sebastian lieben und seine Kinder *nicht* lieben, und wie sie sein Fleisch und Blut waren, so wurden sie auch bald mein eigenes. Sein Lieblingskind war sein ältester Sohn Friedemann, der voller Gaben, voll hellen Verstandes und in heißer, besonderer Sympathie seinem Vater verwandt und doch dazu äusersehen war, des Vaters Herz so empfindlich zu verwunden, sintemal er wohl die Gaben der Bachs, aber nichts von ihrer Stetigkeit und Weisheit hatte.

Doch wir lieben ja oft *die* Kinder am meisten, die uns am wehesten tun, und so tat Sebastian, wenn auch sein Herz groß und tief genug war, um all seine Söhne und Töchter mit väterlicher Zärtlichkeit zu umschließen. Ich glaube, er empfand für Friedemann wie ich für meinen armen Gottfried, wenn auch Friedemann glänzend und mächtig an Verstand war und mein lieber Gottfried zu denen gehören mußte, die wir »Gottes Kinder« nennen. Ach, manchmal glaube ich, durch unsere Kinder gibt uns der Allmächtige seine tiefsten Lehren. Sie geboren und dann verloren zu haben, diese Freude und dieser Schmerz, das sind die Ringe, die uns an die Kette der Ewigkeit schmieden.

Ich weiß aus Sebastians Reden zu den verschiedensten Zeiten seines Lebens, daß er in Weimar sehr glücklich gewesen ist. Zum ersten Male konnte er wirklich ein Heim sein eigen nennen, denn wie er mir oft lächelnd sagte, war nur das Hauswesen ein Heim für ihn, in dem eine Hausfrau weste. Seine eigene Mutter war gestorben, da er noch ein Kind, und fast von diesem Tage an war er immer nur ein Mitwohner in anderleuts Häusern und an keinem Herd zu Hause gewesen, bis er sich in Weimar seinen eigenen gründete. Doch auch vom eigenen Heim und Familientum, das er sich mit der Gnade des Allmächtigen in Weimar schuf, abgesehen, hatte er auch das Glück, einen tief frommen und musikverständigen Fürsten dort zu finden, und in seinem Neffen, der unglücklicherweise aber früh vom Herrn zu sich gerufen wurde, eine wirklich mit Musik über und über beladene Seele vorzufinden.

Auch der Stadtorganist Johann Walther, ein guter Komponist, zeigte sich ihm gütig und freundlich. Sein ganzes Leben hindurch bedurfte Sebastian nur seiner Familie und einiger weniger Freunde, die ihn kannten und seine Musik verstanden, um zufrieden zu sein. Es lag nicht in seinem Gemüte, nach Bekanntschaften oder Beifall zu geizen. Wenn er in fremden Städten Orgel spielte – und dies war die einzige Ursache seiner Reisen, denen er sich gewöhnlich im Herbst unterzog –, so brach sich natürlich Beifall und Bewunderung von seinen Zuhörern los, und er nahm ihn immer ruhig auf als den natürlichen Zoll an Lob und Preis, der seinem Musikertum gebührte. Ich habe aber nie gesehen, daß ihn Bewunderung erregte oder das Fehlen von Beifall verstimmte. Ich fühlte immer, er trug in sich einen anderen Maßstab als den, den die Welt überhaupt anlegen konnte.

Damit will ich aber nicht sagen, daß ihm Billigung der Kunstfreunde nicht wohlgetan und daß er sie nicht dankbar empfunden habe wie zum Beispiel damals, als er zu Kassel die Orgel spielte und der Kronprinz so erstaunt vor seiner wunderbaren Geschicklichkeit, besonders was die Behandlung der Pedale anging, stand, daß er einen Ring von seiner Hand zog und ihn allergnädigst selbst an Sebastians Finger streifte, der ihn seit der Zeit immer gerne getragen und mit ganz besonderem Wohlgefallen betrachtet hat.

Wenn ich nun von Sebastians wahrhaft wunderbarer Geschicklichkeit spreche, so will ich doch eine kleine Geschichte nicht verschweigen, wie auch er bei einer Gelegenheit einmal eine Grenze zeigte.

Sebastian hatte des öfteren zu verstehen gegeben, daß ein jeder geübte Musiker jede Art von Musik prima vista spielen könne. Sein Kollege in Weimar, der Stadtorganist Herr Walther, sann nun darauf, spaßeshalber seinem Freunde eine kleine Falle zu stellen, über die nachher dann beide lachen wollten. Sebastian ging zuweilen zum Frühstück zu Herrn Walther, und einmal, während er auf das Auftragen der Mahlzeit wartete, die sein Freund noch vorbereitete, ging er ans Klavier, sah ein Musikstück dort liegen und begann natürlich gleich es zu spielen. Doch war er noch nicht weit gediehen, als er an ein paar zwischen zwei Taktstrichen stehende Noten geriet, die ihn stolpern ließen, und ganz überrascht (denn nie stieß er auf verwickeltere Musik, als die seine war) begann er das Stück von neuem, mußte aber wieder an dem gleichen Übergang haltmachen. In diesem Augenblick konnte sich Herr Walther, der an der halbgeöffneten Tür gelauscht hatte, des Lachens nicht enthalten. Sebastian sprang auf und sagte ziemlich ärgerlich: »Nein, der Mann lebt nicht, der *alles* vom Blatt spielen kann. Es ist einfach nicht möglich.« In späteren Jahren erzählte er diese Geschichte oft selber, um allzu schüchterne Schüler aufzumuntern.

Herr Walther fühlte sich noch besonders mit Sebastian verbunden, weil auch seine Mutter wie die Sebastians aus der Familie Lämmerhirt stammte. Er kannte auch das Haus »Die drei Rosen« zu Erfurt, in dem die Mutter Sebastians geboren worden, die Mutter, an die er sich nur sehr dunkel erinnern konnte und die zu jung starb, als daß sie sich an der Größe ihres Sohnes hätte erfreuen können. Aber gewiß gewährte ihr der gute Gott, daß sie vom Himmel aus seine Musik genießen durfte. Ich glaube nämlich noch heute, der Himmel ist weniger der Himmel, wenn man Sebastian dort nicht hören kann, wenn auch mein Pastor, fürchte ich, mit diesem Glauben nicht recht einverstanden sein wird.

Die Schloßkirche in Weimar wurde im Volke »Der Weg zur Himmelsburg« genannt, und sie muß wirklich eine himmlische Stadt gewesen sein, solange Sebastian in ihr die Orgel spielte! Ein Freund Sebastians aus jenen Weimarer Tagen erzählte mir einst, daß in dem wunderbaren Gottesdienst, der in jener Kirche abgehalten worden, die fromme herzrührende

Musik Sebastians den Gläubigen einen Vorgeschmack aller himmlischen Freuden gegeben und ewigwährende Lobpreisung verdient habe. Ich habe diese Worte auf immer behalten.

In Weimar kam Sebastian an der kleinen Schloßorgel, die er so liebevoll unter seinen Händen – und Füßen hatte, muß ich wohl sagen, denn wie er mit dem Pedal verfuhr, das war ein Wunder seiner Zeit – in Weimar also kam Sebastian auf die höchste Höhe seiner Reife als Orgelspieler und Komponist. Besonders schätzte er das Pedal mit seinen sieben Registern, von denen eins zweiunddreißig und drei andere sechzehn Fuß maßen, wodurch der prächtige und noble Baß entstand, den er so über die Maßen liebte. In Weimar und für diese Orgel schrieb Sebastian eine Menge seiner Orgelmusik und besonders »das Orgelbüchlein«, aus dem ich ihn so gerne spielen hörte. Einige dieser Choralpräludien lernte ich unter seiner Leitung selber spielen, im allgemeinen aber gehörte mehr zu ihrer Ausführung, als meine geringe Geschicklichkeit hergeben konnte. Er nannte dieses Buch mit dem ledernen Rücken und den Lederecken, das ich so gut kannte, Orgelbüchlein. »Worinne einem anfahenden Organisten Anleitung gegeben wird, auf allerhand Arten einen Choral durchzuführen, anbei auch sich im Pedal studio zu habilitiren, indem in solchen darinne befindlichen Choralen das Pedal ganz obligat traktiret wird. Dem Höchsten Gott allein zu Ehren, dem Nechsten, draus sich zu belehren.«

Ich selber war immer zu sehr der »anfahende« Orgelspieler, als daß ich viel aus dem Buche hätte spielen können, das recht schwierige Dinge enthielt. Gewiß konnte sich Sebastian die Schwierigkeiten, auf die der Anfänger stößt, gar nicht recht genau einbilden, da er selbst sie alle in seiner Jugend so spielend überwunden hatte. Doch welch eine Wonne war es, ihn die Choralvorspiele aus dem Orgelbüchlein exekutieren zu hören! Ich brauche das Buch nur zu öffnen, und die ganze alte Zeit kommt mir wieder nahe. Ich weiß nicht mehr, welches ich am liebsten hatte, da ich jung war, doch nun weit über alle andern tröstet mich eins, das wie die Stimme Sebastians selbst zu mir spricht und mich zur Geduld und zur Hoffnung aufruft. Es ist das Stück ziemlich am Schlusse des Buches: Für die Sterbenden: »Alle Menschen müssen sterben.«

Wie sang die Melodie, wenn er sie auf dem Rückpositiv spielte, und die feierlichen Gruppen der Achtel- und Sechzehntelnoten im Pedal, mit welchem Frieden erfüllten sie das Herz! Sebastians edelste Musik wurde immer durch den Gedanken an den Tod aufgerufen. Das erschreckte mich, als ich jung war, ein wenig, nun weiß ich besser, wie es in seinem Herzen aussah.

Zwei weitere, besonders liebliche Präludien waren die beiden für die Fastenzeit bestimmten: »O Lamm Gottes unschuldig« und das andere »O Mensch, bewein' dein Sünde groß«. Die letzten Takte dieses Chorals sind so trauervoll und lieblich, daß ich immer fühlte, als stände mein Herz stille, wenn ich sie zitternd anhörte.

Doch wenn ich erst anfange, an seine Musik zu denken und von ihr zu sprechen, so muß ich fürchten, wird die Geschichte seines Lebens ungeschrieben bleiben – immerhin, das geliebte Orgelbüchlein ist so voller Erinnerungen vergangener Glückseligkeit für mich, daß es mich schwer ankommt, den Gedanken daran beiseitezusetzen.

Während seiner Weimarer Zeit war Sebastian zu einem so vollkommenen und nicht zu übertreffenden Meister auf der Orgel und anderer Tastinstrumente herangediehen und hatte eine so neue und außerordentlich fördernde Art des Fingersatzes erfunden und eingeführt, daß die Meinung der Leute dahin ging, er könne überhaupt in nichts, was die Musik anbetreffe, überboten werden. In Dresden, wohin Sebastians Ruhm auch schon gedrungen war, erschien zu jener Zeit ein berühmter französischer Musiker, Jean Louis Marchand, ein eitler, wenn auch sehr fähiger Mann, und forderte die ganze musikalische Welt auf, mit ihm in Wettbewerb zu treten, er hoffe überall seine Überlegenheit zeigen zu können. Ein solches Gehabe und Getue war nun durchaus nicht darnach angetan, auf meinen Sebastian den allergeringsten Eindruck zu machen, und er wäre wohl nicht bis herunter auf die Gasse gegangen, um davon reden zu hören. Einige deutsche Musiker aber fühlten sich gekränkt durch die anmaßenden Aufforderungen des Franzosen und baten und bestürmten Sebastian, sich zum Ruhme der deutschen Musik gegen ihn zu erheben und sich mit ihm zu messen. Ungern und zögernd ließ er sich bereden, nahm dann aber die Herausforderung Marchands an. Alle Einzelheiten für dies Meisterspielen wurden nun schnell festgesetzt. Es sollte im Hause des Grafen Flemming stattfinden. Viele Damen und Herren des Hofes erschienen und warteten erregt auf den Beginn des Musikturniers, als in den prächtigen, im Scheine der vielen Wachslichter erglänzenden Saal Sebastian wie immer ruhig und zusammengefaßt eintrat. Er war bereit, sich jeder musikalischen Aufgabe zu unterziehen, die ihm der Franzose nun stellen würde. Der ausländische Herr ließ aber auf sich warten, und es blieb nichts übrig, als nach einer Weile einen Lakaien in seine Wohnung zu entsenden und ihn heranzuholen. Der Läufer kam in Kürze mit der Neuigkeit zurück, daß Monsieur am selben Morgen mit Extrapost von Dresden abgereist sei. Es hatte den Anschein, als habe er sich vordem eine Gelegenheit verschafft, selber ungesehen Sebastians Spiel zu hören und habe in ihm den Mann erkannt, dessen Gaben und Können er nichts Ähnliches im Kampfe um die Meisterkrone entgegenzusetzen habe, ja daß seine eigenen Talente sich recht unbedeutend neben denen Sebastians ausnehmen müßten, und daß es das geratenste für ihn sei, seinen Ruf zu schonen und sich erst gar nicht auf einen Wettbewerb einzulassen.

Ich muß hier bekennen, daß ich diese Geschichte nicht von Sebastian selber gehört habe, sondern von jemand anderem, der zugegen gewesen war. Es machte ihm nie Freude, einem Nebenbuhler eine Schlappe beizubringen, ja er war immer ein wenig ärgerlich, wenn man diese Begebenheit vor ihm erzählte, und bestand auf der Erklärung, Herr Marchand sei ein sehr guter Musiker und die ganze Angelegenheit sei von ungeschickten Menschen aufgebauscht worden. Einmal, als Sebastian in Erfurt war, tat er der Verkleinerung, die Marchand auch dort erfuhr, mit den Worten Einhalt: »Ich will euch einmal zeigen, wie schön seine Klaviersuiten sind, die ihr alle so verachtet«, und er setzte sich hin und spielte sie so erlesen, weich und schön und ließ sie so vortrefflich erklingen, daß sie sich viel bedeutender darstellten, als sie in Wirklichkeit waren. Diese Großmütigkeit bewies er auch allen andern Musikern gegenüber. Das Gefühl für seine überragende Größe milderte er stets durch die Güte, die aus seinem reichen Herzen kam.

Immer war er beflissen, Musiker seiner oder einer anderen Stadt zu hören, und es bedeutete ihm eine wirkliche Enttäuschung, daß alle seine Anstrengungen, Herrn Händel kennenzulernen, nicht zu diesem Ziele führten. Er bewunderte, ja er entzückte sich an der Musik dieses Meisters und brachte manche Stunde damit zu, die Partituren des verehrten Mannes auszuschreiben (eine glückselige Arbeit, bei der ich ihm gerne half). Auch leitete er in Leipzig eine schöne Aufführung von Händels Kantate über das »Leiden unseres Herrn«. Da sie beide in Sachsen und gar im selben Jahre geboren waren, hatte Sebastian das Gefühl, auch außerhalb der Musik bestehe ein Band zwischen ihnen, und er unternahm mehrere Schritte, um mit Händel zusammenzutreffen. Einstmals, als Händel für kurze Zeit in seiner Vaterstadt Halle weilte, kam Sebastian von Cöthen herzu, um ihn zu begrüßen, aber er langte am Abend desjenigen Tages an, an dem Händel wieder abgereist war. Zehn Jahre später, da Händel wieder einmal Halle aufsuchte, sandte ihm Sebastian eine sehr liebenswürdige Aufforderung durch seinen Sohn, ihn in Leipzig zu treffen, da er selbst unpäßlich war und die Reise von Leipzig nach Halle nicht unternehmen konnte. Aber Herrn Händel schien es ebenfalls unmöglich zu sein, zu kommen, und so wurde Sebastian wieder enttäuscht und mußte der Freude entsagen, den großen Komponisten, den er bewunderte, zu sehen und zu hören – und von dem er im Innern doch erwartet hatte, daß auch er es sich angelegen sein lassen würde, seinen großen Landsmann zu besuchen. Händel war ja Musiker genug, um die Höhe der Werke Sebastians zu erkennen, wenn deren Ruf auch auf Deutschland beschränkt blieb, während Händels Name bis nach Italien und England klang. Doch Händel suchte die *Welt* und schlug unendliche Wellen um sich und machte viel, viel Geld, während Sebastian alles Laute scheute, die Welt floh und in stiller, versunkener Arbeit in seinem Hause im Schoße der Familie lebte.

Nur im Herbst pflegte er alljährlich ein weniges zu reisen, und zwar immer nur, um irgendwo eine neue Orgel zu prüfen und darüber an die fragenden Stellen zu berichten. Man trat unablässig von allen Seiten mit Bitten um solche Gutachten an ihn heran, denn es hatte sich herausgestellt, daß er mit gleicher Vortrefflichkeit eine Orgel zu spielen als auch sie zu beurteilen verstand, und daß seine Urteile stets unumstößlich und völlig unparteilich waren.

Seine Freunde sagten in diesem Betracht oft, daß er sich durch seine Offenheit und Ehrlichkeit Feinde mache, denn nie mochte er irgend jemandem zuliebe ein Auge zudrücken und einen kleinen Fehler an einer Orgel verschweigen. »Nichts ist klein, was eine Orgel angeht«, pflegte er oft zu sagen. Das erste, was er tat, wenn er ein solches Instrument prüfte, war, daß er alle Register zog, damit er zuerst einmal den vollen Klang der Orgel hörte und feststellen konnte, wie er oft lächelnd meinte, »ob sie auch gesunde Lungen habe«. Und dann ging er sie bis auf die kleinsten Kleinigkeiten durch. Ein Orgelbauer, der es an Gewissenhaftigkeit hatte fehlen lassen, hatte wirklich allen Grund, Sebastians Prüfung zu scheuen.

Im Herbst des Jahres 1717 forschte der junge Fürst Leopold von Anhalt-Cöthen bei Sebastian nach, ob er nicht sein Kapellmeister werden wolle. Sebastian nahm diesen Antrag gerne an, denn er fühlte sich etwas verletzt, daß man ihn, als dieselbe entsprechende Stelle in Weimar frei geworden, übergangen hatte. Als nämlich dort der alte Kapellmeister gestorben war, konnte Sebastian mit Fug erwarten, daß man ihm dessen Posten anbieten werde. Man trug ihn jedoch dem Sohne des Verblichenen an, einem sehr wenig fähigen Musiker. Ich glaube, Sebastian fühlte sich hierüber wirklich sehr gekränkt, und er machte seinem Ärger auch sehr offenherzig Luft und verlangte die Entlassung aus seinen bisherigen Diensten, um in Cöthen eintreten zu können, in solch einer scharfen und entscheidenden Weise, daß es nun an dem Herzog war, sich zu ärgern. Er gab denn auch wirklich den Befehl, Sebastian einen ganzen Monat lang unter Arrest zu halten. Für mich hat der Mangel an persönlicher Freiheit immer zu den härtesten Dingen im Leben eines Hofmusikus gehört.

Doch Zeit, Ärger und Schmerz vergingen, und zu Weihnachten war Sebastian mit Weib und Kind nach Cöthen übergesiedelt und hoffte, dort ein ruhigeres und weltferneres Leben zu führen, als es in Weimar möglich gewesen. In der ganzen Zeit dort hat er nur die kleine Orgel im Schlosse zur Verfügung und keinerlei berechtigte und fruchtbare Verbindung mit der Kirchenmusik gehabt. Doch widmete er sich *ganz*, wie er in allem war, nun herzlich der Kammermusik – der junge Fürst stand ihm dabei gütig und voll Sympathie gegenüber. Er war selber ein gut gebildeter Musiker, der diese Kunst heiß liebte und seinen Kapellmeister nach Verdienst schätzte. Auch war er liebevoll genug, bei dem Sohne, der dort Sebastian und Barbara geboren wurde, Gevatter zu stehen. Der Kleine starb in sehr jugendlichem Alter, kurze Zeit nachdem er in der Schloßkapelle getauft worden war. Als der Fürst nach Karlsbad ging, um dort die Wasser zu gebrauchen, nahm er Sebastian als seinen Kapellmeister mit sich. Sebastian liebte Cöthen und die Ruhe und den Frieden jenes Ortes sehr, doch glaube ich nicht, daß er, auch wenn ihn nicht besondere Umstände von dieser Stelle getrieben, immer dort geblieben wäre. Denn er war doch abgeschnitten von dem, was ihm als Komponisten das Höchste bedeutete, von der Kirchenmusik, dem großen Ausdruck seiner eigenen, tief religiösen Natur.

In Cöthen starb Maria Barbara Bach und ließ ihm vier kleine Kinder von den sieben, die sie ihm in ihrer dreizehnjährigen Ehe geboren hatte, zurück. In Cöthen wurde ich seine Frau. Und nachdem ich nun, so gut ich es vermochte, sein Leben beschrieben habe, bis ich die Seine wurde, will ich nun weitergehen und von den Jahren sprechen, die ich an seiner Seite verbracht habe.

Von Sebastians Gottesnähe, meiner Hochzeit, vom Klavierbüchlein und der Fingerfertigkeit, von Vater- und Lehrerglück, vom Wohltemperierten Klavier und der Frau Fugenfresserin

Ich glaube, Sebastian war ein Mensch, den man nicht leicht kennenlernen konnte, es sei denn, man liebte ihn. Hätte ich ihn nicht von Anfang an geliebt, ich würde ihn gewiß nicht verstanden haben. In seinen Reden über tiefe Dinge war er immer sehr zurückhaltend, er drückte sich überhaupt nicht in den Worten aus, die er sprach, sondern in dem, was er war, und vor allem anderen natürlich in seiner Musik. Er war der religiöseste Mensch, den ich erlebt habe. Das mag seltsam klingen, wenn ich an alle die guten lutherischen Pastoren denke, mit denen ich bekannt gewesen bin. Es waren brave Männer, deren ganzes Geschäft im Leben im Predigen bestand und im Beispielgeben. Bei Sebastian lag die Sache ganz anders. Religion war etwas in ihm Verborgenes, das nicht immer zum Vorschein kam, doch vorhanden war und nie vergessen wurde. Manches war in ihm, das mich zuweilen, besonders im Anfang unserer Ehe, mit Furcht erfüllte, eine felsenfeste Strenge, die seiner Güte als Unterlage und Stütze diente. Doch seltsamer als alles war ein glühendes Verlangen, das ihn sein ganzes arbeitsvolles Leben hindurch begleitete, ein Verlangen nach dem Tode. Nur zuweilen erkannte ich es wie in einem Blitz, denn ich glaube, er verbarg es oft vor mir, da er fühlte, daß es mich erschreckte; denn ich war jünger und nicht so mutig wie er. Ich empfand keine Sehnsucht, ihn zu verlassen, noch die Welt, die mir schön erschien, solange er in ihr weilte. Heute, da ich alt bin und allein und er vor mir dahingegangen ist, heute vermag ich seine Sehnsucht besser zu verstehen, dahin zu gelangen, wo alle Dinge *vollkommen* gemacht werden. Tief in seinem großen Herzen trug er das Bild des Gekreuzigten, und seine edelste Musik ist der todessehnsüchtige Schrei, der sich ihm bei der Vision des auferstandenen Heilandes entringt.

Ich war von meinen guten Eltern sehr fromm im lutherischen Glauben auferzogen worden, aber Sebastians Religion war etwas sehr viel Ausgebreiteteres. Ich empfand dies gleich am ersten Tage nach unserer Hochzeitsfeierlichkeit, als unsere Gäste uns verlassen hatten, Sebastian auf mich zutrat, mein Gesicht mit seinen beiden Händen in die Höhe hob, mich ansah und dabei sagte: »Ich danke Gott für dich, Magdalena!« Ich konnte nichts antworten, sondern verbarg mich an seiner Brust und betete still und leidenschaftlich: »O Gott, mach mich seiner würdig!« Ich empfand plötzlich meine Jugend und das schwere Gefühl der Verantwortung, die ich auf mich genommen, als ich einwilligte, die Frau eines solchen Mannes zu werden. Wenn ich ihn irgendwie unglücklich machte, so verdarb ich womöglich seine Musik. Er pflegte zu sagen, Dissonanzen seien um so härter, je näher sie der Harmonie lägen, und so seien Mißhelligkeiten zwischen Ehegatten die unerträglichsten. Wir hatten Schwierigkeiten und Unruhe, wie sie ein jeder hat, der über diese Erde geht, aber sie lagen stets außerhalb unserer Person, sie rührten nie an unsere Liebe.

Da er fünfzehn Jahre älter war als ich und schon eine Ehe geführt hatte, wurde es ihm vielleicht nicht sehr schwer, so gütig und nachsichtig zu mir zu sein, wie er immer war. Ich war gut erzogen und konnte kochen und spinnen und nähen, doch hatte ich die Sorge für ein Hauswesen und für Kinder natürlich noch nie auf meinen Schultern gefühlt, und meine Mutter selber war eine so gute und geschickte Hausfrau gewesen, daß mir nie zum Bewußtsein gekommen war, wie viel dazu gehörte, ein Haus zu leiten und allen Hausgenossen Bequemlichkeit zu verschaffen. Ich sah bald, daß Unordnung etwas war, das Sebastian durchaus nicht ertragen konnte. Seine Papiere und seine persönlichen Besitztümer mußten in einer ganz bestimmt festgelegten Weise verwahrt und behandelt, und es durfte an seinen Gepflogenheiten nicht gerüttelt werden. Er haßte Unpünktlichkeit, wie er Verschwendung haßte, und Unpünktlichkeit war ihm Verschwendung mit dem Unschätzbarsten, mit dem einzigen Ding, das man, wie er sagte, nicht zum zweitenmal haben konnte, mit der Zeit. Anfangs war ich wohl ein bißchen sorglos und vergeßlich, aber er hatte große Geduld mit mir, und ich besserte mich bald, als ich sah, was ihm an mir nicht angenehm war. Denn mein einziger Gedanke, mein einziges Streben war, ihm zu gefallen und ihm sein Heim zu *dem* Ort auf der ganzen Welt zu machen, an dem er am glücklichsten war.

Gerade eine Woche nach unserer Verheiratung feierte auch der Fürst von Anhalt-Cöthen, der Sebastian so sehr schätzte und uns so gnädig gesinnt war, seine Hochzeit.

Es war kaum anzunehmen, daß diese hohe Hochzeit irgendeinen bestimmenden Einfluß auf unser Leben nehmen könnte, und doch trat dies ein. Denn sie wurde der Grund, daß wir nach einiger Zeit nach Leipzig übersiedelten, wo wir den ganzen übrigen Teil unseres Lebens zubrachten.

Bis zur Zeit seiner Eheschließung hatte die größte Wonne des Fürsten darin bestanden, gute Musik zu hören, und natürlicherweise begann und endete die Musik bei ihm in seinem Kapellmeister Sebastian Bach. Die Konzerte, obwohl sie nur klein sein konnten, weil der Fürst nicht reich genug war, um sich, wie andere Fürsten es taten, ein großes Orchester zu halten, waren unter Sebastians Leitung doch von ganz besonderer Herrlichkeit, was nicht wunderzunehmen braucht, da man ja viele Kompositionen von Sebastian dort zum erstenmal zu Gehör brachte. Es mochte nun sein, daß die neue Fürstin fand, zu viele Zeit widme ihr Gatte der Musik und seinem Kapellmeister – vielleicht war sie ein wenig eifersüchtig, vielleicht auch langweilten sie die wunderbaren verinnerlichten Kammerkonzerte, denn es soll Menschen auch unter Hochgeborenen geben, für die solche ernste Musik nur geringe Reize hat – jedenfalls ging nach wenigen Monaten mit unserem Fürsten eine Veränderung vor. Er hörte allgemach auf, selbst zu spielen, versäumte sogar die Konzerte, ermutigte die Musiker nicht mehr, kurz, am Hofe von Cöthen verblühte die Musik und starb dahin. Sebastian erschrak und wurde immer unglücklicher, er konnte in solch einer Atmosphäre der Lauheit nicht leben. Eines Tages kam er ganz niedergedrückt durch irgendeinen abschlägigen Bescheid nach Hause zurück, der ihm gezeigt hatte, daß sich das Interesse des Fürsten von seiner Musik weg ganz auf die zarte und sehr anspruchsvolle Prinzessin gewandt hatte. »Magdalena«, sagte er mit trübem Gesicht, »wir werden von Cöthen weg und woanders hingehen müssen. Hier ist kein Platz mehr für einen Musiker. Bist du willens, unsere kleine Wirtschaft zusammenzuschlagen?« Ich antwortete ihm, wie es recht und billig war, daß meine Heimat nur da sein könne, wo er sei und sich wohlfühle, und ich versuchte ihn, so gut es ging, zu trösten. Doch der Gedanke, Cöthen zu verlassen, war für uns beide nicht leicht, denn er liebte die Stadt, und sie bedeutete für mich mein erstes Eheheim, und jede Frau wird ermessen, was es heißt, sich von einem Orte, der solche Erinnerungen birgt, loszureißen. Wir waren erst ein wenig länger als ein Jahr in Cöthen, doch dies Jahr war für mich mit Wundern angefüllt. Mit ihm zu leben und ihn Tag für Tag sehen zu können, das war mir ein Glück, das ich nie hätte verdienen können und nie verdient habe. Lange Zeit ging ich in einem Zustand von Erstaunen wie in einem Traume umher, und manches Mal, wenn Sebastian außer Hause war, faßte mich eine Angst, ich könne aus diesem Traume erwachen und mich wieder als die kleine Anna Magdalena Wülken und nicht mehr als Frau Kapellmeister Bach wiederfinden. Wenn ich aber dann seinen Tritt draußen vor der Tür hörte, sprang ich ihm entgegen, er trat mit einer Liebkosung, einem zarten Wort auf mich zu, ich drückte mich in seinen Arm, fühlte mich geschützt und empfand den bezauberndsten Traum als reiche gute Wirklichkeit.

Kurze Zeit nach unserer Hochzeit brachte er mir ein Musikbüchlein, das er für mich gemacht hatte – ich besitze es noch, und wie arm ich auch werden mag, von ihm werde ich mich nicht trennen, solange ich lebe.

Eines Abends saß ich, nachdem ich seine vier kleinen Kinder zu Bett gebracht hatte, unten in unserem Wohnzimmer bei einer Kerze am Tisch und schrieb aus einer Partitur Stimmen aus, als er leise hinter mich trat und ein längliches Büchlein, das mit Lederrücken und Lederecken versehen schön grün gebunden war, vor mich legte. Auf der ersten Seite stand geschrieben:

Clavierbüchlein
vor
Anna Magdalena Bachin.
Anno 1722.

Als ich nun mit eifrigem Finger die Seiten umwandte, während er hinter mir stand und mich mit seinem guten Lächeln betrachtete, fand ich, daß er in dies Büchlein leichte Klavierstücke für mich aufgeschrieben hatte. Er hatte nämlich angefangen, mir Unterricht auf dem Klavier zu geben. Ich war noch nicht sehr vorgeschritten, obgleich ich ein wenig spielen konnte, als ich heiratete. Er hatte die kleinen melodiösen Stücke aufgeschrieben, um mir eine Freude zu machen, um mich zu ermutigen und mich auf die anmutigste Weise von meiner einfachen Fertigkeit zu einer höheren zu führen. Unter den Stücken war eine ernste und besonders schöne Sarabande – Sebastians Sarabanden in den Suiten und Partitas sind mir immer ganz besonders reizvoll vorgekommen, sie schienen mir sein Wesen immer besonders genau auszudrücken – und das heiterste kleine Menuett, das mir bekannt worden ist. Alle Stücke aber waren von einem Reiz, der jeden Klavierspieler zum Studium verführen mußte.

Sebastian war immer bereit, von seiner Höhe zu steigen und jedes Kind, jeden Anfänger in der Kunst sanft bei der Hand zu nehmen und hinauf zu höherer Vollkommenheit zu führen. Nichts konnte ihn bei einem Schüler ungeduldig machen, nur Unaufmerksamkeit und Gleichgültigkeit.

Wenn ich nur beschreiben könnte, in welcher Weise er Unterricht gab! Ich glaube, es hat nie einen besseren Lehrer in der Welt gegeben, so anfeuernd, so geduldig (nur nicht mit der Faulheit), so unermüdlich war er, dessen Augen und Ohren nie den kleinsten Fehler nicht bemerkten, nie eine Sorglosigkeit ungerügt ließen. Ich habe junge Leute, seine Schüler, vor Aufregung zittern sehen, wenn sie zu ihm hineingingen, und sah zuweilen Tränen der Rührung über seine Güte in ihren Augen, wenn sie wieder herauskamen. Und ich habe sie erbleichen sehen, wenn er einmal böse auf sie war, was selten vorkam. Zuweilen jedoch brach seine leidenschaftliche Natur durch, besonders wenn er kleinen Betrügereien irgendwelcher Art auf die Sprünge kam, und ich habe ihn gesehen, wie er einmal sich seine Perücke abriß und sie einem Schüler an den Kopf warf, den er verächtlich einen Klaviergauner, einen Schaumschläger schimpfte, weil er einen glänzenden Effekt auf eine unsolide Weise hatte erzielen wollen.

Wenn er mich unterrichtete, war er von engelhafter Geduld, und erst in meinem Tode werde ich die seligen Stunden vergessen können, da ich zu seinen Füßen saß und lernte. Natürlich nahm er es mit mir nicht so ernst wie mit den angehenden Berufsmusikern, die er ausbildete, und ich hatte in den ersten Jahren so viel für unsere Kleinen zu sorgen, daß meine ganze Musik immer nur eine erhabene Erholung für mich blieb. Im ersten Jahr unserer Ehe jedoch gab er mir ernsthaft Klavierunterricht und lehrte mich auch vom figurierten Baß zu spielen, ja eine Zeitlang unterrichtete er mich gar im Orgelspielen. Als ich zum ersten Male den Wunsch aussprach, das Orgelspiel zu erlernen, lachte er ein wenig und meinte, das sei ein zu großes Instrument für eine so kleine Frau. »Wenn ich erst einmal«, so sagte er, »alle Register ziehe, so wirst du dir die Finger in die Ohren stecken und schleunig nach Hause laufen.« Als ich mich aber durch diese liebevolle Neckerei nicht entmutigen ließ, begann er mir Unterrichtsstunden zu geben, wenn immer er oder ich freie Zeit hatten – und ich glaube, er hatte an diesen Stunden genau so viel Freude wie ich, nämlich außerordentlich viel. Es liegt etwas eigentümlich Erregendes darin, auch nur die Tasten einer Orgel niederzudrücken. Ich hatte, wie ich eben erzählte, schon vor meiner Verheiratung ein wenig das Klavier gespielt, doch Orgelspielen ist eine ganz andere Sache! Die drei Manuale machten mir nicht allzuviel zu schaffen, obgleich es wohl verwirren konnte, die Melodie auf dem Rückpositiv in einer tieferen Ebene zu spielen wie den Baß auf dem Brustwerk, wie ich es manchmal tun mußte, aber daran gewöhnte ich mich bald. Aber als ich die Füße beim Pedal gebrauchen mußte, geriet ich doch in Verlegenheit. Zuerst spielte ich Gesänge und Lieder in vier Stimmen mit beiden

Händen, dann ließ er mich den Baß mit den Füßen spielen. Dies aber erregte in mir das Gefühl vollkommener Verwirrung und einen sonderbaren Schwindel. Ich hielt meine beiden Hände auf den Manualen und meinen Fuß auf einer Pedaltaste, mußte innehalten, sah Sebastian an, der bei mir stand, und rief bange: »Ich kann nicht weiter, ich weiß nicht, ich kann nicht weiter.« »Du bist ein Gänschen«, antwortete Sebastian, »und wären wir nicht in der Kirche, so würde ich dir einen Kuß geben!« Aber obgleich er mich auslachte, hatte er unendliche Geduld mit mir, und nach mühevollem Üben konnte ich endlich die Pedalnoten spielen, ohne nach jeder, wie mir schien, minutenlang mit den Zehen zu fahnden. Von Anfang an untersagte er mir, nach den Pedalnoten mit den Augen zu sehen. »Das wäre eine hübsche Geschichte«, pflegte er zu sagen, »wenn du nicht eine Taste anschlagen könntest, ohne mit den Augen zu sehen, ob es auch die richtige ist! So schaut auch nur ein sehr schlechter Organist nach den Pedalen, und ich kann doch nicht zugeben, daß du etwas schlecht machst! Du wirst vielleicht auf der Straße der Organisten nicht sehr weit gehen, aber du sollst wenigstens die richtige Straße gehen.«

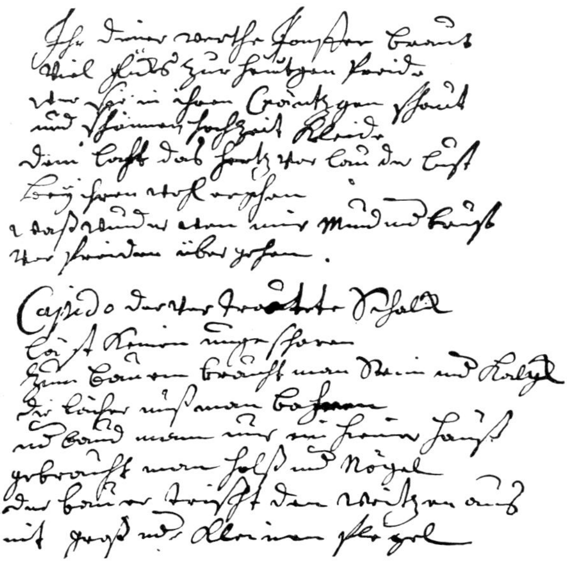

»Für mich schrieb Sebastian
zu unserer Verheiratung das Lied,
das er dann mit anderen in
meinem Notenbüchlein sammelte.«
Seite 33.

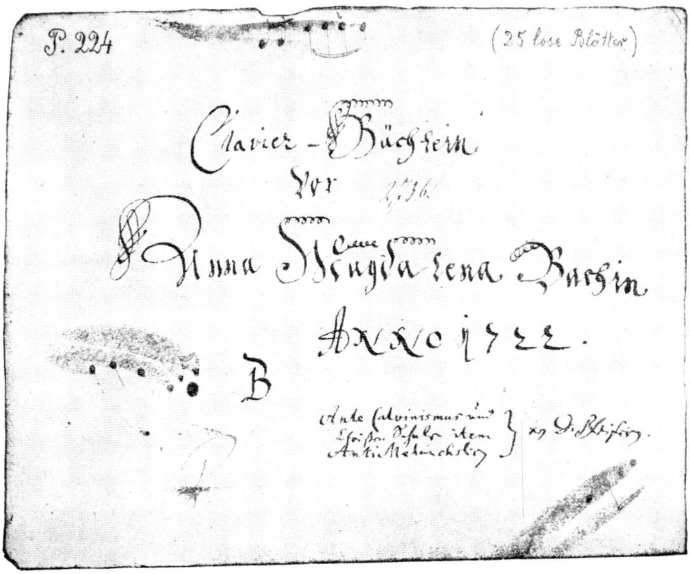

»Kurze Zeit nach unserer Hochzeit brachte Sebastian mir ein Musikbüchlein, das er für mich gemacht hatte. Eines Abends saß ich unten im Wohnzimmer bei einer Kerze am Tisch, als Sebastian leise hinter mich trat und ein längliches Büchlein, das mit Lederrücken und Lederecken versehen schön grün gebunden war, vor mich legte.« Seite 92.

Ich schritt nun auch wirklich auf dem mühevollen und so herrlichen Wege nicht weit dahin, aber immerhin weit genug, um sehen zu können, wie beispiellos wunderbar *weit* Sebastian es in dieser Kunst gebracht hatte. Wenn man nämlich den Schwierigkeiten des Orgelspiels vollständig unwissend gegenübersteht, kann man nicht im mindesten würdigen, was es heißt, Fugen und Choralpräludien so zu spielen, wie er es tat. Da könnte man diese Kunst ebensogut einem Fisch im Meere vormachen. Und ich, die Eheliebste des Meisters, wollte keineswegs seinem Können gegenüber ein dummer, stummer, tauber Fisch sein. Die Mühe und die Zeit, die ich darauf verwandte, dies Instrument, wie unvollkommen auch immer, handhaben zu können, wurde mir mein Leben lang reichlich gelohnt durch die ganz besondere Freude, die ich immer später an den vielen und glorreichen Arbeiten hatte, die Sebastian für dies sein Lieblingsinstrument, für die königliche Orgel schrieb. Für mein Klavierbüchlein hatte er auch eine Fantasie für Orgel für mich begonnen, doch fehlte ihm die Zeit, sie fertigzumachen. Ich begann aber die Orgel immer mehr zu lieben, und zwar mit einer ganz besonderen Liebe, sei es, weil er sie so liebte, oder weil er seine edelste, erhabenste Musik für dies Instrument geschrieben hat – die Musik, in der er sein Wesen am reinsten zum Ausdruck brachte, seine Natur, seine Seele am unmittelbarsten sprechen ließ. Ich weiß, viele Kenner und vortreffliche Richter ziehen seine Kantaten vor und andere wieder die lieblichen Sachen, die er für das Klavier geschrieben – gut, wenn man erst anfängt nachzudenken, ist es unmöglich, irgendein Bestes zu wählen oder vorzuziehen, man kann nur mit den Worten der Schrift sagen: »Wie ein Stern vom andern im Glanz sich unterscheidet –«.

Aber ich bin weit abgeschweift von dem, was ich sagen und erzählen wollte, nämlich *wie* Sebastian unterrichtete. Er verfuhr nach seiner eigenen, sehr sorgfältig überdachten Methode. Keine Mühe war ihm zu groß für »die Jugend, die zu lernen wünscht«. Wenn er einen Anfänger ans Klavier setzte, zum Beispiel seine eigenen Söhne, so pflegte er folgendermaßen vorzugehen: Er gab ihnen zuerst Unterricht im Anschlag und im Fingersatz. Er war es nämlich, der zuerst das anwandte, was man die natürliche Kreuzung des Daumens unter die Finger nannte. Bisher hatte man den Daumen, das heißt die wenigen Spieler, die ihn überhaupt benutzten, oberhalb der anderen Finger übergesetzt, was sehr linkisch war. Auch benutzte Sebastian dies Glied als erster wie jeden anderen Finger zum Trillern und zu Verzierungen. Nicht eher erlaubte er wirkliches Spielen, bis man in all diesen Dingen mit fertiger Leichtigkeit vorgehen konnte, aber auch schon für diese Schüler schrieb er eine Menge kleiner Übungen, die, ob sie gleich die Fingerfertigkeit zum nächsten Zwecke haben, doch auch den Geist des Schülers erfreuten und die Arbeit durch die Freude an den hübschen Melodien sehr viel angenehmer machten. Ich habe oft erlebt, wie er vom Klavier, an dem gerade ein Schüler mit einer bestimmten Schwierigkeit kämpfte, sich wegwandte, einen Bogen Papier aufnahm und mit seiner schnellen Hand, die doch nie der Eile seines Gedankens nachkommen konnte, irgendeine kleine »Invention« aufschrieb, die die fragliche Schwierigkeit in ihrer klarsten und anziehendsten Form enthielt, so daß aus reiner Liebe zu ihm und zur Musik der Schüler mit erneutem Mute an seine Übung ging. Oft auch hörte ich ihn zu seinen Schülern sagen: »Ihr habt so gut fünf gesunde Finger an jeder Hand wie ich, und wenn ihr mit ihnen übt, so werdet ihr so wohl mit ihnen spielen lernen, wie ich spielen kann. Nur Fleiß ist vonnöten!«

Für seinen ältesten Sohn Friedemann, der auf immer sein Lieblingskind blieb und auch sein Lieblingsschüler war, schrieb er, als der Kleine zehn Jahre zählte – dies geschah ein Jahr vor unserer Verheiratung – ein Klavierbüchlein. Als Friedemann es durchgearbeitet hatte und auch die anderen Kinder, die es nacheinander benutzten, sozusagen aus ihm herausgewachsen waren, bewahrte ich es vor dem Verlorengehen, denn Sebastian selber legte sehr wenig Wert auf seine geringen Kompositionen. Wenn irgend etwas davon verschwunden war oder von einem der Kinder verlegt worden, so pflegte Sebastian wohlgemut zu sagen: »Gut, da muß ich was anderes schreiben.« Sein Geist war so fruchtbar wie der alte Kirschbaum, der im Garten meiner alten Tante in Hamburg stand.

In Friedemanns Klavierbüchlein schrieb er auf der ersten Seite zuerst die Schlüssel und die hauptsächlichsten Ornamente und Verzierungen nieder. Dann kam ein kleines Stück, das er in der sorgfältigsten und eingehendsten Weise mit Fingersatz versehen hatte und das er Applicatio nannte – an dessen Anfang die Worte geschrieben standen: In nomine Jesu. In diesem Namen schrieb er seine ganze Musik, die große sowohl wie die kleine. Ich erinnere mich noch sehr wohl, wie heiter er war, als er einmal in unser Wohnzimmer tretend mich dabei betraf, wie ich eine kleine Gigue von ihm spielte, während unsere zwei Kleinsten sich im Tanze dazu drehten und ich ihm fröhlich entgegenrief: »Ich glaube, auch das Kind Jesu würde gerne zu dieser Melodie tanzen!« Da trat er auf mich zu und küßte mich in den Nakken. »Das ist ein hübscher Gedanke von dir, kleines Herzchen«, sagte er lächelnd, und ich war recht froh, daß ihm ein Gedanke von mir gefallen hatte. Ja, ich fühlte, er konnte es wohl wagen, Musik zu machen, die süß genug war für das Himmelskind, und das Wiegenlied im Weihnachtsoratorium würde die gebenedeite Mutter dem göttlichen Söhnlein wohl recht gerne vorgesungen haben. Und auch groß genug war seine Musik für den Erlöser auf dem Kalvarienberge, wie die Klänge in dem Kruzifixus seiner großen Messe uns bezeugen. Am Schlusse seiner ersten Partituren schrieb Sebastian stets Soli Deo Gloria – zu Lobpreisungen Gottes geschrieben.

Für Friedemann schrieb er viele der zwei- und dreistimmigen Inventionen, die er ein Jahr später zu einem ganzen Bande erweiterte, den er nannte: »Aufrichtige Anleitung, wormit denen Liebhabern des Clavires, besonders aber denen Lehrbegierigen eine deutliche Art gezeiget wird, nicht alleine (1) mit zwei Stimmen reine spielen zu lernen, sondern auch bei weiteren progressen (2) mit dreyen obligaten Partien richtig und wohl zu verfahren, anbey auch zugleich gute inventiones nicht alleine zu bekommen, sondern auch selbige wohl durchzuführen, am allermeisten aber eine cantable Art im Spielen zu erlangen und darneben einen starken Vorschmack von der Composition zu überkommen.«

Nun wird es nicht wundernehmen, daß bei all der Sorge und Mühe, die Sebastian sich mit ihnen gab, die beiden ältesten Söhne so bemerkenswerte Musiker geworden sind: Friedemann der Organist, der in seiner Zeit nur seinem Vater unterlegen war, und Emanuel, der größte Cembalospieler seiner Tage und ein außerordentlich begabter Komponist.

Als wir im Jahre 1721 heirateten, war Friedemann elf und Emanuel sieben, der kleine Johann Gottfried sechs und die liebe Katharina zwei Jahre älter als Friedemann. So hatte ich von Anfang an eine kleine

Familie zu betreuen und zu bemuttern und, sicher dem gütigen Beispiel ihres Vaters folgend, liebten mich die Kleinen alsbald von Herzen und weihten mich in ihre Vergnügungen und Sorgen ein, wenn auch Friedemann, der älteste und schon ein wenig verantwortliche Gefährte seines Vaters, anfangs ein wenig reserviert war. Aber wir waren sehr glücklich alle miteinander, und am glücklichsten, wenn wir einmal Sebastian aus seinen vielen Verpflichtungen am Hofe, seinen Kompositionsarbeiten und seinen Proben losschmeicheln und ihn bewegen konnten, uns bei einem kleinen Ausflug vors Tor zu begleiten. Dann packten wir wohl ein bißchen Wegzehrung in ein Felleisen und verzehrten sie fröhlich an einem schattigen Platz vor der Stadt. Er und die Kinder tummelten sich dann in den närrischsten Spielen, alles lachte noch mehr wie sonst, aber es wurde auch so tapfer geschmaust, daß ich später nie mehr solch einen Ausflug unternahm, ohne vorher tüchtig gebacken zu haben. Ich fühlte mich so jung wie nur eins der Kinder und vergaß gewiß, glaube ich, manchmal die Ernsthaftigkeit, die sich für eine verheiratete Frau geziemte, denn wenn Sebastian heiter war, stak er so voller Einfälle, produzierte so viel Scherze und

Neckereien, daß er uns alle ansteckte. Dann, wenn die Kinder matter wurden und der kleine Johann in meinen Schoß kletterte, erzählte Sebastian uns zuweilen Geschichten, Legenden, wie er sie in seiner eigenen Kindheit in Eisenach gelernt hatte oder, was mir noch lieber war, wahre Begebenheiten aus dem Leben derer, die wie er in Eisenach gelebt hatten, aus dem Leben der heiligen Elisabeth und des starken Martin Luther. Und dann wanderten wir im Abendlicht unserem Hause zu, und wenn ich die müden Kinder ins Bett gebracht hatte, saß ich wohl noch selbst müde und sehr friedevoll neben Sebastian, Hand in Hand mit ihm, und mein Haupt ruhte an seiner Schulter. Es waren Tage großen Glückes, die Gott uns in Cöthen schenkte.

Und bald erfuhr ich noch ein größeres Glück. Ein Kind wurde mir geschenkt, ich erwartete mein Erstgeborenes – eine Zeit, die wohl keine Frau je vergißt. Als all der Flanell und die Windeln zum Wärmen auf dem Herde lagen, führte die gute alte Kinderfrau Sebastian noch einmal zu mir herein. Er sah ein wenig ängstlich aus, doch sagte er mit heiterer Stimme zu mir: »Liebe Gute, all die Bachschen Frauen waren fröhliche Mütter von Kindern« – dann aber plötzlich, mit ganz veränderter Stimme, flüsterte er, indem er seinen Arm um mich legte: »Armes Lamm, wie es mir wehe tut, daß du Schmerzen ausstehen sollst!« Und diese Worte, der liebe Klang seiner Stimme trösteten mich, bis unser Erstes glücklich geboren war.

Wir hatten im ganzen dreizehn Kinder. Gottes Segen war bei uns, und er machte mich so fruchtbar wie den Weinstock an der Mauer von meines Gatten Hause. Und welch ein Familienvater war er! Mir schien es, als sähe er nie so groß und würdevoll aus, als wenn er am Kopfende des Tisches saß und an der Spitze seiner Söhne und Töchter, seinen geliebten Friedemann neben sich, während ich an der anderen Seite unser Jüngstes auf dem Schoße hielt und seinen Zähnchen an einer Kruste zum Durchbruch verhalf.

Eine gewisse Strenge, die oft finster über ihm hing, wich bei unseren häuslichen Zusammenkünften vollständig von ihm, er war ganz Offenheit und Zuneigung, nahm Anteil an allem, was die Kinder ihm erzählten, und nicht der kleinste Bericht des Kleinsten war ihm gleichgültig. Alle erwiesen ihm Achtung und Ehrfurcht – wie es die natürliche Pflicht aller Kinder gegen ihren Vater ist –, aber der Anteil kindlicher Furcht in ihrer Liebe war viel kleiner, als es sonst bei Kindern der Fall ist. Und wie ich ganz gewiß bezeugen kann, nie erhob er die Hand gegen irgendeins seiner Kinder. Und dabei erinnere ich mich doch, daß selbst mein höchst gütiger Vater mich, als ich noch ganz klein war, mehrmals geschlagen hat. Unsere Bekannten pflegten zu sagen, wir verdürben unsere Knaben durch so viel Güte, und ich habe mich oft selbst gefragt, ob nicht Friedemanns Fehler auf diesen Mangel an Züchtigungen zurückzuführen seien, denn er war ein viel schwierigeres Kind als irgendeins von den andern. Bei ihnen bedurfte es nur eines Tieferwerdens seiner Stimme oder eines Zusammenziehens seiner Augenbrauen, das wie ein Blitz über sein Gesicht huschte, wenn er böse war. Das genügte, um Ordnung und Gehorsam wiederherzustellen.

Einmal, als Friedemann seinen Vater vorsätzlich belogen hatte, war Sebastian darüber so niedergeschlagen, daß er einen Tag lang mit Friedemann weder sprach noch ihn ansah, und auch Friedemann ging mit höchst unglücklichem Gesicht herum. Eine Wolke lag auf uns allen, ich konnte nie frei atmen, wenn ich Sebastian unglücklich sah. Als der Tag zu Ende ging, fand ich den Knaben in seinem Bette auf dem Gesicht liegend und bitterlich weinend. »Friedemann«, sagte ich, und ich konnte nicht umhin, an die Parabel von dem verlorenen Sohne zu denken, »warum gehst du nicht zu deinem Vater und bittest ihn um Verzeihung?« »Ach, Mütterchen«, antwortete das Kind und gab mir zum erstenmal diesen Namen, »ich fürchte mich so!« »Komm mit«, rief ich froh, »wir wollen zusammen gehen!« Da stand er von seinem Bett auf und ging mit mir in seinem tränenüberströmten Angesicht zu Sebastian hinunter. »Wir kommen, um zu sagen, daß es uns sehr leid tut«, begann ich, aber schon lag Friedemann vor seinem Vater auf den Knien und drückte seinen Kopf in dessen Schoß. Und wir alle drei weinten ein wenig. Dann sahen Sebastian und ich uns durch unsere Tränen lächelnd an, er hob seinen Sohn empor und küßte ihn, und alle Entfremdung war gewichen. Aber dies war leider nicht das letztemal, daß Friedemann seinen Vater unglücklich machte. Der Jüngling war zuweilen ganz verfinstert und reizbar und hatte einen unheilvollen Hang zur Verschwendung, ganz unähnlich seinem Vater, der weise und vorsichtig mit Geld umging. Aber er war so glänzend, der kraftvolle Knabe, von schnellster Auffassung und großem Verstande.

Sein Bruder Karl Philipp Emanuel, mit seinem runden braunen Gesicht und den braunen Augen, war wieder eine ganz andere Persönlichkeit. Er war beharrlich und von eisernem Fleiße, ein fast ebenso guter Musiker wie Friedemann, doch war sein ganzes Wesen viel solider gefugt. Aber Sebastians Herz wandte sich vor allen anderen immer unbewußt seinem Ältesten zu, wie ich bald merkte, ob er gleich jeden Augenblick gerecht und gelassen blieb und von irgendeiner Parteilichkeit in der Behandlung der Kinder nie die Rede sein konnte.

Ich glaube, ein Vater hat immer eine Vorliebe für seinen ältesten Sohn, und es gab mir oft einen Stich ins Herz, wenn mir einfiel, daß keins meiner Kinder jemals Sebastians erstgeborener Sohn sein konnte. Doch als meine kleine Christiane Sophie in seinen Arm gelegt wurde, fühlte ich mich stolz und glücklich genug, um jeden weiteren Gedanken schwinden zu lassen. Wie alle Bachs und wie Luther, den er liebte und verehrte, war er fest in seiner Familie verwurzelt und sehr gern in der Gesellschaft seiner Kinder. Zwar konnte er einmal aufbrausen, wenn sie zu lärmend um ihn herumtobten, wenn er den Kopf voll Musik hatte – und ich tat stets mein Bestes, um sie ruhig zu halten, doch zuweilen wuchsen sie mir eben über den Kopf. Dann schüchterte er sie schnell zu leisem Herumsitzen und Flüstern und unterdrücktem Gekicher ein; aber nur sehr selten ward er böse, und ich wunderte mich oft sehr darüber, wenn ich inmitten des kindischen Geplauders und Lärmens ihn komponieren und schreiben sah, als wäre er allein auf der Welt.

Und wenn uns oft um Mitternacht ein schreiender Säugling weckte, weil er eingewiegt oder getränkt werden wollte, so wurde er auch nicht ungeduldig. Dann bat er mich wohl, ein geistliches Lied zu singen, damit wir alle vom Schlummerlied des Kleinen Genuß hätten. Er machte mir eine neue Melodie zu Luthers reizendem Gesang vom Jesulein süß, das in der Wiege auf dem Stroh liegt, und als ich ihn auswendig wußte, zerriß er das kleine Manuskript. Er sagte, er habe das Lied nur für mich geschrieben und wolle es nie von einer anderen Stimme hören. Da es nun sein Wunsch gewesen ist, daß das Lied mit mir sterben soll, will ich es auch nicht niederschreiben, obwohl es mir traurig vorkommt, daß dieser Gesang aus der Welt verschwinden soll, wenn ich gehe, denn es ist eine sehr süße Melodie. Wenn nun mein Singen das Kleine nicht zur Ruhe bringen konnte, so pflegte er es wohl selbst auf den Arm zu nehmen und in den Schlaf zu wiegen. Ich habe oft erlebt, daß Säuglinge sofort ruhig werden, sowie ein Mann sie in den Arm nimmt. Ich glaube, es gibt den Kleinen ein ganz besonderes Gefühl von Geborgenheit, und sie versinken ruhig in die Stärke des Armes, der sie umfaßt. Ein Mann hält nämlich ein Kind ganz anders fest als wir Frauen, vielleicht weil er mehr Furcht hat, es fallen zu lassen. Und wie die Kinder sich offenbar gerne fest von ihm halten ließen, so sah ich ihn gerne mit einem Kind auf dem Arme, und oft wollten mir Tränen kommen, wenn ich seine große Seele aus seinen Augen sich zu einer der kleinen schwachen Kreaturen niederbeugen sah. Wie zart seine Gefühle solch früher Kindheit gegenüber waren, zeigen auch die freundschaftlich gemütvollen Zeilen, die er in das erste Exemplar der Partita der »Klavierübungen« geschrieben als Widmung für den neugeborenen Erben des Fürsten von Anhalt-Cöthen, dem er das Werk in die Wiege legte.

Sebastian hatte sehr viel Väterliches in seinem Wesen, er dachte immer an seine eigenen Kinder und arbeitete für sie und ihre gesunde Erziehung und wachte stolzer über ihren Aufstieg in der Welt als über seinen eigenen. Zuweilen auch behandelte er mich wie ein zärtlicher Vater seine Tochter – welch starke Zuflucht war er mir in dem großen Kummer, den mir bald der Tod meines Kindes machte! Wie traurig war auch er, das kleine blonde Geschöpf im süßesten Plauderalter, in seinem vierten Jahre, zu verlieren! Wie weh tat es ihm, die blauen Augen unter dem mattgoldenen Haar zudrücken zu müssen! Doch dachte er in seiner Betrübnis nur an mich, und wenn ich mich an die Zeit zurückerinnere, da ich zum erstenmal das Leid der Erde kennenlernte, scheint es mir, als habe ich ihn damals auch zum zweitenmal, und wenn es möglich gewesen wäre, noch tiefer als das erstemal lieben gelernt.

Nur die kleine Christiane Sophie wurde in Cöthen geboren, alle anderen erschienen in Leipzig, und so muß ich in meiner Geschichte wieder zurückgehen. Wie ich schon sagte, hatten wir ungefähr ein Jahr nach unserer Verheiratung in Cöthen gelebt, als Sebastian einsah, daß sich das Interesse seines Fürsten von der Musik weggewandt habe, und zwar so sehr, daß er es nicht länger mehr für angängig hielt, dort Kapellmeister zu sein. Der Hof von Cöthen hatte ihm ja von allem Anfang an nicht die Wirkungsmöglichkeiten geboten, die er im tiefsten ersehnte, denn er war dort von jeder Kirchenmusik eigentlich abgeschnitten. Seine Aufgabe bestand darin, Kammermusik zu machen, und hier erfand er auch und ließ ein Instrument bauen, das eine Lücke in den Saiteninstrumenten, die ihm sehr empfindlich war, ausfüllen sollte: er nannte dies Tonwerkzeug Viola pomposa. Sie hatte fünf Saiten, war ein Mittelding etwa zwischen einer Violine und einem Violincello, und er schrieb auch gleich eine Suite für dies neue Instrument. Er spielte selbst Violine und Viola, das Violinspiel hatte er noch bei seinem Vater Ambrosius Bach gelernt, den ich nie gesehen habe, dessen Bild aber auf dem Ehrenplatz in unserem Wohnzimmer hing. Jahrelang war Sebastian auch Violinist im Orchester des Herzogs von Weimar gewesen, wenn er aber beim häuslichen Musizieren zu seinem Vergnügen spielte, so wählte er stets die Viola. Da fühlte er sich, wie er zu sagen pflegte, mehr im Mittelpunkt der Harmonien und konnte nach

»Als wir in Leipzig in der letzten Maiwoche des Jahres 1723 ankamen und vor der Tür des Kantorhauses, das an einer Seite an die Thomasschule angebaut war, stille hielten, sprang Sebastian als erster vom Wagen und bestand darauf, mich nach altem deutschem Brauch über die Schwelle zu tragen.« Seite 117.

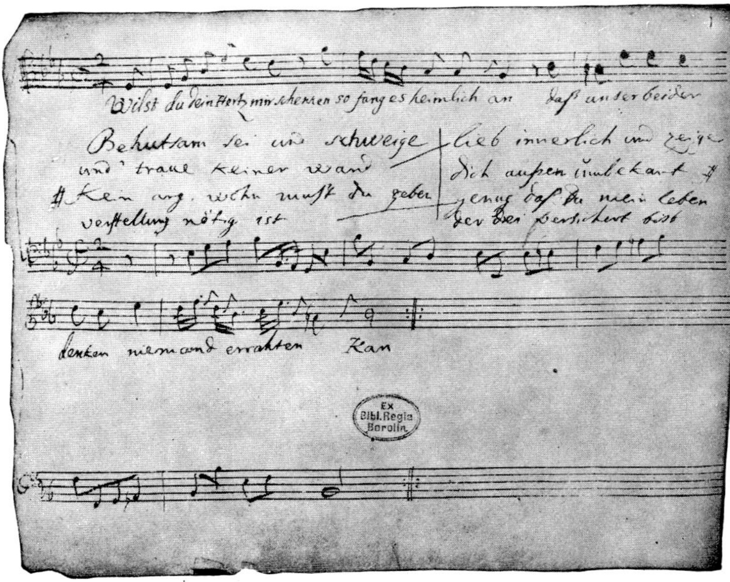

»Und am nächsten Tage
brachte Sebastian mir ein Lied –
ein Lied von unendlicher Lieblichkeit,
das ich ihm gleich vorsang,
und das zu folgenden Worten
geschrieben war.« Seite 137

links und rechts hin besser sehen oder vielmehr hören, was vor sich ging.

In Cöthen schrieb er, wie seiner Stellung entsprechend zu erwarten war, eine Menge Musik für Saiteninstrumente, vor allem aber schuf er hier und setzte eine Sammlung von Stücken für das Klavier zusammen, die alle ernsthaften Musiker, die sie kennenlernten, gleich unendlich hoch schätzten, eine Sammlung von vierundzwanzig Präludien und Fugen, die er »Das Wohltemperirte Clavier« nannte, und das er geschrieben hatte »zum Nutzen und Gebrauch der Lehrbegierigen Musikalischen Jugend als auch derer in diesem Studio schon habil seyenden besondern Zeit Vertreib aufgesetzet und verfertiget von Johann Sebastian Bach«. Man mußte allerdings sehr vorgeschritten sein, um diese Stücke zur Erholung zu spielen, denn manche von ihnen sind außerordentlich schwer auszuführen und verlangen eifrigstes Üben und die ganze Aufmerksamkeit eines frischen, jugendlichen, gedankenvollen Geistes. Aber viele von Sebastians Schülern haben mir oft vertraut, daß sie ein immer wachsendes Vergnügen empfanden und eine herrliche innere Genugtuung, je mehr sie in diese Präludien und Fugen eindrangen, je öfter und treuer sie sie studierten. Und ich, über deren Fähigkeit die meisten der Stücke hinausgingen, hatte doch einen unaussprechlichen Genuß, wenn ich Sebastian sie spielen hörte. Dies geschmeidige Rauschen der Töne unter seinen Fingern – er liebte sehr ein schnelles Tempo in einigen der Präludien, das wunderbare Mischen der verschiedenen Stimmen in den Fugen, wo jede Stimme so persönlich und klar erscheint und doch alle so unauflöslich ineinander verwoben waren!

Ach, nie wieder hat jemand so klarzumachen gewußt, was kontrapunktische Musik eigentlich ist. Ich bat ihn oft mit allen Schmeicheltönen, wenn er einen Augenblick frei hatte, mir ein Präludium oder eine Fuge vorzuspielen oder auch zwei. »Du wirst mich zu einem sehr schlecht temperierten Musiker machen, wenn du mich mit dem wohltemperierten Klavier nicht in Ruhe läßt«, sagte er einmal neckend zu mir, als er am Klavier sitzend seinen linken Arm um mich, die ich neben ihm stand, gelegt hatte, und begann mit der rechten Hand das Thema einer Fuge zu spielen. Als nun die zweite Stimme hinzukam, wollte er mich nicht loslassen, sondern spielte resolut mit der andern Hand, in deren Armbogen ich nun fest eingepreßt stehenbleiben mußte. Dann, als er mich beim letzten Akkord aus der Umklammerung entließ, rief er lachend: »Das geschieht dir ganz recht für deinen Fugenheißhunger!«

Was für ein Glück bedeutete das nun, wenn eine »Fugenfresserin« die Frau Johann Sebastian Bachs war! Zwar muß ich gestehen, daß ich noch lange nicht auf *alle* Fugen hungrig bin, denn es gibt manche traurig-trockene Dinge unter ihnen, die nur sehr wenig Beziehung zur Musik haben. Das waren aber nie Sebastians Fugen, die sind alle so frisch und funkelnd und heiter wie rinnendes Wasser oder traurig-zärtlich oder auch feierlich wie die vom Es-Moll-Präludium.

Nun hatte also Sebastians Geschick ihn von Cöthen und der Kammermusik fort nach Leipzig geführt, wo er die letzten siebenundzwanzig Jahre seines Lebens verbrachte und den weitaus größten Teil seiner Kirchenmusik schrieb.

Der alte Kantor der Thomasschule in Leipzig war gestorben, und einer der Gründe neben der zunehmenden Erkaltung des Fürsten gegen seine Musik für Sebastians Bewerbung um diesen freiwerdenden Posten war die Betrachtung, daß Leipzig bessere Möglichkeiten bot, seine heranwachsenden Söhne zu erziehen. Für ihn selbst bot diese neue Stellung mancherlei Nachteile, wie er sie auch in einem Briefe auseinandersetzt, den er bald nach seiner Ankunft in Leipzig an seinen alten Freund Georg Erdmann schrieb, der in Lüneburg mit ihm die Konventschule besucht hatte und nun in Rußland war. Er las mir die wichtigsten Teile dieses Briefes laut vor, da er mich, wie an allem andern, auch an seiner Korrespondenz teilnehmen ließ, und auch ich holte mir bei jedem Briefe, den ich schrieb, seine Billigung ein. Er setzte in dem erwähnten Schreiben Herrn Erdmann die Gründe auseinander, die ihn von Cöthen wegtrieben, wo er doch gehofft hatte, den restlichen Teil seines Daseins zubringen zu können, und erzählte, daß es ihm anfangs gar nicht gefallen habe, Kantor an der Thomasschule zu spielen, nachdem er Hofkapellmeister in Cöthen gewesen; aber daß, nachdem er ein Vierteljahr über die Sache nachgedacht, ihn doch die vielen Vorteile, die seine Söhne von solchem Stellungswechsel haben würden, bewogen hätten, in Gottes Namen die Veränderung zu wagen.

Wie Sebastian in Leipzig seine Frau-Braut über die Schwelle des Kantorhauses trug, wie er der Herr der Orgel und der „berühmte" Bach wurde, die Kantaten und Motetten schrieb, in der Schule grausam gequält wurde, aber im Himmel seines Hauses unablässig schuf und lehrte

Es ist immer ein eigentümliches Ding, an einen andern Ort zu verziehen und sich unter ein neues Dach zu begeben. – Wie bedrängt einen der Gedanke an die Schicksale, die einen zwischen den neuen vier Wänden erreichen werden! Leben und Tod barg von jetzt ab das Kantorhaus in Leipzig für uns – die Geburt vieler Kinder und das Sterben von einigen von ihnen, und zum Schluß erreichte uns dort *der* Tod, der die Welt leer und öde für uns machte, der Tod Sebastians.

Als wir in Leipzig in der letzten Maiwoche des Jahres 1723 ankamen mit unserm ganzen Hab und Gut und der ganzen großen und kleinen Familie und vor der Tür des Kantorhauses stille hielten, sprang Sebastian als erster vom Wagen und bestand darauf,

mich nach altem deutschen Brauch über die Schwelle zu tragen. »Du bist ja eigentlich noch nicht viel anderes wie eine Braut«, sagte er und küßte mich auf der Schwelle. Und nach uns kam seine liebe schöne Tochter Dorothea und trug meine kleine Christiane auf ihrem Arm. Sebastian fing meinen Blick auf dies Kind auf. »Ach«, rief er da mit seinem guten, breiten Lachen, »du bist doch meine Braut und wenn du zwanzig Kinder hättest!« Und ich danke Gott aus tiefstem Herzen, daß ich sagen kann, daß ich durch alle unsere dreißig Ehejahre hindurch nicht nur einen guten Gatten, nein, den liebevollsten Liebsten gehabt habe. Er schien nicht zu sehen, daß ich alterte und daß meine Wange sich faltete und in mein Haar Silberfäden zogen. Einzig einmal sagte er: »Dein blondes Haar war so lange Sonnenschein für mich, nun ist das silberne mein Mondenschein – und das ist viel besseres Licht für uns junge Liebesleute!«
Da ist es wohl kein Wunder, daß ich ihn immer heißer liebte und jeden seiner Blicke, jedes seiner Worte auffing und sie in meinem Herzen wie einen immer wachsenden Schatz aufschüttete. Wie Caspar mir ganz richtig sagte, ich habe nicht viel von allem, was Sebastian anging, vergessen, und oft halten gerade

die kleinsten Dinge am deutlichsten in der Erinnerung der Liebenden fest, und so mag es sein, daß mein letzter Gedanke an ihn nicht mehr unser Hochzeitstag oder unser erstes Kind sein wird, sondern der Augenblick, da er, mich umarmt haltend, eine Fuge spielte, oder der Kuß auf der Schwelle des Kantorhauses in Leipzig.

Dies Haus bildete einen Teil der Thomasschule, war an einer Seite an diese angebaut und hatte nur zwei Stockwerke. Es war ganz hübsch und bequem, doch als wir es acht Jahre bewohnt hatten und unsere Familie noch beträchtlich gewachsen war, erwies es sich doch als zu klein, und wir bezogen für einige Zeit das Haus zur Windmühle, während man ein Stockwerk auf das Kantorhaus aufsetzte. Diese Erweiterung verschaffte uns neben ein paar anderen Räumen ein sehr heiteres großes Musikzimmer, von dem aus ein Gang in den großen Schulraum der Thomasschule führte, und diese Einrichtung war für Sebastian sehr bequem und angenehm.

Bevor er endgültig zum Kantor bestallt wurde, mußte Sebastian feierlich vor dem Rat der Stadt Leipzig erscheinen und fleißigen und treuen Dienst geloben. Weiter mußte er versprechen, alle die Bedingungen zu erfüllen, die in seinem langen Kontrakt standen, aus dem ich einige Stellen ausgeschrieben habe, da er eins der wichtigsten Dokumente im Leben Sebastians bedeutet. So mußte er versprechen:

»1. Daß ich den Knaben in einem erbarn eingezogenen Leben und Wandel mit gutem Exempel vorleuchten, der Schulen fleißig abwarten und die Knaben treulich informieren.

2. Die Music in beyden Haupt-Kirchen dieser Stadt nach meinem besten Vermögen in gutes Aufnehmen bringen ...

5. Keine Knaben, welche nicht bereits in der Music ein Fundament geleget, oder sich doch darzu schicken, daß sie darinnen informiert werden können, auf die Schule nehmen, auch solches ohne derer Herren Inspectoren und Vorsteher Vorwissen und Einwilligung nicht thun.

6. Damit die Kirchen nicht mit unnöthigen Unkosten beleget werden mögen, die Knaben nicht allein in der Vocal-, sondern auch in der Instrumental-Music fleißig unterweisen.

7. In Beybehaltung guter Ordnung in denen Kirchen, die Music dergestalt einrichten, daß sie nicht zu lang währen, auch also beschaffen seyn möge,

damit sie nicht opernhafftig herauskommen, sondern die Zuhörer vielmehr zur Andacht aufmuntere . . .

9. Die Knaben freundlich und mit Behutsamkeit tractieren, daferne sie aber nicht folgen wollen, solche moderat züchtigen oder gehörigen Orts melden.

10. Die Information in der Schule, und was mir sonsten zu thun gebühret, treulich besorgen.

11. Und da ich solche selbst zu verrichten nicht vermöchte, daß es durch ein ander tüchtiges Subjectum ohne E. E. Hchw. Raths oder der Schule Beytrag geschehe, veranstalten.

12. Ohne des regierenden Herrn Bürgermeisters Erlaubnis mich nicht aus der Stadt begeben.«

Es läßt sich aus diesem Schriftstück leicht ersehen, daß Sebastian wirklich manche Einbuße an persönlicher Freiheit und persönlicher Ehre erlitt, als er vom Hofkapellmeister in Cöthen sich zum Kantor an der Thomasschule verwandelte. Aber er hatte sich die ganze Angelegenheit vorher überlegt, seine Wahl getroffen, und so gab es denn für ihn weiter kein Bedauern mehr.

Am Montagmorgen, den 31. Mai 1723 um neun Uhr,

wurde er an der Thomasschule eingeführt, und damit begann sein langes arbeitsreiches Leben hier in Leipzig. Er hatte nun allerlei zu verrichten, was nicht ganz auf der Höhe seines Genies stand. So mußte er zum Beispiel den Thomasschülern das Latein beibringen, doch alles übergoldete ihm die Freude, wieder eine machtvolle Orgel zur Verfügung zu haben. Wir waren noch keine Stunde in unserem neuen Heim, und es war noch so gut wie alles für seine Einrichtung zu tun, damit wir wenigstens in der Nacht schon dort schlafen konnten, als er zu mir geeilt kam und sagte: »Komm, Magdalena, ich will dir die Orgel zeigen!« Ich war vorher noch nie in Leipzig gewesen, da ich des kleinen Kindes halber nicht von Cöthen weggekonnt hatte, und lief gerade in dem Hause auf und ab, um nachzusehen, wie alles am besten eingerichtet würde, als der liebe Mann kam und mich zu seiner Orgel nehmen wollte. Und ich wußte auch, daß ich – der Himmel verzeihe mir den weltlichen Gedanken – für längere Zeit nicht zu meiner Haushaltarbeit zurückkommen konnte, wenn er auf den Gedanken kam, mir auf dem neuen Instrument vorzuspielen. Einen Augenblick zögerte ich deshalb, aber schon hatte er ungeduldig meine Hand ergriffen: »Komm nur, die Kirche liegt gleich nebenan!« So ging ich denn mit und setzte mich auf die Bank neben ihn, und er zog die Register und erfüllte die Luft mit lieblicher Musik, und ich vergaß ganz die aufzuschlagenden Betten und den ganzen durcheinanderliegenden Haushalt.

Wie gut sollte ich im Laufe der Zeit die Thomaskirche kennenlernen, und welche Fülle erhabener Musik hat der Thomaskantor hier gemacht! In der Kirche befanden sich eigentlich zwei Orgeln. Eine kleine über dem Chor, die sehr alt war, da sie im Jahre 1489 gebaut worden, und die große Orgel, auf der Sebastian mir eben vorspielte, die vor zwei Jahren gut durchgesehen und erneuert worden war. Die herrlichste von allen Orgeln aber war die in der Universitätskirche mit ihren zwölf Registern im Brustwerk und im Unter-Klavier und den vierzehn Registern im Oberwerk. Auf dieser Orgel spielte Sebastian am liebsten, wenn er für sich oder für seine Schüler und Freunde spielte. Sie war neu und erst vollendet worden, während Sebastian in Cöthen lebte. Von dort aus hatte man ihn eingeladen, dies Instrument zu begutachten, und er hatte es getan, ohne auch nur zu ahnen, wie oft später seine Hände auf den Manualen liegen würden. In seinem Bericht hatte er damals gesagt, die Handhabung der Orgel sei ein wenig schwer, die Tasten hätten einen zu großen Fall, und die tiefsten Pfeifen seien ein wenig rauh und scharf und ließen nicht den runden und festen Ton hören, den er so liebte. Aber wenn *er* dies Instrument spielte, so war nichts von all dem Gerügten zu bemerken. Er wußte so geschickt und zart mit jedem, selbst dem ältesten Instrument umzugehen, daß es oft schien, als liebten die Orgeln ihn wieder, so willig gaben sie alles her, was sie hatten, und erneuerten ihren Jugendreiz unter seinen wundervollen Händen und gaben ihr Süßestes und Bestes.

Unser Leben in Leipzig richtete sich nun nach den Regeln der Thomasschule. Sebastian durfte die Stadt nicht verlassen, ohne vorher um Erlaubnis beim Bürgermeister angefragt zu haben. Anfangs fehlte mir die größere Freiheit, die wir in Cöthen genossen hatten, sehr. Da brauchten wir uns nur nach unserem Fürsten zu richten, der stets sehr rücksichtsvoll gewesen war. Dann fürchtete ich mich auch, muß ich schon gestehen, vor den Leipziger Damen und dem alten gelehrten Rektor der Schule. Der Kantor kam seinem Range nach gleich hinter dem Rektor und Konrektor der Thomasschule und gehörte mit dem Lateinlehrer zu den vier ersten Persönlichkeiten der Anstalt. Sebastian mußte als Kantor den Knaben einige Singstunden und, wie ich schon sagte, sogar auch Unterricht im Lateinischen geben, was seinem Genius nicht ganz entsprechend war. Obgleich er selbst ein tüchtiger Lateiner war, war er doch nicht daran gewöhnt, in dieser Sprache zu unterrichten. Später zahlte er auch lieber einem seiner Kollegen fünfzig Taler im Jahre, damit er ihm diese Verpflichtung abnehme. Es fiel uns recht schwer, diese Summe abzugeben, aber doch hielt ich sie für gut angewendet, denn die Lateinstunden machten Sebastian ganz reizbar und unruhig. Und dann – wieviel Lehrer konnten nicht lateinischen Unterricht geben – wer aber konnte Sebastians Orgelpräludien oder Weihnachtskantaten schreiben?

Von den Unterrichtsstunden und gewissen anderen Beaufsichtigungen abgesehen, mußte der Kantor die Knaben jeden Donnerstagmorgen in die Kirche führen und die Kirchenmusik für den Sonntag üben. Sonnabends fand dann eine weitere Probe statt, auch hatte er die Musik für die Prozession zu Michaeli, zu Neujahr und den Sankt-Martins- und Sankt-Gregorius-Tag zu besorgen und einzuüben. Überdies war an jedem Sonntag in der Thomas- oder der Nikolaikirche eine Motette oder Kantate aufzuführen, für die er verantwortlich war. Auch hatte er die Musik für die Sankt-Johannes- und Sankt-Pauls-Kirche zu leiten und sich um die Orgeln dort zu kümmern. Man sieht also, er hatte alle Hände voll zu tun, und obwohl er nicht der offizielle Organist an einer dieser vier Kirchen war, so wird doch keiner, der Sebastian kennt, daran zweifeln, daß er, sooft er nur konnte, den Platz des Organisten einnahm und die Musik vollführte, die ihn für alle Last und Mühe der Woche entschädigte.

Wie er nun in Leipzig und Umgebung immer mehr bekannt wurde, geschah es oft, daß Leute bei uns anklopften und fragten, ob der Kantor vielleicht Zeit habe und ihnen auf der Orgel etwas vorspielen könne. Sebastian willfahrte nun sehr gern einer jeden solchen Bitte, wenn er vermuten durfte, daß wirklich Liebe zur Musik und nicht alberne kleinliche Neugier hinter ihr stak. Einmal öffnete ich selbst einem solchen Bittsteller die Tür. Es war ein sehr hochgewachsener Herr, den ich bald unschwer als einen Engländer erkannte. Er war ein großer Liebhaber des Orgelspiels und von Hamburg herangereist gekommen, wo er Geschäfte zu erledigen gehabt und wo er Sebastians Ruhm vernommen hatte. Er war außerordentlich höflich und liebenswürdig, und Sebastian schätzte ihn in der ersten Viertelstunde gleich so sehr, daß er nicht nur immer mehr und mehr spielte und ihm ein Konzert von vielleicht zwei Stunden gab – er brachte ihn mir auch zum Mittagessen mit. Ich war anfangs ein wenig verwirrt, denn er hatte mich gar nicht vorbereitet, und ich sah dem Fremden an, daß er gewiß verfeinerte Kost gewöhnt war als unser einfaches deutsches Familienmittagsmahl. Aber er schien sich an allem zu erquicken, was wir ihm gaben, und als er nach dem Essen mit Sebastian eine Pfeife geraucht hatte, drängte er ihn noch mit liebenswürdigen und zierlichen Reden ans Klavichord, wo Sebastian eine reizende Musik improvisierte, die er später niederschrieb und die wir gewöhnlich die »englische« Suite nannten, des englischen Besuchers wegen und weil Sebastian später einige Rhythmen aus einem Buche von Charles Dieupart verwandte, der in England lebte und ein Freund unseres Besuchers war, der diese Kompositionen meinem Sebastian einschickte. Wir sahen den Fremden nie wieder, aber er sandte an Sebastian ein schönes Paket mit Büchern und Noten, unter denen sich die Suiten von Dieupart und ein paar Händelsche Werke befanden »als Huldigung«, wie er schrieb, »für den großen Meister der Orgel«. Alles, was der englische Herr von Händel erzählte, hatte Sebastian höchlich interessiert. Mir war es immer unbegreiflich vorgekommen, wie sich jemand freiwillig aus unserm guten Sachsen verbannen konnte, um auf die neblige Insel zu ziehen; aber ich weiß wohl, die Engländer sind eine reiche Nation, und der Händel verdiente dort viel Geld. Der Engländer hatte Händel mehrere Male in London in der Sankt-Pauls-Kirche die Orgel spielen hören, was er in hoher Meisterschaft verstand; um so mehr war er beflissen, in Deutschland den Mann zu hören, der, wie man ihm erzählt hatte, sich als einziger mit dem Sachsen – so nannte man Händel in London – messen konnte. Aber als er Sebastian gehört hatte, wandte er sich an mich, machte mir eine Verbeugung und sprach: »Wenn Sie mir erlauben, Frau Bach, so möchte ich Ihnen

doch sagen, daß auf der ganzen Welt unter allen bekannten Orgelspielern, und ich habe sie wohl alle gehört, keiner Ihrem Gatten gleichkommt.« Ich erwiderte seine Verbeugung und sagte: »Ich weiß es, mein Herr«, worauf Sebastian in ein lautes Lachen ausbrach. »Wenn Sie meine Frau besser kennen würden, mein Herr, so würden Sie bald sehen, daß sie mir gegenüber kein kritisches Urteil hat. Sie hält mich für den ersten Musiker in Europa. Nicht wahr, Magdalena?« und dabei klopfte er mir, die auf einem Schemel zu seinen Füßen saß, wie ich es oft tat, wenn er mit mir plauderte, auf die Schulter. Der Engländer lächelte und entgegnete: »Das ist auch in der Ordnung, aber unglücklicherweise sind nicht alle großen Meister so in ihrem eigenen Hause anerkannt.« »Nun«, erwiderte Sebastian und sah mich liebevoll an, »wessen Fehler ist das, wenn nicht ihr eigener! Sie sollten sich ihre Gattinnen mit mehr frommer Überlegung wählen.«
Dieser Besuch des Engländers war nur der Vorreiter einer ganzen Schar von Ankömmlingen, die uns im Laufe der Zeit, besonders in den letzten Jahren von Sebastians Leben, in Leipzig aufsuchten. Es reiste wohl kaum ein Musikliebhaber durch die

Stadt, der nicht bei uns vorsprach, denn Sebastian war sehr gastfreier Natur und sehr gütig gegen jeden, bei dem er eine echte Anteilnahme für die Musik voraussetzen durfte. Aber auch schon das erste Jahr seiner Kantorstelle brachte uns in Verbindung mit mehr Menschen, als das ganze Jahr in Cöthen zu uns gekommen waren. Und da ich stolz war, die Gattin Sebastian Bachs zu sein, so trug ich Sorge, daß unser Haus ihn recht zur Geltung brächte durch Sauberkeit und Zierlichkeit. Und manche Blume tat ich in die Scherbe, wenn fremde Besucher kamen, um ihm ihre Huldigung darzubringen. Wir besaßen eine gute Einrichtung schwarzer Lederstühle und ein Paar großer und ein Paar kleinerer Silberleuchter sowie sechs hübsch geformte Leuchter aus einem zusammengesetzten gelben Metall von schönem, mattem Glanze. Meine Eltern hatten mir einen großen reichgeschnitzten Schrank in die Ehe gegeben, in dem ich mein Brautleinen aufbewahrte. Aber was mir von all unserm Hauseigentum am liebsten war, das war das Abbild Sebastians, das er zur Zeit unserer Eheschließung hatte auf meine Bitte malen lassen. Das Bild war vortrefflich gezeichnet. Die ganze Schwere und Spannungsstärke und Ernsthaftigkeit seines Blickes sah einen aus diesem Bilde an. Das Auge schaute, wie er war, wenn er dachte, wenn er die Leute ansah oder vielmehr durch sie hindurchblickte und sie eigentlich überhaupt nicht wahrnahm. Anfangs hatte mich dieser Ausdruck stets ein wenig erschreckt, bald aber erkannte ich, daß es die Stimme der Musik war, die in ihm laut wird, wenn seine Augen dieses Fernschauende annahmen. Auch die Linie der Augenbrauen hatte der Maler gut getroffen und den Bogen des Mundes, der so empfindungsvoll und gütig war, und der sich an den Winkeln so liebevoll in die Höhe zog, wenn er lachte und alle meine Angst wieder benahm, die mir die Unergründlichkeit seiner Augen manchmal hätte zufügen können. Er sah sehr entschieden aus, was wohl seinen Grund in dem starken vorgebogenen Kinn hatte – seine Zähne trafen genau aufeinander, während doch die Zähne der meisten Menschen so gestellt sind, daß die untere Reihe innerhalb der oberen aufstößt. Dieser Umstand ließ sein Gesicht ganz anders erscheinen als die Gesichter der meisten anderen Menschen, und diese Festigkeit des Ausdrucks ließ jeden, der sich ihm nähern wollte, vor diesem Angesicht ein wenig zögern.

Das Bild war der Stolz meines Wohnzimmers, und eines Tages, da ich gerade den Rahmen dieses meines Schatzes wieder vom Staube reinigte, kam Sebastian dazu und sagte scherzend: »Ich könnte mir auch was Hübscheres in diesem Wohnzimmer vor Augen führen als gerade *dies* Bild!« »Aber durchaus nicht«, erwiderte ich eifrig, ohne über den doppelten Sinn seiner Worte nachzudenken. Es machte Sebastian von jeher großen Spaß, wenn ich mich so von ihm nasführen ließ, was leider Gottes sehr oft geschah. »Ich hab' mich selber bisher nicht für schön gehalten«, sagte er nun lachend und kniff mich ins Ohr, »und jedenfalls weiß ich jemanden hier, der hübscher ist als ich, und ich will hier ein Bild von *ihr* haben, das *ich* ansehen kann, wenn *sie* durchaus ihren schönen Kantor betrachten muß.«
Und er ließ wirklich in all seiner Güte von einem italienischen Künstler namens Christofori ein Ölbild von mir machen. Er kam selbst, während gemalt wurde, des öfteren aus der Schule herüber, um die Entstehung des Bildes zu überwachen und sagte wohl: »Nein, die Farbe der Wangen ist nicht richtig getroffen« oder »ich finde den Bogen des Kinns nicht gut«, bis eines Tages der Maler ein wenig ungeduldig

wurde und ausrief: »Signor Bach, ich würde mich nicht unterstehen, Sie lehren zu wollen, wie man eine Kantate schreibt, und als Sie mir das Porträt der Signora in Auftrag gaben, war doch wohl gemeint, daß ich es in meiner Manier malen solle!« Sebastian lachte gutmütig. »Das sollen Sie ja auch«, rief er aus, »aber Sie kennen das Gesicht der Frau Kantor ja nicht so gut, wie ich es tue!« Als das Bild fertig war, war er nichtsdestoweniger sehr zufrieden mit ihm, und es hing bald an der Wand neben dem seinigen, wo es mich die erste Zeit mehr beschämte als erfreute, denn nur sehr wenig Frauen von unserem Rang waren je gemalt worden; die ganze für mein Herz so wohltuende Angelegenheit kam mir zuweilen auch recht überschwenglich vor. Doch immer mehr wurde ich selig durch diese sichtbare Anerkennung, daß der Kantor Bach mit seiner Frau zufrieden war, und daß ich ihm gefiel, und ich wurde immer stolzer und glücklicher, wenn ich die junge Frau Kantor so neben ihrem Gatten von der Wand herunter lächeln sah.

Und als weiteres Zeichen seiner Liebe und Güte kam mir in dieser Zeit ein neues Musik-Notenbuch für mich von ihm zu. Es war wieder sehr hübsch in Grün gebunden, und auf den Deckel hatte er meinen Namen in Gold und chinesischer Tusche und die Jahreszahl 1725 selbst hingemalt. Er sagte, wir wollten das Buch zusammen führen, ich sollte die Musikstücke, die mir besonders gefielen, dahin abschreiben, und er wollte neue Stücke für mich hineinkomponieren. Ich war nämlich mittlerweile unter seiner geduldigen und gütigen Führung im Klavierspiel ein wenig vorgeschritten und nun viel geschickter, als zur Zeit, da er mir das erste Notenbüchlein widmete. Manchmal bei Tagesschluß, wenn er einen Augenblick Muße hatte und die trauliche Stimmung des Ortes ihn überkam, rückte er wohl die Kerze näher zu sich, nahm den Gänsekiel in die Hand und sagte: »Hol das grüne Büchlein, Magdalena, ich glaube, du hast nur alte Musik darinnen stehen, die dir zu spielen wohl bald langweilig sein wird. Ich will dir etwas Neues, das dich weiterbringen wird, aufschreiben.« Dann lief ich auch schon weg, eifrig darauf bedacht, daß mein Buch seine neue Kostbarkeit empfangen sollte. Wie gut waren die langen Herbst- und Winterabende, wenn die Kinder alle warm eingehüllt in ihren Betten lagen und Sebastian und ich nebeneinander saßen und Musik abschrieben – denn immer gab es solche Arbeit, und die Stimmen zu den Sonntagskantaten wurden meist von uns beiden ausgeschrieben. Zwei Kerzen waren dann zwischen uns angezündet, und ich war immer sorgfältig darauf bedacht, sie zu schneuzen, so daß die Lichtblume nicht von dem schwarzen Dorn des Dochtes verdorben werden konnte – und wir arbeiteten still und glücklich nebeneinander. Ich schwieg dabei, so tief es nur immer ging, denn oft, während er so Stimmen ausschrieb in seiner schönen klaren leichten Hand (seine Partituren haben für mich einen wunderbar lebhaften, eifrigen, ja leidenschaftlichen Ausdruck) oder während er Musik von Buxtehude oder Händel für uns abschrieb (die *er* außerordentlich schätzte – mir schien sie bei aller Höhe doch nicht so bedeutend wie seine eigene –) oder während er vielleicht etwas Eigenes für einen Schüler komponierte, kam oft der Geist über ihn, und er ergriff eines der losen rastrierten Blätter, die ich immer neben ihn zu legen pflegte, und schrieb etwas aus dem unerschöpflichen Born der Musik, der immer aus seinem Haupte quoll, auf das reine Weiß des Blattes nieder.

Mein Notenbüchlein empfing auf diese Weise manches Lied und manchen Choral, und *ein* Lied erschütterte mich so, daß ich es anfangs nicht einmal gleich singen konnte, so zitterte meine Stimme dabei:

Bist du bei mir,
Geh ich mit Freuden
Zum Sterben und zu meiner Ruh'!
Ach, wie vergnügt
Wär' so mein Ende,
Es drückten deine lieben Hände
Mir die getreuen Augen zu.

Ach, Sebastian, wie gut warst du! Wie liebtest du mich!

Es gefiel ihm auch oft, zu sagen, er könne kein Liebeslied schreiben, es sei denn auf mich. »Siehst du«, sagte er eines Tages und zog mich auf sein Knie, »mein liebes Weibchen hat mich verdorben für all die hübschen kleinen Lieder, die der entfernte Geliebte seufzt, und für die trauervollen Balladen, über die die Hofdamen weinen – wie kann der erzzufriedene Kantor Sehnsuchtsgesänge schreiben, da sein Weibchen lächelnd auf seinem Schoß sitzt? Ich muß schon in der Zeit zurückgehen und mir einbilden, deine Eltern versagten uns ihre Zustimmung zu unserer Heirat, denn ich habe eine Melodie in meinem Kopfe, die geradezu nach einem oder zwei traurigen Versen schreit.« Und am nächsten Tage brachte er mir ein Lied – ein Lied von unendlicher Lieblichkeit, das ich ihm gleich vorsang und das zu folgenden Worten geschrieben war:

Willst du dein Herz mir schenken,
So fang es heimlich an,
Daß unser beider Denken
Niemand erraten kann.
Die Liebe muß uns beiden
Allzeit verschwiegen sein,
Drum schließ die größten Freuden
In deinem Herzen ein.

Begehre keine Blicke
Von meiner Liebe nicht,
Der Neid hat viele Tücke
Auf unsern Bund gericht't.
Du mußt die Brust verschließen,
Halt deine Neigung ein;
Die Lust, die wir genießen,
Muß ein Geheimnis sein.

Manchmal fällt es mir mit seliger Schwere aufs Herz, wie ich doch gebenedeit bin unter allen Menschen, daß all die Musik, die Sebastian von unserer Hochzeit an bis zu seinem Tode schrieb, in mein tiefstes Selbst verwoben ist und für mich so viel bedeutet, wie sie nur für irgend jemanden bedeuten kann. Ich sah, wie sie zur Welt kam, ich las sie, ehe irgendeines Menschen Auge sie erblickte, und Sebastian hat oft mit mir über seine Werke gesprochen und mir das, was mir nicht gleich faßbar war, erklärt. Wie manches Mal habe ich im Zimmer bei ihm gesessen, still und leise wie eine Maus, und nähte schweigend oder besserte unser Leinenzeug aus, während er mit einer Schnelligkeit, als diktiere ihm Gott selbst die Noten in die Feder, schrieb und schrieb, bis er plötzlich aufblickend die Hand nach mir ausstreckte und sagte: »Komm einmal her, Magdalena!« und mir wies, was er geschrieben. Manchmal, obgleich nicht oft, aber wollte der Born nicht fließen. Dann schrieb er etwa ein Dutzend Takte, ein kehliger Laut des Unwillens entrang sich ihm, und er durchstrich seine Arbeit mit seinem Gänsekiel. Dann fiel ihm der Kopf wohl in die Hände, und er saß still, manchmal eine lange Zeit, manchmal auch nur wenige Minuten. Plötzlich flog sein Kopf in die Höhe und er rief mit einem Lächeln zu mir herüber: »So muß es natürlich sein«, und begann von neuem zu schreiben.

Als Friedemann älter und ein immer besserer Musiker wurde, sich meine Hände aber immer mehr mit Arbeit für den Haushalt füllten, mußte ich einige meiner geliebten Vorrechte an ihn abgeben, und er wurde der nächste musikalische Gefährte seines Vaters. Aber ich arbeitete doch immer noch so viel mit Sebastian zusammen, daß ich mich nicht beklagen durfte, und Sebastian schrieb auch weiterhin keinen Takt, ohne ihn mir zu zeigen und mich an seinen Gedanken teilnehmen zu lassen. Und so hat mein Gefühl wohl guten Grund, daß ich unter allen Frauen der Welt gesegnet bin, weil ich mit einem so wundervollen Geiste habe so eng zusammenleben dürfen und seine vollkommene Musik habe entstehen sehen. Ich will hiermit nicht sagen, daß ich all seine Werke von vornherein und durch und durch verstand, – dazu hätte ich ja so groß sein müssen, wie er selbst es war; aber all die Jahre, die ich mit ihm verbrachte, all der Unterricht, den ich direkt und indirekt von ihm erhielt, all unser Reden und Sinnen, das immer nur Musik war, hatten bei meiner natürlichen Liebe für die Kunst doch ein breites Verständnis für die Größe der Musik, die Sebastian unaufhörlich hervorbrachte, in mir erschaffen. Nun, da Er dahingegangen, haben die Menschen ihn vergessen, seine Musik kommt nur noch selten zu Gehör, und an die Söhne Friedemann und Emanuel denkt man mehr in dieser Zeit als an ihren Vater; aber ich kann nicht glauben, daß dies immer so bleiben wird. Seine Musik ist doch eine ganz andere als die ihre, man tritt meinem Gefühl nach in eine ganz andere Welt ein, wo es heiter-überweltlich zugeht und die Sorgen und Gedanken der Erde kein Gewicht mehr haben. In seinem Herzen lag der Kernpunkt von Friede und Schönheit. Und wenn ich mich, wie es wohl zuweilen vorkam, überlastet fühlte von all den Haushaltsorgen, den vielen kleinen Kindern bei immer zu wenigen Talern und von den tausend Dingen, die zu tun und zu betreuen nötig waren, dem unablässigen Backen und Waschen und Spinnen und Ausbessern, so brauchte ich mich nur einen Augenblick frei zu machen und seinem Orgelspiel zuzuhören oder der Aufführung einer seiner Kantaten oder Motetten – und auch ich war dort – ich meine in *seinem* Kerne, im Mittelpunkt von Friede und Schönheit. Und nur seine Musik hatte diese wunderbare Wirkung auf mich. Die Musik von Herrn Händel oder von Herrn Pachelbel ist auch schön und wunderbar, aber sie kommt aus einem anderen Lande als die meines Sebastians. Vielleicht fühle ich so, weil ich Sebastian liebe, doch sehr oft auch will es mir, ganz von meiner und seiner Person zu schweigen, vorkommen, als bestehe wirklich ein Unterschied, den ich nicht näher bezeichnen kann, der aber ganz gewiß vorhanden ist, zwischen seiner und jeder anderen Musik.

Unsere ersten Jahre in Leipzig waren nicht immer leichte. Der musikalische Zustand an der Thomasschule und -kirche war sehr schlecht. Die Herren Vorstände waren nur sehr schwer zu irgendwelchen Neuerungen zu bewegen, und meistens, wenn irgendeine sehr notwendige Änderung vorgeschlagen wurde, traf Sebastian auf Widerstand und Gleichgültigkeit. Nach solchen Auseinandersetzungen kam er wohl still nach Hause, warf sich in seinen Lehnstuhl, zog mich auf sein Knie, legte seine Wange auf meine Schulter und sagte: »Nun, lieber Friede zu Hause und Stürme draußen, als umgekehrt, nicht wahr, Magdalena?« Aber er war oft sehr böse und erregt, und es tat mir weh, zu sehen, wie seine Seele, die ihre ganze Ruhe für die Arbeit nötig hatte, durcheinander gerührt wurde um der Ungezogenheit der dummen Schuljungen willen, und daß er in seinen wunderbaren Arbeiten gehemmt wurde, bloß weil die Verwaltung der Schule sich weigerte, die zerbrochenen und schadhaft gewordenen Instrumente zu ersetzen.

Auch mußte es ihn oft niederdrücken, zu sehen, daß alle Welt viel mehr Interesse für die Oper als für die Kirchenmusik hatte, und daß man ihm seine besten Sänger für die Musikgesellschaft wegkaperte und ihm nur ein paar unbotmäßige windige Jungen als Chor zubilligte, deren Stimmen durch das viele Singen auf der Straße in jedem Wind und Wetter verdorben worden waren. Sebastian aber hatte, wie ich schon erzählt habe, sein gerütteltes Maß von dem Bachischen Eigensinn, und obschon er oft geärgert und gehemmt wurde, so ermattete er doch nie in seinem Kampfe für gute Musik und seine Rechte als Kantor der Thomasschule. Die Umstände lagen wirklich schwierig für ihn, besonders gegen Anfang. Es gab nicht genug Schlafräume für die Knaben, sie mußten ziemlich zusammengepfercht leben und wurden oft von ansteckenden Krankheiten, die wohl die Folge dieser engen Wohnungen waren, heimgesucht. In solchen Umständen mußte ich denn oft für meine

Kinder zittern und auch für Sebastian, der sich immer zwischen den Knaben aufhalten mußte, und ich wußte mir oft keinen andern Rat als ein altes Hausmittel, einen herz- und magenstärkenden Trank, den meine in allen Arzneidingen sehr tüchtige Großtante in Hamburg zu brauen verstand, in Anwendung zu bringen und die Fenster unserer Wohnung fest verschlossen zu halten, damit die verpestete Luft nicht eindringen könne.

Auf diese Weise hielt ich mir und den Meinen gewiß oft eine ernstere Erkrankung fern.

Die unterste Klasse der Thomasschule bestand aus ganz besonders unbotmäßigen und rohen Knaben, die zuweilen barfüßig und landstreichend die Stadt durchzogen, grölten, bettelten und allen möglichen Unfug trieben, besonders zur Zeit der Jahrmärkte um Ostern, Michaeli und Neujahr, wenn die Schule jedesmal acht Tage Ferien hatte und die Stadt mit Kaufleuten und auch allerlei Vagabunden überschwemmt war. Ich war immer ein wenig erleichtert, wenn die Zeit dieser Messen vorüber war, obwohl ich und alle Hausfrauen in dieser Zeit Gelegenheit hatten, unsere Hauswirtschaft durch nötige Neuanschaffungen zu verbessern. Von jedem Jahrmarkt kam auch mein lieber Sebastian stets mit einem neuen Buche unter dem Arme wieder heim und fügte es seiner Bibliothek ein, die er so sehr liebte und der er alle seine freie Zeit widmete. So hatte er sich nach und nach alle Werke Luthers angeschafft.

Die Kinder natürlich freuten sich immer sehr auf den Jahrmarkt, und ich hatte oft alle Mühe, achtzugeben, daß sich die Kleinsten nicht in der Menge verloren und die größeren durch ihr Blasen auf den kleinen roten Holztrompeten, das sie den ganzen Tag vollführten, nicht die Ohren ihres Vaters zu sehr peinigten. Nicht etwa, als wären ihm die Mißlaute der geliebten Kindertrompeten unangenehmer gewesen als die heiseren und krächzenden Stimmen der Chorknaben, deren Wohlklang oft schon vollständig zerstört war, ehe sie sich die mindeste Fertigkeit angeeignet hatten. Wie konnten sie ihre Stimmen auch schonen bei dem nächtlichen Herumsingen in der feuchten Luft und im Qualm ihrer brennenden Fackeln? Ganz zu schweigen von den feierlichen Singereien in Wind und Wetter bei bedeutsamen Hochzeiten und Begräbnissen, wo die Gegenwart ihres Kantors ihnen zwar ein angemessenes Betragen aufzwang, doch ihren durch das Singen in Schnee und

Regen verrohten Stimmen nicht wieder Geschmeidigkeit und Sanftheit verleihen konnte. Manchmal war die ganze Schar so heiser, daß Sebastian verzweifelt ausrief, er könne ebensogut eine Schar Krähen zum Singen abrichten. Wenn man nun an Sebastians Kantaten und Motetten denkt, so kann man sich wohl vorstellen, wie bitter es ihm war, nur solch ungeschlachte Stimmen zur Verfügung zu haben, wenn er sie aufführen wollte. Er war nämlich in einem Punkte nicht gleicher Meinung mit der Verwaltung der Schule, die der Ansicht war, daß nach der Verherrlichung Gottes der Hauptzweck des Singens in der Förderung der Verdauung der Schüler läge. Rektor Gesner hatte nämlich die Übungsstunden der Sänger beim Kantor und seinen Assistenten gleich nach dem Mittagessen angesetzt, wohl in dem Gedanken, daß eine solche Leibesübung nach der Mahlzeit sehr gesund sei – eine Handlungsweise, die doch wohl am besten zeigt, wie tief die Achtung vor der Musik in der Thomasschule gesunken war. Es war in der Tat nur zu wahr, was der alte Rektor Ernesti einst ausgesprochen, daß in dem chorus musicus viel mehr üble Dinge vorhanden seien, gegen die man sich schützen müsse, als daß man auf irgendwelche ersprießliche Wirkungen von dorther hoffen könne. Nachdem Sebastian einige Jahre Kantor gewesen war, trat die Notwendigkeit an ihn heran, in einer Denkschrift den Zustand des Musikwesens an der Thomasschule für die Verwaltung klarzulegen. Er forderte in dieser Schrift als Äußerstes an Sängern für jeden Chor der drei Hauptkirchen von Sankt Thomas, Sankt Nikolaus und der Neuen Kirche, daß eine jede wenigstens drei Diskante, drei Alte, drei Tenöre und drei Bässe aufweise, so daß auch bei einem Ausfall, mit dem man besonders in der schlechten Jahreszeit fast regelmäßig rechnen müsse, wie durch Rezepte, die seitens der Schule an die Apotheken geschickt würden, zu belegen sei, eine Motette doch immerhin mit zwei Stimmen für jeden Part zu besetzen sei. Was die Instrumentalisten angehe, so verbiete ihm die Bescheidenheit, gebührend von ihren Fähigkeiten zu reden, er wolle nur erwähnen, daß sie teilweise vollkommen unzureichend gebildet und in *keinem* Falle so seien, wie es zu erwarten wäre. »Wir müssen in Betracht ziehen«, fuhr er fort, »daß die frühere Gepflogenheit, Knaben anzunehmen, die weder Talent noch Neigung zur Musik haben, natürlicherweise zu einem Sinken der durchschnittlichen Höhe unserer Musik geführt hat. Es ist doch leicht einzusehen, daß ein Knabe, der so unmusikalisch ist, daß er nicht einmal eine zweite Stimme singen kann, auch auf keinem Instrument je irgend etwas Ersprießliches wird lernen und leisten können.

Und selbst die, die schon ein wenig in den Grundzügen der Musik unterrichtet worden sind, wenn sie in die Schule eintreten, können nicht so bald von Nutzen sein, als wünschenswert wäre. Es wäre ein Jahr vorläufiger Schulung nötig, ehe sie soweit gebildet seien, daß sie von wirklichem Nutzen sein könnten. So aber werden sie, roh wie sie kommen, in den Chor gesteckt, und wenn nun alljährlich einige der Fortgeschritteneren die Schule verlassen, so liegt auf der Hand, daß die Zahl der gering oder gar nicht Ausgebildeten immer größer wird und der Chor herunterkommen muß. Es ist auch bekannt, daß meine Vorgänger, die Herren Schelle und Kuhnau, sich des Beistands von Studenten versichern mußten, wenn sie eine Aufführung veranstalten wollten, die einigermaßen vollständig und wohlklingend sein sollte.«

Weiter verbreitete er sich in Klage darüber, wie man ihm und dem Chore Geld vorenthalten habe, und stellte fest, daß die Musiker in Dresden viel besser honoriert und behandelt würden. »Es ist doch nur selbstverständlich«, fuhr er fort, »daß jene Musiker, die man würdig behandelt und denen man jede materielle Sorge erspart und von denen man nicht erwartet, daß sie mehr als *ein* Instrument fertig spielen, daß solche Musiker vortreffliche bewunderungswerte Aufführungen zustande bringen werden. Wenn ich aber auf meine Nebeneinkünfte verzichten soll, so wird es mir unmöglich sein, das Musikwesen an der Schule zu heben. Dann muß ich darauf beharren, daß sich die Zahl der augenblicklichen Schüler nicht vermindert, damit ich jedem einzelnen sich genügend auszubilden Gelegenheit geben kann, und weiterer Überlegung anheimzugeben, ob ich das Musikwesen unter sotanen Umständen weiter ausbauen kann oder was geschehen muß, um weiterer Entartung wirksam zu begegnen.«

Weiterhin fand er die Orgeln der verschiedenen Kirchen, die seiner musikalischen Führung unterstellt waren, unter »ungewaschenen und ungeschickten Händen« – obwohl zugestanden werden muß, daß Herr Görner, der Organist der Neuen und der Sankt-Thomas-Kirche durchaus kein ganz ungebildeter Musiker war, wenngleich seine Kompositionen konfus und unordentlich anmuteten und (Sebastian behauptete dies nicht selbst, sondern wiederholte, nur allerdings mit einem gewissen Schmunzeln, dies Gerücht) die Regeln der Komposition Dinge waren, denen er jeden Tag Urlaub von seiner Person erteilte, da er nichts von ihnen verstand. Außerdem war er außerordentlich dünkelhaft und eifersüchtig auf Sebastians große Machtvollkommenheit, beklagte sich törichterweise über seine eigene so geringe und ließ überhaupt seiner Zunge in seiner Sebastian sehr beeinträchtigenden Weise freien Lauf. Es dauerte auch sehr lange, ehe er vergessen hatte, daß auf einer Probe einer Kantate, wo er das Continuo auf der Orgel spielte und fortgesetzt die übelsten Fehler machte, Sebastian in höchstem Zorn seine Perücke vom Haupte riß und sie dem Görner an den Kopf warf, wobei er ihm zurief, er wäre auch besser Schuhflicker geworden als Organist.

Sebastian verlor sehr selten die Selbstbeherrschung, und ich brauche wohl nicht zu sagen, bei welchen Gelegenheiten ihm dies überhaupt nur geschehen konnte. Aus all dem ist zu ersehen, wieviel Unannehmlichkeiten und Schwierigkeiten uns in den ersten Jahren an der Thomasschule erblühten. Aber wieviel Widerwärtigkeiten es auch gab, sie fanden keinen Platz an unserm Herde, sie gehörten nach »draußen«, und dort ließ Sebastian sie auch, wenn er sich an sein Klavier setzte oder seine Viola hervorzog. Wir machten zu Hause Musik in allen Mußestunden und bei allen kleinen Festlichkeiten, und die langen Winterabende wurden uns von ihr süß gemacht, wenn das Feuer im Ofen knisterte und uns vor der Kälte draußen beschützte und die Kerzen ihr trauliches Licht über die Partitur einer Kantate oder eines Quartetts leuchten ließen. Dann erschienen wohl auch musikalische Freunde Sebastians, ihre Violine oder die Oboe unter dem Arm. Aber wir konnten auch in unserer eigenen Familie ein Quartett zusammenstellen und ein Konzert geben, ohne daß wir Hilfe von außen nötig hatten. Sebastians älteste Tochter Katharina Dorothea sang süß und wohlklingend, und ich selber hatte, wie er einst einem Freunde schrieb, einen gar sauberen Sopran. Friedemann und Emanuel hatten, wie bekannt, ganz außerordentliche musikalische Gaben, die sie auch in ihrem reifen Alter bewiesen, und ein jeder von uns bis fast zum kleinen Kinde konnte jede Art von

Musik ohne Schwierigkeit lesen. Sebastian behauptete einst mit Stolz, all seine Kinder seien geborene Musiker. Es wäre auch fast unerklärlich gewesen, wenn es sich nicht so verhalten hätte, denn er war doch ihr Vater, und die Luft selbst in unserem Hause war Musik. Das erste, was ihre kleinen Ohren hörten, war Musik, und das erste, was sie sahen, Musikinstrumente. Sie spielten zwischen den Beinen der Klaviere und des Klavizimbels, ja die Pedale dieses Instrumentes waren der Gegenstand fortwährender Forschungen seitens der Kleinen, denen diese Einrichtung der Gipfel alles Geheimnisvollen und höchst Erfreulichen war, bis sie langsam bis zu den Tasten emporgewachsen waren und mit vor Genugtuung kreisrund aufgerissenen Augen und molligen Fingern endlich selber Tasten anschlugen und nun der frohen Überzeugung waren, daß sie täten, was ihr Vater immer tat. Es wäre wirklich seltsam gewesen, wenn sie nicht Musiker geworden wären.

Unser Haus füllte sich im Laufe der Zeit immer mehr mit Musikinstrumenten an. Sebastian liebte jedes einzelne und konnte nie genug von ihnen haben. Als er starb, besaß er zusammen fünf Cembalos und Klavichords, zwei Lautenklavizimbels und ein kleines Spinett, eine kleine und zwei große Violinen, drei Violas, zwei Violincellos, eine Baßviola, eine Viola da gamba und eine Laute. Alle diese hatte er langsam gesammelt und sich angeschafft, je nachdem seine Einkünfte solch eine Ausgabe erlaubten, denn er stürzte sich nie in Schulden, was er auch immer benötigen oder sich dringend wünschen mochte. Außer diesen Instrumenten hatte er noch bei Lebzeiten seinem jüngsten Sohn Johann Christian drei Klaviere mit Pedal geschenkt. Diese Gabe erregte bei dem Tode des Vaters eine kleine Meinungsverschiedenheit unter den Geschwistern, die diese Schenkung nicht als zu Recht bestehend anerkennen wollten, aber in ihrem Widerspruch nicht weit gediehen, da wir beide, ich und unsere Tochter, Frau Altnikol und deren Gatte, von der Schenkung, die Sebastian zu seinen Lebzeiten gemacht, Kunde hatten.

Von allen Tasteninstrumenten liebte Sebastian nach der Orgel am meisten das Klavichord, das er dem Cembalo oder Kielflügel vorzog, weil es dem Spieler viel feinnerviger antwortete und ihn einen zarten Anschlag lehrte, da jeder zu heftige Druck auf die Tasten den Ton scharf machte. »Du schlägst zu hart an«, sagte er eines Tages, da er unter dem Üben von

Emanuel eintrat, »es klingt, als keifte irgendwo ein Weib.« Emanuel nahm sich diesen Vorwurf sehr zu Herzen und wurde bald wie sein Vater um der Schönheit des Anschlags willen berühmt. In späteren Jahren schrieb er eine Anleitung zum korrekten Anschlag, in der er sagte: »Manche Leute spielen Klavier, als säßen ihre Finger aneinander fest, ihr Anschlag ist entsetzlich schwerfällig, und sie halten jede Taste lange darnieder. Andere wieder, die diesen Fehler zu vermeiden suchen, spielen zu leicht und hurtig, als versengten die Tasten ihre Fingerspitzen.« Sebastians Söhne und Schüler aber brauchten sich bloß an ihm ein Beispiel zu nehmen, um alle diese Fehler zu vermeiden und einen schönen Anschlag sich anzueignen. Es war seine Hauptregel, daß die Hand beim Klavierspielen vollständig ruhig zu halten sei, um die Richtigkeit der Intonation zu wahren. Seine eigenen Hände schienen sich beim Spielen auch nicht anders zu bewegen, als daß sie leicht die Tasten nach rechts und nach links entlang glitten. Besonders schätzte er auch die Behebung, das heißt ein Anhalten des Tones durch einen neuen Druck auf die Taste, ohne daß sie von neuem angeschlagen wurde. Der gefühlvolle und sensitive Charakter des Klavichords entsprach der zartfühlenden musikalischen Natur Sebastians ganz besonders, und er erfreute sich einmal an der Beschreibung, die ein Schriftsteller von diesem Instrument gab als von dem Tröster der Leidenden und dem mitempfindenden Freund der Heiteren. Sogar in unserem Schlafzimmer stand ein Klavichord, und ich erinnere mich, daß es wohl vorkam, daß er um Mitternacht aufstand, einen alten Mantel umwarf und ein oder zwei Stunden spielte. Er tat es dann so zart, daß er nie unsere schlafenden Kinder störte, ich glaube eher, das Klingen versüßte ihre Träume, und ich lag dann selig still und lauschte den Tönen, die das stille dunkle Haus durchfluteten. Manchmal schien auch das Mondlicht durch das Fensterkreuz auf seine ruhige Gestalt. Es klang mir immer wie ein Gesang aus den Vorhöfen des Herrn, denn nachts spielte er immer nur friedvolle Musik, und ich muß gestehen, daß ich manchmal unter den zarten Melodien, die seinen Händen entströmten, in den süßesten Schlummer zurücksank, ehe Sebastian das Lager wieder aufsuchte.

Sebastian hatte Auge und Ohr für alle musikalischen Instrumente, von der Pikkoloflöte angefangen bis zur Orgel. Er dachte stets darüber nach, wie man sie verbessern möchte und ihnen Härten und Unvollkommenheiten nehmen, damit sie immer mehr Wohllaut ausströmen könnten. Ich selbst wurde in dieser Beziehung eine halbe Gelehrte, denn er besprach alle diese Angelegenheiten mit mir, die auch mich fesselten, und zeigte mir das Innere der Instrumente, wenn er sie stimmte oder sonst zu Verbesserungen auseinanderlegte. Er gestattete nie, daß ein anderer, als höchstens ich, die Schrauben an seinem Cembalo zum Stimmen anzog, was ganz zu Dank er nur sich selber machen konnte. Ich habe schon erzählt, daß er eine fünfsaitige Viola pomposa und ein Lautenklavizimbel erfand, das unter seiner Leitung dann von dem Orgelbauer Zacharias Hildebrand ausgeführt wurde. Es hielt den Ton länger als das Cembalo, vermittelst seiner Saiten sowohl als auch metallener Drähte und einer besonderen Anordnung von Dämpfern. Ich erinnere mich aber nicht mehr genügend aller Einzelheiten, um dies neue Instrument vollständig beschreiben zu können. Sebastian verfolgte bei dieser Erfindung die Absicht, die kurze Resonanz des Cembalos zu verlängern, weil ein Legatospiel und sanfte singende Passagen auf diesem Instrument fast unmöglich auszuführen waren.

Sein Freund Herr Silbermann – eine sonderbare händelsüchtige, höchst handfertige Persönlichkeit, aber ein äußerst tüchtiger Orgelbauer – begann um diese Zeit Instrumente zu bauen, die er Forte pianos nannte und an deren Bau Sebastian den regsten Anteil nahm. Auf Silbermanns Bitte versuchte Sebastian eines der ersten so gebauten Instrumente, fand sie sehr vielversprechend, war jedoch von der Hammereinrichtung, die an diesem Instrument das Neue war, und von der Härte des Anschlags enttäuscht und bemängelte auch den schwachen Klang der oberen Tastenreihe. »Du mußt das besser machen«, sagte er zu Silbermann, »es liegt ein guter Kern in deiner Sache, aber du mußt nun sehen, daß ein tüchtiger Baum daraus emporwächst.« »Das darf man deinem Eigendünkel nicht wünschen«, antwortete Silbermann ärgerlich, denn er war von heftiger und ungeschlachter Gemütsart und hatte auch eine wilde Jugend hinter sich, »da habe ich eine so lange Zeit an dem Ding gearbeitet und mir die größte Mühe gegeben, um alles recht zu machen, und da kommst du mit deinen weißen

Kapellmeisterhänden und sagst, es sei nicht richtig!« Man sah dem aufgebrachten Instrumentenmacher an, daß er vor lauter Zorn auseinanderspringen wollte.

Sebastian konnte bei seinem heißen Temperament zuweilen sehr aufbrausen. Diesmal aber blieb er seelenruhig und sagte nur in friedfertigstem Tone: »Die Sache ist noch nicht in Ordnung, und das weißt du, und darum bist du so aufgeregt. Komm, wir wollen doch nicht einer musikalischen Sache wegen in Zank geraten. Du hast so edle Orgeln gebaut und kannst bessere Dinge machen als solch ein Hammerklavier.« – Und er machte ihn auf einige Fehler dieses neuen Instrumentes aufmerksam, die unbedingt behoben werden mußten und behoben werden konnten. Silbermann hörte ihn schweigend und verfinstert an und sagte dann im Weggehen: »Ja wahrhaftig, du bist ein wunderbares Genie, und es ist nichts auf der Welt, was du nicht weißt«, und warf die Tür hinter sich wild ins Schloß. Ich war ganz entsetzt, daß jemand so mit Sebastian zu sprechen wagte, doch er blickte mich voller Gemütsruhe und ganz unberührt von dem Wortwechsel an und erwiderte auf meinen ängstlichen Blick nur: »Er ist unglücklich, weil er das Instrument noch nicht so gut gemacht hat, wie es vor seinem Auge steht und wie er weiß, daß es sein muß – ich kann mich bis ins kleinste in seine Gefühle versetzen.« »Aber er hätte nicht so grob werden dürfen«, entgegnete ich noch immer voll Unwillen. »Ach«, lachte Sebastian, »das hat nichts zu sagen, solange er sein Klavier noch nicht in Ordnung hat!« Es verging eine längere Zeit, während der Silbermann offenbar sich Sebastians Anregungen zunutze machte und an der Vervollkommnung seines neuen Klaviers, des Hammerklaviers, arbeitete, denn nachdem er lange Wochen jede Berührung mit Sebastian vermieden hatte, lud er ihn eines Tages unvermutet ein, das verbesserte Instrument zu prüfen. Sebastian begab sich sogleich voller Eifer zu dem ehemaligen Freunde, spielte auf dem neuen Probeklavier und war ganz entzückt. Silbermann stand lauschend daneben, und als er Sebastians warme Lobesworte hörte, brach sein ganzes mürrisches Gesicht in ein strahlendes Lächeln aus: »Du bist der tüchtigste von allen Musikern«, rief er, »und ich wußte wohl, solange ich nicht alles erreichte, was du von dem neuen Klavier verlangtest, solange war mein Werk nicht gut. Aber immerhin,

es war ein schweres Stück Arbeit, alles das anzubringen, was du verlangtest.«
Gegen Ende seines Lebens spielte Sebastian eines von Silbermanns Pianos, das der König in Potsdam hatte. Auch die Orgeln von der Hand Silbermanns schätzte er sehr, obgleich er sich am Anfang seiner Musikerlaufbahn schon einmal mit Silbermann einer Orgel wegen entzweit hatte. Diese Orgel sollte Silbermann in Auftrag gegeben werden, und Sebastian wünschte das tiefe C durchdringend auf dem Manual und Pedal und zu gleicher Stärke gestimmt. Silbermann aber weigerte sich, das zu tun, und Sebastian antwortete ihm darauf: »Dann kannst du die Orgel nicht in Auftrag bekommen.« Doch trotz all dieser Mißhelligkeiten hegten beide große Achtung voreinander, Gottfried Silbermann erkannte das Genie Sebastians willig an, und Sebastian ehrte in Silbermann immer den großen Orgelbauer. »Niemand«, so sagte Sebastian, »könne eine wahre Orgel bauen ohne eine bestimmte Gnade Gottes – es sei ganz etwas anders, als etwa ein Haus oder selbst ein Klavichord zu bauen. Ein Stück von der Seele eines Musikers müsse in die Pfeifen eingeschlossen werden, ehe sie recht zu sprechen und zu singen anfangen

könnten. Und wenn solche Liebe die Orgel nicht gebaut habe, so werde sie nie wirklich leben.« Silbermann aber liebte seine Orgeln wirklich und legte mehr hinein, als man ihm je an Geld dafür zurückzahlen konnte. Deshalb auch liebte Sebastian ihn und seine Orgeln und kümmerte sich wenig um seine rauhen Reden und sein schwer umgängliches Wesen.

Aber wenn er sich das händelsüchtige Wesen des Orgelbauers nicht anfechten ließ, weil er wußte, daß er reinen Willens war und die Musik von ganzem Herzen liebte und seine Kenntnis dieser Kunst tief und echt war, so regten ihn das elende Gerede und die Mißhelligkeiten mit dem Rat der Thomasschule immer wieder aufs ärgerlichste auf. Es sah oft aus, als solle er Strohwische ohne Stroh für sie machen. Die Herren wollten sich seine Autorität nicht gefallen lassen, sie hielten Gelder zurück, die ihm zukamen, und setzten ihn auch sonst außerstande, die Summen, die er, um musikalischen Beistand zu entlohnen, dringend bedurfte, zu zahlen. Denn wie er in einem der vielen Berichte an die Verwaltung der Schule auseinandersetzte: die kleinen Nebenverdienste, die in früherer Zeit dem chorus musicus zufielen, waren gänzlich abgeschafft worden, und dadurch war begreiflicherweise die Studierwilligkeit des Chores verschwunden, »denn wer«, so fügte er hinzu, »will arbeiten ohne Lohn und dienen ohne Anerkennung?« Auf tausend Arten erschwerte man ihm sein Leben, und wenn er nach seiner geraden Weise ihnen sagte, was er von ihrem Benehmen halte, so nannten sie ihn »unverbesserlich« und behaupteten, daß er nicht nur nichts Besonderes täte, sondern ihnen auch keine Erklärung für seine Forderungen abgäbe. Und trotz all dieser kleinen, aber durch ihre Häufigkeit keineswegs unbedeutenden Mißhelligkeiten schrieb Sebastian Musik über Musik für die Thomasschule und Kirche und die anderen Leipziger Gotteshäuser, Musik, wie man sie bisher in Deutschland noch nicht kannte. Diese Kunst war gewiß oft zu gut für die Hörer, zu hoch für ihre dumpfen Seelen und Sinne – wirklich verstanden wurde sie nur von ein paar Musikern. Die Spannung eines solchen Lebens war für Sebastian zu groß, der unter all seiner äußerlichen Festigkeit doch ein sehr empfindliches Herz verbarg, und er zog öfters ernsthaft in Erwägung, Leipzig zu verlassen und sein Glück an einem friedlicheren Orte zu versuchen. Da er aber gar nicht wußte, wohin er sich zu wenden habe, schrieb er an seinen Jugendfreund Georg Erdmann, der nun mittlerweile in Rußland eine große Persönlichkeit geworden war, und fragte bei ihm an, ob er ihm nicht zu einem passenden Wirkungskreis verhelfen könne. Diesen Brief ließ er mich, wie es seine Gepflogenheit mit allen Briefen war, lesen, ehe er ihn abschickte, und ich muß gestehen, daß mir der Gedanke, unser Heim und unsere Familie nach Rußland zu verpflanzen, großes Herzweh verursachte. Rußland schien mir so weit, so fremd, so heidnisch zu sein, aber wenn es sich herausgestellt hätte, daß die Übersiedlung für Sebastian nötig gewesen wäre, so wäre es für mich unbedingt erforderlich geworden, keine Abneigung gegen seinen Plan zu zeigen. Und dann: was bedeutete das mir so liebe Sachsen, was bedeutete mir die ganze Welt im Vergleich zu Sebastian? Die Heimat der Frau ist da, wo ihr Gatte und ihre Kinder leben.

Sebastian setzte in diesem Briefe seinem Freunde auseinander, daß seine Bestallung als Thomaskantor sich doch nicht als so vorteilhaft für ihn erwiesen habe, wie er zuerst geglaubt, daß eine Menge von Nebeneinkünften, mit denen er von Anfang an gerechnet habe, nun gestrichen oder sehr gekürzt worden seien, daß sein Leben in Leipzig sehr teuer wäre, also daß er mit vierhundert Talern im übrigen Thüringen weiterkomme als mit der doppelten Summe in Leipzig, wo alles zum Leben Nötige unverhältnismäßig bezahlt werden müßte. Aber das sei es nicht, was seine Lage in Leipzig unerträglich mache, sondern einzig und allein die Haltung seiner Vorgesetzten, die höchst seltsame und schwer zu behandelnde Leute seien, mit nur sehr geringer Liebe zur Musik begabt, und daß er unter beständigem Ärger unter Eifersüchteleien und Verfolgungen zu leben habe, und zwar in einem Grade bedrängt werde, der ihn nun zwänge, mit Gottes Beistand sein Glück anderwärts zu suchen.

Als jedoch die Dinge bis zu diesem Stande der Unerfreulichkeit gediehen waren, wurden sie plötzlich anläßlich des Todes des alten Rektors der Schule, des Herrn Ernesti, und der Anstellung des Herrn Gesner, eines alten Weimarer Freundes von Sebastian, sehr viel leichter für ihn. Ich werde nie den erfreuten Ausdruck seines Gesichtes vergessen, als er mir die Anstellung des Herrn Gesner mitteilte. – »Nun, Magdalena«, rief er aus, »werden die Dinge hier besser und schöner werden.« Ich dankte Gott in meinem Herzen, fiel meinem geliebten Manne um den Hals und fühlte meine Seele von einer schweren Last befreit. Ich grämte mich nämlich nicht nur, weil er so gequält wurde, sondern auch, weil ich wußte, daß ihn kleinlicher Ärger von der Musik abhielt; und das war schlimm, denn ich fühlte nur zu gut, daß Gott ihn geschaffen hatte, damit er die düstere Welt durch seine Kunst erhelle. Und wenn nun die Welt ihn hinwiederum so düster machte, daß das Licht der Musik nicht in ihm aufgehen konnte, so standen die Sachen weit und breit sehr übel.

Der neue Rektor, obwohl von so zarter Gesundheit, daß er in einer Sänfte zur Schule und zurück getragen werden mußte, war doch voll Energie, voll Begeisterung, Tatkraft und Güte. Obwohl er sehr gelehrt war, schien sein ganzes Wesen liebevoll, und es erfüllte mich mit Ehrfurcht und Dankbarkeit, wenn ich sah, wie er Sebastian schätzte und verstand. Es erwuchs hier eine tiefe Freundschaft oder vielmehr es wurde eine alte Freundschaft erneut und befestigt zwischen dem Rektor und dem Kantor, und die Verwaltung der Schule war nicht länger mehr störrisch, wenn nun Sebastian Mittel zur Pflege der

Musik bereitgestellt haben wollte. So wünschte er sich für den Chor eine Sammlung von Motetten und Responsorien, die man damals zusammengestellt hatte, und da er nun die Fürsprache des Rektors hatte, so erhielt er sie auch gar bald. Auch trat Herr Gesner oft bei Sebastian ein, wenn er den Knaben Singunterricht gab, hörte zu und feuerte die Schüler durch heitere Ermutigungen an, was dem früheren Rektor nie in den Sinn gekommen wäre. Dazu zeigte er auf jede nur mögliche Weise den andern Lehrern und den Herren von der Verwaltung, wie hoch er seinen Kantor in Ehren hielt.

Ganz glücklich war ich, als eines Tages der Rektor mit einem Manuskript in der Hand zu mir kam und in seiner höfischen, aber doch außerordentlich freundlichen Weise zu mir sagte: »Hätte die Frau Kantorin vielleicht Zeit, mir eine kurze Weile zu schenken? Ich möchte ihr ein kleines Ding vorlesen, das ich zu Ehren ihres geliebten Hausherrn geschrieben habe.« Ich bat ihn, Platz zu nehmen, und hörte ihm mit gespannter Aufmerksamkeit zu, als er mir auseinandersetzte, er gebe in lateinischer Sprache ein gelehrtes Buch neu heraus, das ein alter Schriftsteller, ich glaube, er nannte ihn »Quintilianus«, geschrieben habe. In diesem Buch spricht eine Person namens Fabius von den vielseitigen Fähigkeiten eines Mannes, der die Leier spielt, zu gleicher Zeit singt und den Takt mit dem Fuße angibt.

»Das alles, Fabius, würdest du für geringfügig halten«, fährt nun mein Autor fort, »wenn du von den Toten erstehen und *Bachen* sehen könntest – ich führe gerade ihn an, weil er vor nicht langer Zeit auf der Thomasschule zu Leipzig mein Kollege war – wie er mit beiden Händen und allen Fingern das Klavier spielt, welches die Töne vieler Zithern in sich faßt, oder das Instrument der Instrumente, dessen unzählige *Pfeifen durch Bälge beseelt* werden, wie er von hier aus mit beiden Händen, von dorther mit hurtigen Füßen über die Tasten eilt und allein eine Mehrheit von ganz verschiedenen, aber doch zueinanderpassenden Tonreihen hervorbringt: Wenn du diesen, sag' ich, sähest, wie er, während er vollbringt, was mehrere eurer Zitherspieler und tausend Flötenspieler vereint nicht zustande brächten, nicht etwa nur eine Melodie singt, wie einer, der zur Zither singt und so seine Aufgabe löst, sondern auf alle zugleich achtet und von dreißig oder gar vierzig Musikern den einen durch einen Wink, den andern durch Treten des Taktes, den dritten mit drohendem Finger in Ordnung hält, jenem in hoher, diesem in tiefer, dem dritten in mittlerer Lage seinen Ton angibt, und daß er ganz allein im lautesten Getön der Zusammenwirkenden, obgleich er von allen die schwierigste Aufgabe hat, doch sofort bemerkt, wenn und wo etwas nicht stimmt, und alle zusammenhält und überall vorbeugt, und wenn es irgendwo schwankt, die Sicherheit wiederherstellt, wie der Rhythmus ihm in allen Gliedern sitzt, wie er alle Harmonien mit scharfem Ohre erfaßt und alle Stimmen mit dem geringen Umfang der eigenen Stimme allein hervorbringt! Ich bin sonst ein großer Verehrer des Altertums, aber ich glaube, daß mein Freund Bach und wer ihm etwa ähnlich sein sollte, viele Männer wie Orpheus und zwanzig Sänger wie Arion in sich schließt.«

Man kann sich wohl vorstellen, wie viel Freude mir diese Stelle machte und wie oft ich sie las: so oft, bis ich sie auswendig kannte und sie denen von den Kindern, die groß genug waren, sie zu verstehen, vorerzählen konnte. Obwohl er selbst kein Musiker war, hatte Rektor Gesner doch die Art und Weise, wie Sebastian eine Kantate oder ein Instrumentalkonzert leitete, vortrefflich beschrieben. Je nach den Umständen pflegte er, besonders wenn er eine Anzahl von Sängern oder Instrumentalisten vor sich hatte, den Takt mit einer Notenrolle zu schlagen; manchmal auch gab er, am Klavichord oder am Cembalo sitzend, dort im Spielen das Zeitmaß an oder taktierte mit der Notenrolle und spielte mit einer Hand das Instrument. Sein Sohn Emanuel urteilte von ihm: Er war sehr genau im Dirigieren, und im Zeitmaß, das er gewöhnlich lebhaft und beschwingt nahm, war er von größter Sicherheit. Viele Proben für die Kirchenmusik fanden in unserem Hause statt, da die Thomasschule kein Cembalo besaß. Es befand sich wohl eins auf der Orgelbühne der Thomaskirche. Aber im Winter war es viel angenehmer, die Proben in unserer Wohnung abzuhalten, und so habe ich denn sehr oft die Sänger und Musiker unter der beflügelten Leitung Sebastians sich entfalten sehen, wie es der Herr Rektor beschrieben hat.

Er war dann voller Leidenschaft und weiter nichts mehr als Musik. Seine Hände schienen die Harmonien aus der Luft herbeizuziehen, und ganz unbeschreiblich war der glückliche Ausdruck seines Gesichtes, wenn alles gut ging. Doch nicht die kleinste falsche Note oder die geringste Ungenauigkeit im Rhythmus entging seinem immer wachen Ohr, und er war nicht zufrieden, bis die Musik, die Stimmen und die Instrumente wie ein harmonischer Strom in vollkommener Tonreinheit dahinströmten. Aber diese einige Tonreinheit zu erreichen, dazu gehörte viel Arbeit seinerseits und auch der Mitwirkenden unter seiner Leitung. Doch er hatte, wenn es sich nicht gerade um ein paar eigensinnige und dickköpfige Knaben handelte, die Macht, seine Musiker mit Begeisterung und Frömmigkeit zu erfüllen, und die allermeisten arbeiteten gerne und eifrig, um seine Billigung zu erlangen. Er selber sagte ja einmal: »Es ist wohlbekannt, daß diejenigen unter den Studenten, die die Musik lieben, mir ihren Beistand immer bereitwilligst anbieten. Ich habe von diesen Studenten nie die geringste Unfreundlichkeit erfahren; es ist ihnen zur schönen Gewohnheit geworden, mir bei der Instrumental- wie auch bei der Vokalmusik zu helfen, sie tun es gern und ohne Zögern, aus freiem Antrieb und ohne irgendeine Vergütung.«

Er trat in noch engere Verbindung mit diesen musikliebenden Menschen, als er im Jahre 1729 Direktor der berühmten musikalischen Vereinigung wurde, die Herr Telemann gegründet hatte. Diese Vereinigung veranstaltete unter seiner Leitung wöchentlich eine schöne musikalische Aufführung. Im Sommer ging diese Mittwochs von vier bis sechs in Zimmermanns Garten in der Windmühlenstraße vor sich; im Winter fanden die Konzerte Freitags von acht bis zehn in Zimmermanns Kaffeehause statt. Zur Zeit der Messe wurden wöchentlich zwei Aufführungen veranstaltet, Dienstags und Freitags. So gab unter Sebastians Leitung die Vereinigung mehrere besondere Konzerte, in denen er eigens zu diesem Zwecke geschriebene Musiken von sich zu Gehör brachte. Desgleichen fand an dem Geburtstag der Königin im Dezember 1733 eine Aufführung eines Drama per Musica statt und einen Monat später die eines Werkes, das er für die Krönungsfeierlichkeiten verfaßte. Sebastian leitete die musikalische Vereinigung einige Jahre hindurch und brachte sie auf eine bemerkenswerte Höhe. Sie galt bald als ein vorbildliches Institut und leistete ganz außerordentliche Aufführungen zur Erquickung aller derer in unserer Stadt, die ernste Musik verstehen und würdigen konnten. Ich wohnte fast allen Konzerten und vielen der Proben, die in unserem Hause stattfanden, bei, und wenn ich mir nur irgendwie freie Zeit schaffen konnte, eilte ich hin und hörte auch bei denen zu, die woanders vor sich gingen, und einmal, als ich mich bei allem guten Willen nicht freimachen konnte, mußte mir einer der Schüler meines Gatten, Johann Christian Kittel, der dazumal bei uns wohnte, genauen Bericht erstatten. Es handelte sich um die Probe zu einer Kantate. »Caspar begleitete auf dem Cembalo«, sagte Kittel, »und die Frau Kantorin kann sich leicht denken, daß er keine zu magere Begleitung des Generalbasses riskieren durfte. Er schien mir auch ein wenig aufgeregt zu sein, denn er mußte sich jeden Augenblick darauf gefaßt machen, des Herrn Kantors Hand und Finger zwischen seinen Händen auf den Tasten zu spüren, und ohne ihm und seiner Begleitung ins Gehege zu kommen, dort Massen von Harmonien produzieren zu hören, die ihn noch mehr zu verwirren schienen als die unerwartete nächste Nähe seines gestrengen Lehrers. Welch ein wundervoller Mann ist doch unser Meister! Es gibt keinen in ganz Deutschland, der ihm gleich ist, und wir wissen nicht, ob wir ihn mehr fürchten oder mehr lieben.«

»Ich glaub', ich weiß es, Johann«, erwiderte ich ihm und lachte. »Gewiß, gewiß!« entgegnete er schnell, »aber immerhin, es ist eine gefährliche Angelegenheit, ihn böse zu machen.«

Diese jungen Leute, die Jahr um Jahr durch unser Haus gingen – manche blieben viele Jahre bei uns, manche eine kürzere Zeit – waren für mich fast alle eine Quelle von Interesse und Vergnügen, wie sie es in engerem Sinne natürlich für ihren Lehrer auch waren. Sie kamen gewöhnlich frisch und jedem Eindruck zugänglich zu ihm, nur sehr vereinzelt war einmal einer eingebildet, und diese Eigenschaft verlor sich, wenn sonst etwas Gutes an ihnen war, sehr schnell, und sie wurden oft recht demütig, wenn sie die Größe Sebastians sahen, seine weite Natur und seine kraftvollen Fähigkeiten, und wie er, auch schweigend, nur durch seine Person ihnen von der Feierlichkeit des Berufes zum Musiker, von dem angestrengten Studium und der immerwährenden inneren Andacht sprach. »Er entzündet eine Flamme in unserm Herzen«, sagte mir einer von ihnen, als er uns verließ, »und alle Musik der Welt wird für mich immer nur seine Stimme haben.« Es war für mich stets eine Herzensfreude, diese jungen Leute zu sehen, wie sie gleich den Jüngern unseren Herrn meinen Sebastian umgaben, voll Eifer und Ergebenheit, voll jugendlicher Glut und musikdurchtönt angestrengter Arbeit hingegeben, wie sie die Schöpfungen ihres Meisters Partitur nach Partitur abschrieben, damit sie sie mit sich tragen könnten, wenn sie uns verlassen mußten, wie sie den Kontrapunkt studierten und selbst Musik schrieben und die Ergebnisse ihrer Arbeit mit einer schönen Mischung von Befangenheit und Stolz ihrem Meister unterbreiteten und wie sie auf allen Instrumenten tüchtig waren, besonders aber auf dem Klavier und der Orgel, und wie sie in allem und jedem Ding beflissen waren – nicht zuletzt auch im Essen. Ja, was sie in diesem Fach zu leisten imstande waren, das wußte ich allein! »Die Musik macht hungrig, Frau Bach«, pflegten sie zu sagen und folgten mir in die Küche, ein Kümpchen Biersuppe oder eine Tasse Mandelmilch und ein Hellerbrot zu bekommen. »Wenn der Herr Kantor zufrieden mit uns ist, freuen wir uns so, daß wir essen müssen, und wenn er es nicht ist, müssen wir unseren niedergeschlagenen Geist erquicken.« Es war im allgemeinen eine sehr vergnügte Sippe, diese jungen Leute, obwohl sie ihre Musik sehr ernst nahmen.

Die, von denen ich da ausdrücklich sprach, waren Sebastians eigene Schüler, die ihr Leben der Musik weihen wollten und an denen er den tiefsten väterlichen Anteil nahm. In den späteren Jahren seines Lebens aber kamen zu diesen eine ganze Anzahl von Liebhaber-Schülern, die ihn bestürmten, ihnen einige Stunden Unterricht zu erteilen, da ihnen daran lag, von »Bach aus Leipzig«, wie er allgemein genannt wurde, unterrichtet worden zu sein. Anfänglich wollte er dieser Schüler gern wieder ledig werden und versuchte sie durch hohes Stundengeld abzuschrecken, als er aber sehen mußte, daß sie dies nicht abhielt, nahm er so viele von ihnen an, als seine freie Zeit erlaubte, weil die Einkünfte aus diesem Unterricht uns doch beträchtlich weiterhalfen. Wenn aber einer dieser Amateurschüler sich dünkelhaft gebärdete oder seine Sache zu leicht nahm, so wies er ihm unverblümt die Tür. So erinnere ich mich an einen musikalischen Dilettanten, der Unterricht auf dem Klavichord erhielt. Sebastian hatte ihm ein gewisses Stück zum Studieren aufgegeben. In der nächsten Stunde spielte der Herr es ihm in ganz anderem Tempo und mit ganz anderem Fingersatz, als Sebastian vorgeschrieben hatte, vor. »Ich glaube, so klingt es besser«, erklärte er dabei leichthin, »ich finde die Art, wie Sie den Daumen brauchen lassen wollen, zu schwer und habe es deshalb vorgezogen, nach meiner eigenen Weise zu üben.« Sebastians Gesicht verdunkelte sich für einen Augenblick, klärte sich aber bald wieder auf und mit einem Lächeln vermochte er zu erwidern: »Lieber Herr, Sie sind offenbar für meinen Unterricht zu weit vorgeschritten, und da ist es wohl das beste, wir beendigen unsere Unterrichtsstunden mit dieser hier.« »Ach«, antwortete der elegante Herr ganz verblüfft, »ich dachte, ich hätte noch etwas von Ihnen lernen können!« Aber Sebastian gab ihm keine weitere Stunde mehr. Wenn er auf Dünkel stieß, der auf bloßer Dummheit wuchs, so gab er sich selten Mühe, ihn zurückzuweisen, selbst wenn er gezwungen wurde, wertlose Machwerke anzuhören. So erschien eines Tages Herr Hurlebusch aus Braunschweig in unserem Hause und brachte einige ganz wenig bedeutende Klaviersonaten, die er geschrieben hatte, mit. Er spielte sie zu seiner eigenen großen Genugtuung lang und breit vor und schien nicht zu merken, daß er niemandem als sich selbst ein Vergnügen damit machte, denn wir in unserem Hause waren eine andere Art Musik gewöhnt. Sebastian hörte höflich schweigend zu, und dies Schweigen schien der Besuch für die sprachlose Bewunderung zu halten, die er leichtlich bei jedermann zu erwarten gewöhnt war. Und als er sich verabschiedete, schenkte er Friedemann und Emanuel seine gedruckten Sonaten, indem er sie ermahnte, diese Werke nur fleißig durchzulesen und zu spielen, denn eine Musik dieser Art könne ihnen nur außerordentlich nützlich sein – »in der Erkenntnis, wie man es nicht machen soll«, ergänzte Sebastian, als der aufgeblasene Besucher uns verlassen hatte, mit einem gemütlichen Augenzwinkern.

Die wirklichen Schüler unterschieden sich nun in allem sehr vorteilhaft von den vornehmen Herren Nichtskönnern, und manche unter ihnen wurden ihrem Lehrer ganz besonders lieb, weil sie auch ganz besonders gute Musiker wurden. So lebte Martin Schubart, sein erster Schüler, den ich nicht gekannt habe, in einem ständigen liebevollen Andenken bei ihm, und weiter der geliebte Christoph Altnikol, der unsere Tochter Elisabeth ehelichte, und die beiden Krebs, Vater und Sohn, von denen besonders der jüngere, Johann Ludwig Krebs, ein besonders bewunderungswürdiger Musiker wurde. Er war neun Jahre lang Sebastians Schüler und, wie Sebastian einmal lachend meinte, der *einzige* Krebs im Bache. Ludwig verwahrte mit besonderer Achtung das Zeugnis, das Sebastian ihm ausstellte:

»Da Vorzeiger dieses Herr Johann Ludwig Krebs mich Endesbenannten ersuchet, Ihme mit einem Attestat wegen seiner Aufführung auf unserem Alumneo zu assistiren. Als habe Ihme solches nicht verweigern, sondern soviel melden wollen, daß ich persuadiret sey, aus Ihme ein solches Subjectum gezogen zu haben, so besonders in Musicis sich bey uns distinguiret, indem Er auf dem Clavier, Violine und Laute, wie nicht weniger in der Composition sich also habilitiret, daß Er sich hören zu lassen keine Scheu haben darf: Wie denn deßfalls die Erfahrung ein Mehreres zu Tage legen wird. Ich wünsche Ihme demnach zu seinem Avancement göttlichen Beystand und recommandire denselben hiermit nochmaligst bestens.«

Ich kann nicht alle Schüler mit ihren Namen aufführen, es waren ihrer zu viele, aber unter denen, die sich besonders auszeichneten und die unvergleichliche Schulung lohnten, die sie erhalten hatten, war noch Gottlieb Goldberg, ein sehr tüchtiger Klavierspieler, der später beim Baron Kayserling angestellt wurde und für den Sebastian eine »Air mit dreißig Variationen« schrieb. Sie waren für ein Cembalo mit zwei Manualen gesetzt und wurden gewöhnlich die Goldberg-Variationen von uns genannt.

Ein anderer Schüler, von dem Sebastian sehr hoch dachte, war Johann Philipp Kirnberger, der nun in Berlin lebt und lehrt und in allem in die Fußtapfen seines Meisters tritt. Als Kirnberger anfangs zu Sebastian kam, arbeitete er so wild und mit solcher Leidenschaft, daß er das Wechselfieber bekam und ein paar Wochen lang sein Zimmer nicht verlassen konnte. Aber in den Zeiten, wenn das Fieber ihn verließ, studierte er mit außerordentlicher Glut weiter, und Sebastian, den dieser unbändige Geist und die unbändige Liebe zur Musik rührten, pflegte ihn während seiner Krankheit an seinem Bette aufzusuchen und ihn dort zu unterrichten, anstatt daß der Schüler wie üblich zu ihm kam. Es wäre auch sehr lästig für den Kranken gewesen, Partituren und Übungen hin und her zu schicken.

Kirnberger empfand die größte Ehrfurcht vor seinem

Lehrer, und dies Zeichen seiner väterlichen Anteilnahme füllte sein Herz mit tiefer Dankbarkeit, der er eines Tages stotternd und verlegen Ausdruck geben wollte. »Sprich nicht von Dankbarkeit, lieber Kirnberger«, unterbrach ihn Sebastian, »ich war sehr vergnügt, als ich merkte, daß du die Musik so ernstlich studieren wolltest, und es liegt nur an dir, ob du dir alles, was ich selber kann, zu eigen machen willst. Ich verlange dafür nichts anders von dir als die Versicherung, daß du zu gegebener Zeit all diese geringe Kenntnis an deine eigenen Schüler weitergebest, die mit dem gewöhnlichen Lirum-larum der Musikmacherei nicht zufrieden sind.« Und ich weiß, daß dieser Schüler Sebastian im Augenblick, da er selber Schüler hatte, getreulich so getan hat. Es sind erst einige Tage her, da erschien bei mir ein Schüler Kirnbergers, der durch Leipzig kam, und machte mir seine Aufwartung. Mit einer Höflichkeit, die wir nicht immer von der Jugend erfahren, sagte er mir, daß es ihm eine große Ehre sei, der Witwe des großen Kantors seine Aufwartung zu machen, dessen Andenken ihm mit so viel Ehrfurcht durch seinen Lehrer Herrn Kirnberger überliefert worden sei, und daß ich ihm erlauben möge, mir eine kleine Geschichte zu erzählen, die mir gewiß Freude machen werde.

Vor ein oder zwei Wochen, so begann er, sei er zu Herrn Kirnberger gegangen, um, wie gewöhnlich, dort seine Stunden zu nehmen. Bei seinem Eintritt aber habe er sich einer aufgeregten Szene gegenüber gesehen. Auf dem Boden erblickte er eine Lache mit Wasser, sein Lehrer hantierte aufgeregt mit einem Zuber, einer Bürste und einem Haderlumpen herum, ein schöner Sammetmantel lag über einem Porträt von Sebastian, das Kirnberger seit langem hoch in Ehren hält. (Wie es mich in diesen traurigen Tagen stärkt, daß noch treue Seelen Sebastians Andenken still und tief verehren.) Die Aufregung und der Zorn schwanden aber vom Angesichte Kirnbergers und machten einem gütigen Lächeln Platz, als er seinen erstaunten Schüler auf der Schwelle zögernd erblickte. »Komm nur herein«, rief er ihm zu, »man kann sich in diesem Zimmer wieder aufhalten. Ich habe die Luft gereinigt und den Stuhl gewaschen, und ich werde nun das Bild enthüllen, und du wirst es wieder betrachten können.« »Ich glaubte einige Augenblicke nach dieser seltsamen Begrüßung«, erzählte der junge Mann weiter, »der Geist des verehrten

Meisters habe irgendwie einen kleinen Stoß bekommen und sei aus dem Gleichgewicht geraten, aber bald erfuhr ich alles, was vorgefallen war. Vor ungefähr einer Stunde war ein reicher Leinenkaufmann aus Hamburg in Geschäften bei Kirnberger erschienen. Im Laufe ihres Gespräches entdeckte der Händler Sebastians Bild an der Wand und rief aus: ‚Du lieber Himmel, wie kommen Sie denn dazu, das Bild des verstorbenen Kantors Bach an so einem Ehrenplatze aufzuhängen? Er war doch ein ziemlich rauher Geselle, und hat sich da der eitle Narr gar in einem üppigen Samtrock malen lassen!' Diese Worte schlugen wie eine Keule auf den guten Kirnberger ein (ich erinnerte mich seiner stürmischen Gemütsart noch sehr gut und seines heißen Musikerblutes), er sprang auf, packte den erschrockenen Kaufmann mit beiden Händen, drängte ihn zur Tür hinaus und schrie unausgesetzt: ‚Hinaus, Hund! Hinaus, Hund!' und brachte ihn ohne weitere Zeremonien auf diese Weise auf die Straße. Dann war er in sein Zimmer zurückgeeilt, hatte den Stuhl, auf dem der Kaufmann gesessen, gründlich zu scheuern begonnen und zugleich auch ein wenig Räucherpulver verbrannt, um die Luft zu reinigen und den Geist der Niedrigkeit zu bannen.« Ich mußte wohl ein wenig lachen, als er mir diese Geschichte erzählte, doch zugleich kamen mir auch die Tränen beim Gedenken an Kirnbergers lange und treue Sohnesliebe. »Der große Patron der Musik«, hatte er mir eines Tages gesagt, »ist für mich nicht irgendeine hübsche italienische heilige Cäcilie, sondern unser guter deutscher heiliger Sebastian, der die ganze Musik der Welt in seinem Geiste geborgen.«

Es ist mir, als gehe ein Licht in meinem dunklen Zimmer auf, wenn ich mich in diesen Tagen der Einsamkeit und Verlassenheit an die Begeisterung und Liebesglut der Schüler Sebastians erinnere. Ich weiß nicht, ob irgendein Verhältnis in der Welt dem Geiste so erfreulich ist wie das Verhältnis von Lehrer und Schüler, wenn beide in einem reinen Kunststreben in einer so lieblichen Kunst, wie die Musik es ist, vereinigt sind – der Lehrer voller Erfahrung, Kenntnisse und Führerkraft, der die jungen Geister, die sich ihm anvertrauen, mit Begeisterung erfüllt, der gut und streng ist, und der ihre verborgenen Fähigkeiten bemerkt und ans Licht zieht, und mit seiner Billigung und seinem Lobe nur das Beste, was sie hervorbringen können, bedenkt und dadurch so wohltätig steigernd auf sie wirkt, während der Schüler studiert und aufpaßt und lauscht und jedes Wort in seinem Herzen bewahrt und dort immer wieder betrachtet und seine Belehrung daraus saugt, und seine ganze Seele daransetzt, das Lob seines Lehrers zu verdienen. Solcherart waren wenigstens die Beziehungen, die Sebastian mit seinen Schülern verbanden – mit seinen wirklichen Schülern, die ihn liebten und bei uns in unserem Hause lebten. Die eigenen Söhne waren natürlich die Vorzugsschüler, die seine Sorgfalt am meisten genossen und seinem wunderbaren Einfluß am meisten unterlagen. Gegen alle, die wirklich angestrengt arbeiteten – und man muß gestehen, daß die meisten es taten, denn der gute Lehrer macht den guten Schüler – war er außerordentlich gütig. Ich höre in meinem Ohre noch den Klang seiner Stimme, mit der er zu Emanuel sagte, der sich unterm Komponieren mit einer schwierigen Modulation plackte und sich hilfesuchend an ihn wandte: »Mein Sohn, wie wäre es, wenn man es einmal so versuchte?« und ihm dabei die Feder sanft aus der Hand nahm und eine Verbesserung in der Partitur anbrachte. Ich glaube, man konnte nicht zartfühlender korrigieren, als er es tat. Es gehörte zum großen Glück meines Lebens, daß diese jungen Leute, wenn ihre Gefühle für ihren Lehrmeister überzufluten drohten, sich oft bei mir erleichterten. »Mutter Bach, dürfen wir ein bißchen mit Ihnen reden?« so kamen sie zu mir heran, und ich wußte wohl, was sie dann von mir wollten. »Es erquickt unser Herz, wenn wir in Ehrfurcht von ihm reden können«, erklärte mir eines Tages ein Schüler, Heinrich Gerber, »es ist wundervoll, diesen großen Mann unter seinen Schülern sitzen zu sehen und ihnen mit einer Himmelsgeduld die elementaren Regeln der Harmonielehre beibringen oder sie das Spielen des figurierten Basses und den besonderen Fingersatz auf dem Klavichord lehren zu sehen. Wir bewunderten bei ihm das Ergebnis seiner neuen Methode, wie sich die genaueste musikalische Vorstellung und die feinste technische Ausführung in ihm zu zauberhaften Leistungen verbanden. Aber was soll man von den himmlischen Augenblicken sagen, da er plötzlich im Unterricht innehielt, mit einer gebieterischen Handbewegung Noten und Übungsbücher beiseite schob, sich selbst ans Klavier oder die Orgel setzte und sich dem freien Schwung der Improvisation überließ. Ja, alle Himmel über uns! das waren die Stunden, um die sich zu leben lohnte. Welch eine Musik war das! Ich kann jetzt noch nachts wach liegen (was, wie du weißt, nie ohne große Ursache der Fall ist) und zitternd an sie zurückdenken. Zuweilen, wenn ich so dem angebeteten Meister zuhörte, mußte ich vor Freude laut jubeln, oft auch habe ich geweint. Die Erinnerung an solche Stunden wird erst im Grabe von uns weichen.« Bei diesen Worten ging eine rosige Welle über das junge Angesicht meines Besuchers. Heinrich Gerber hatte sich immer durch eine ganz besondere Verehrung und Liebe zu Sebastian ausgezeichnet. Er war nach Leipzig gekommen, eigentlich um die Rechte zu studieren, doch sein Herz zog ihn von Anfang an mehr zur Musik und dem Kantor an der Thomasschule hin. Immerhin wohnte er schon sechs Monate in Leipzig, ehe er wagte, Sebastian seine Aufwartung zu machen und um Unterricht zu bitten, so groß war seine Ehrfurcht. Aber Sebastian empfing ihn wie alle, bei denen er wirklich Liebe zur Musik erkannte, mit großer Güte, und schon beim ersten Zusammenkommen legte er dem jungen Manne die Hand auf die Schulter und nannte ihn freundlich seinen Landsmann, denn Gerber kam aus Thüringen. Der junge

Heinrich zitterte in der ersten Unterrichtsstunde buchstäblich vor Glück und Befangenheit, als Sebastian ihm die Inventionen aufs Klavier legte, von denen er dann schnell zum wohltemperierten Klavier überging, für das er stets eine besondere Neigung behielt, da er das Glück gehabt hatte, die Stücke dreimal vollständig in Sebastians eigener unnachahmlicher Manier von ihm selbst zu hören. Durch solche Geschenke belohnte Sebastian zuweilen einen besonders eifrigen Schüler. Er sagte dann wohl, er sei zum Lehren nicht aufgelegt, setzte sich ans Instrument und spielte dem entzückten Zuhörer wohl eine Stunde oder länger das Werk, das er studieren sollte, und viel andere Musik vor. Jedes Stück aber, das ein Schüler lernen sollte, spielte er ihm wenigstens *einmal* vor. So müßte es klingen, schloß er dann, wenn er ihnen die vollkommene Form und den Rhythmus des betreffenden Werkes kräftig und klar aufgezeigt hatte, damit sie genau erkennten, in welcher Richtung sich ihr Studium, ihre Anstrengungen zu bewegen hätten.
Eine Zeitlang kam auch ein junger Italiener zu Sebastian. Er hieß Paolo Cavatini. Ich hielt ihn zuerst für einen recht sonderbaren und schwer zu

behandelnden Jungen. Unter all unsern gesunden deutschen Knaben war er dunkel, verdüstert, unfroh und eifersüchtig, doch außerordentlich begabt. Schon nach kurzem Aufenthalt zeigte er eine stürmische Zuneigung zu seinem Lehrer. Er schien es ohne seine Gegenwart oft kaum aushalten zu können und folgte ihm überall mit seinen großen dunklen, traurigen Augen. Er war in der lästigsten Weise eifersüchtig auf die anderen Schüler und erklärte oft mit großer Heftigkeit, deren klotzige sächsische Schädel könnten einen so gottbegnadeten Genius wie den Kantor überhaupt nicht verstehen. Wenn Sebastian mit seiner Leistung einmal nicht zufrieden war, so warf er sich auf den Boden und weinte wie ein kleines Kind, dem man etwas zuleide getan hat. Er brachte uns alle in Verwirrung, und ich war oft ganz erschrocken über seine Leidenschaftlichkeit und Unbeherrschtheit. Sebastian schien ihn besser zu verstehen als irgendeiner von uns (Friedemann haßte den Fremdling geradezu) und zeigte große Geduld mit ihm. Der Junge tat und sagte oft die sonderbarsten Dinge. Eines Tages kam er in mein Zimmer gepoltert, warf sich der Länge lang auf den Bodenteppich und starrte mich, die ich mit meinem Flickkorb am Tische saß, in sonderbar aufgeregter Weise an. »Da sitzest du und nähst«, brach er dann aus, »und weißt vielleicht nicht einmal, daß dein Gatte Musik gemacht hat, vor der die Chöre der Engel ihr Haupt neigen müssen! Liebst du ihn überhaupt? Verstehst du ihn eigentlich? Doch welches Weib könnte ihn verstehen! Flick seine Kleider und koch sein Essen, das ist das beste, was du für ihn tun kannst!« Diese Rede ärgerte mich ein wenig, doch nicht viel, denn ich sah, daß der Knabe außer sich war. »Paolo«, antwortete ich ihm, »es geziemt sich nicht, daß du so mit der Frau deines Lehrers sprichst. Ich liebe ihn, und vielleicht verstehe ich ihn sogar besser, als du glaubst.« »Verzeihe mir«, bat er da und sah plötzlich ganz klein und elend aus, »ich weiß gar nicht, was ich sage, diese Musik bringt mich ganz außer Verstand, und ich liebe ihn so sehr, daß es mir wehe tut.« Als er dies sagte, wurde irgend etwas in mir wach, so daß ich mich unwillkürlich über ihn beugte und ihn auf seine schwarzen Haare küßte. »Ich weiß, wie das tut, Paolo«, sagte ich, und von dem Augenblicke an waren wir Freunde. Er blieb nicht mehr lange bei uns, der arme Kerl, denn bald kam der Winter, er erkältete sich und starb. Wir konnten uns alle des

Gefühls nicht erwehren, er passe nicht in dieses Leben hinein, mit seiner Leidenschaftlichkeit, Reizbarkeit und Hemmungslosigkeit. In den wenigen Tagen seiner Krankheit wurde er ganz sanft, ja selbst geduldig. Sein Sterben tat Sebastian sehr wehe, er ließ alle seine Arbeiten im Stich und saß stundenlang am Krankenbett des Jungen, eine Partitur auf seinen Knien, um darinnen zu schreiben, wenn die heiße Hand des Sterbenden die seine einmal losließ. Der Jüngling hielt seine schwarzen Augen unablässig auf Sebastians Antlitz gerichtet. »Ich bin glücklicher, als ich es je gewesen«, sagte er einmal mit einem seltsam schönen Lächeln zu mir, als ich ins Krankenzimmer trat und ihm eine Tasse heißen Molken brachte. Er hielt Sebastians Hand in seiner dünnen und sah mich mit einem sonderbar zufriedenen Ausdruck an, den er bis dahin nie gehabt hatte. Er hatte gerade begonnen, ernsthaft zu schaffen, als er sterben mußte, und Sebastian rief ihm ein großes Wort in die Erde nach: »Ich fürchte, wir haben einen Scarlatti an ihm verloren.« Es war Genialität in diesem Knaben, und dies erklärt, warum er in der Welt so unglücklich war.

Sebastians Methode, Komposition zu lehren, war

ganz verschieden von dem steifen und leblosen Regelkram, den andere Lehrer anwendeten.

Harmonie, Kontrapunkt, das Spielen nach dem bezifferten Baß, die Kunst der Fuge, alles dies lehrte er in einer Weise, die das Studium mit Leben und Interesse erfüllte. Er begann sogleich mit einer vierstimmigen Harmonie über einem bezifferten Baß, und er ließ alle Schüler zuerst jede Stimme auf einem besonderen Liniensystem aufschreiben, so daß keine verwirrten und bedeutungslosen Teile entstehen und keine Stimme nichtssagend oder töricht klingen konnte. Wenn eine Stimme nichts zu sagen hatte, so mußte sie schweigen. Die inneren Stimmen mußten fließen und eine wirkliche melodische Linie aufweisen. Sebastians eigene Harmonie ist ja auch nur eine vielfache Melodie, und keiner Note wurde das Dasein ohne begründete Herkunft erlaubt. Nie ließ er eine zufällige Zufügung zu einem Akkord nur um der Eindringlichkeit wegen durchgehen. »Wo kommt die denn her?« fragte er dann wohl halb scherzhaft, halb streng und strich sie durch, »die ist wohl vom Himmel in deine Partitur gefallen?« Kirnberger erzählte, daß es Sebastians Regel war, seine Schüler mit dem vierstimmigen Kontrapunkt beginnen zu lassen, da es unmöglich sei, guten drei- oder zweistimmigen Kontrapunkt zu schreiben, ohne mit dem vierstimmigen vertraut zu sein. Da die Harmonie notwendig eine unvollständige sein müsse, so könne jemand, der nicht mit dem vierstimmigen Satz umzugehen wisse, nicht entscheiden, was er bei der Harmonisierung andersstimmiger Sätze auslassen dürfe. Nach Sebastians Tod wurde der gute Kirnberger in einen musikalischen Streit mit Herrn Marpurg verwickelt und führte auch hier als Schlußbeweis ein Wort seines Meisters an. Da wurde Marpurg böse und rief, wie man mir erzählte, aus: »Du lieber Himmel, warum ziehen die denn den guten alten Bach noch in eine Auseinandersetzung, an der er, auch wenn er noch lebte, keinen Anteil genommen hätte! Man wird doch niemanden glauben machen können, daß er die Prinzipien der Harmonie nach den Ansichten seines Schülers, des Herrn Kirnberger, auslegen würde! Ich bin überzeugt, der große Mann hatte mehr als *eine* Art zu unterrichten, und gewiß paßte er seine Methode den Fähigkeiten des jeweiligen Schülers an und beobachtete, ob er schnell oder weniger schnell von Auffassung und mehr oder weniger von Natur begabt war. Ich bin überzeugt, daß sich in vielleicht noch erhaltenen Handschriften des Meisters zur Erlernung der Harmonie nicht nur die Vorschriften befinden, die Herr Kirnberger als die alleinigen Ansichten seines Lehrers hier auseinandersetzt.«

Herr Marpurg hat recht, was die Vielfalt von Sebastians Lehrmethode angeht; aber er irrt sehr, wenn er glaubt, daß Kirnbergers Verehrung für seinen Lehrer es zuließe, daß er Aussprüche als von ihm herrührend anführte, wenn er seiner Sache nicht ganz gewiß wäre.

Alle seine Schüler in der Komposition mußten ihre Ideen erst im Geiste ausarbeiten, ehe sie sie zu Papier brachten, auch erlaubte er kein Arbeiten am Klavier. Wenn sie die Fähigkeit, im Geiste zu komponieren, nicht besaßen, so entmutigte Sebastian sie vollständig und warnte sie vor weiteren Experimenten und sagte, sie seien offenbar zu was anderem im Leben bestimmt als zu der harten Arbeit eines Komponisten – »ein Ding, das viel Arbeit macht und wenig Genugtuung bringt«. Das sagte er allerdings in einem Augenblick von Bitterkeit, aber seine gewöhnlich seelische Haltung seiner Arbeit gegenüber drückt er viel besser in einigen Regeln aus, die er seinen Schülern gab: »Der Generalbaß ist die vollkommenste Grundfeste der Musik. In ihm spielet die linke Hand die vorgeschriebenen Noten, die rechte greift Kon- und Dissonanzen dazu, damit dieses eine wohlklingende Harmonie gebe zur Ehre Gottes und zulässiger Ergötzung des Gemüts. Wie alle Musik, so sollte auch der Generalbaß kein anderes End' und Ziel haben als die Verherrlichung Gottes und die Erquickung der Seele. Wo dieses nicht in acht genommen wird, da ist's keine eigentliche Musik, sondern ein teuflisches Geplärr und Geleier.«

Sebastian schrieb auch mit vieler Geduld sorgfältig Regeln und Anweisungen zum Spielen des Generalbasses oder zum Begleiten in vier Stimmen zum Gebrauch seiner Musikschüler, in denen er Regeln und Beispiele in klarer Fülle aufstellte und mit dem gütigsten Verständnis für ihre Schwierigkeiten. Denn zweimal wandelt er eine Regel einfacher ab für die, die sie in der ersten schwereren Fassung nicht behalten können. In meinem Klavierbüchlein von 1725 schrieb er mir auch den Aufbau der Dur- und Molltonarten auf und einige Regeln zum Generalbaßspielen. Am Schluß aber zeichnete er eilig die Worte auf: »Die anderen Punkte, an die noch erinnert werden muß, werden besser mündlich als schriftlich mitgeteilt.« Alle, die das Glück gehabt haben, seine Schüler gewesen zu sein, werden auf das herzlichste mit diesen seinen Worten übereinstimmen, keine geschriebene Regel kann eine Vorstellung geben, mit welcher Eindringlichkeit Sebastian selbst lehrte, mit welcher Klarheit er zu erläutern verstand, wie er jede Schwierigkeit zu zergliedern und durch klare Benennung um ihre Schrecken zu bringen wußte. Sebastians eigene Fähigkeit, Stimmen auszufüllen und zu improvisieren, war, wie sich von selbst versteht, ganz außerordentlich und konnte nur von denen gewürdigt werden, die selbst geübte Musiker waren. Wenn ihm am Klavier oder auf der Orgel ein figurierter Baß vorgelegt wurde, so spielte er ihn gleich drei- oder vierstimmig. Aber er tat es gewöhnlich erst, nachdem er einige Musik von einem seiner Lieblingskomponisten gespielt hatte, was ihn immer sehr anregte. »Sie müssen wissen«, sagte einmal einer unserer Freunde, der Magister Pitschel, der einen Bekannten mit zu uns brachte, der Sebastian improvisieren hören wollte, »der berühmte Mann, welcher in unserer Stadt das größte Lob der Musik und die Bewunderung der Kenner hat, kömmt, wie man saget, nicht eher in den Stand, durch die Vermischung seiner Töne andere in Entzückung zu setzen, als bis er etwas vom Blatte gespielt und seine Einbildungskraft in Bewegung gesetzt hat.« Sebastian, der diese Worte hörte, während seine Hände schon auf den Tasten lagen, lächelte still in sich hinein und sagte nichts.

Wenn ich zurückdenke, fallen mir viele solcher Gelegenheiten ein, bei denen Sebastian nichts sagte – er ließ die Leute über ihn reden und argumentieren, ohne sich in das Gespräch hineinzumischen. Nur wenn es sich um irgendeine ernste Frage, über die Musik oder die Kunst ihrer Ausübung handelte, sagte er sanft und fest, was er zu sagen hatte, und schwieg dann wieder. Er gab sich nie die Mühe, sich der Außenwelt zu erklären, oder höchstens nur einmal dann, wenn gewisse Rechte, die ihm zustanden, beschnitten werden sollten. Daß ihm sein Recht wurde, darauf war er mit Zähigkeit bedacht, und das war ja auch nur zu richtig! Sein Geist war oft so in den tiefen Dingen der Musik verstrickt, daß ich zuweilen das Gefühl hatte, er sah und hörte uns nicht, wir waren für ihn nicht vorhanden, obwohl wir uns an ihn schmiegten, doch ging dies nie mit einem Nachlassen seiner Güte für uns Hand in Hand. Es waren zuweilen furchtbare Augenblicke für mich, wenn ich ihn in seinem Lehnstuhl sitzen sah, von den Kindern und mir in unseren verschiedenen Beschäftigungen umgeben, und doch fühlte, daß er allein war, über uns, neben uns und allein, einsam. Manchmal wurde dies Gefühl so stark und quälend in mir, daß ich meine Näharbeit oder meine Musikabschrift beiseite warf, zu ihm hinglitt, mich zu Füßen seines Stuhles hinkniete, hinwarf und meinen Arm um ihn schlang. »Nun, Magdalena«, fragte er dann wohl ruhig, »was gibt es denn? Was regt dich so auf?« Aber ich sagte ihm nie, wie mir zu Sinne war. In welche Worte hätte ich es wohl fassen können? Die Großen der Erde sind immer einsam, und darin sind sie allein, dem Größten von allen, dem Allerhöchsten verwandt.

Wenn er Musik schrieb, noch besser, wenn er improvisierte, besonders auf der Orgel, dann drückte er sein großes Herz wohl aus und schwang sich in jene Regionen, aus denen er stammte, und in denen er, und vielleicht er allein, *vollständig* zu Hause war. Viel der erhabensten Musik, die ihm entflossen ist, wird kein sterbliches Ohr mehr hören, sie drang nur *einmal* aus ihm hervor, nie schrieb er sie nieder, und sie verlor sich, wie er nun selbst es getan, in die Harmonie des Weltalls. Nur eine kleine Gemeinschaft der Lebenden hat diese Musik von ihm gehört, und diese lauschten mit aufgetanen Herzen der himmlischen Vielstimmigkeit, die seiner Seele, seinen Händen entquoll, aber wenn niemand von ihnen mehr auf der Erde sein wird, so wird auch die Erinnerung selbst an diese Musik dahin sein – und das ist ein Grund zu großer Traurigkeit für mich.

Einige von Sebastians Schülern, deren musikalisches Urteil sich auf seine eigenen Lehren gründete, haben mir gesagt, daß viel von dieser Musik, die er so in die widerhallende Luft sandte, wo sie im sanften Echo ins Schweigen versank, wunderbarer gewesen sei als alles, was er aufgeschrieben habe, so übermenschlich schön auch dieses alles wäre. Und dieser Umstand bezeichnet einen eigentümlichen Widerspruch in Sebastians Wesen. In allen Dingen des täglichen Lebens war er sorgsam, das Kleine schonend und sehr sparsam; nur wenn er Musik schuf, war er von wundervoller Üppigkeit und Verschwendung. Doch darf dabei nicht vergessen werden, daß dieser Reichtum, wenn er auch eine Gnade Gottes gewesen, doch ein Erzeugnis harter und unverwandter Arbeit darstellte, einer Arbeit, die, wenn ich die genaue Wahrheit sagen soll, von frühester Kindheit an bis zum Tage seines Todes währte. Niemals ruhte sein Geist in der Erstarrung der Selbstzufriedenheit, und nie hörte er auf, an seiner Musik zu feilen; ja selbst den Sterbenden sah ich noch bei diesem Werk, und ich fühlte tief die Wahrheit der Worte des Jesus Sirach:

»Denn ein Traum kommt in der Menge der Geschäfte.« So kam es also wohl, daß die Muse der Musik selbst aus seinen Händen zu tönen schien, wenn er seinen Geist in Improvisationen ausfluten und die Zeit für seine Zuhörer stillestehen ließ. Es ist ganz unmöglich, denen, die ihn nicht gehört haben, eine Vorstellung von der eigentümlichen Ausdruckskraft und Schönheit seiner so hinphantasierten Eingebungen zu vermitteln. Immerhin kann ich eine kleine Beschreibung wiedergeben, die Johann Kirnberger in einem Briefe einem Freunde machte, durch dessen Güte das Schreiben in meine Hand gekommen ist:

»Wenn der Herr Kantor sich einmal außerhalb des

Gottesdienstes an die Orgel setzte, wozu ihn oft fremde Musikfreunde drängten, so wählte er sich gewöhnlich irgendein Thema und spielte es, wandelte es in jeder Form der Orgelkomposition ab, und seine Phantasie war so stark, daß er oft zwei Stunden und darüber am Werke blieb. Gewöhnlich brauchte er das Thema zuerst als Introduktion und zu einer Fuge über die volle Orgel. Dann variierte er es mit veränderten Registern als Trio, als Quartett und wer weiß noch sonstwie. Dann folgte ein Choral, und in seiner Melodie erschien das erste Thema wieder in drei oder vier verschiedenen Stimmen und in abwechslungsreichster und verschlungenster Entwicklung. Und der Schluß bestand wiederum aus einer Fuge für die volle Orgel, in welcher entweder ein neues Arrangement des Originalthemas vorherrschte, oder es wurde seinem jeweiligen Charakter entsprechend durch ein oder zwei andere Nebenthemen fortgesetzt.« Die meisten Organisten waren sehr erstaunt und sogar beunruhigt, wenn sie sahen, wie Sebastian die Register seiner Orgel handhabte. Er folgte nirgends den bestehenden Regeln außer nur in den Fällen, wo es ihm direkt von Nutzen war. Sie hatten bisher geglaubt, daß solche Verbindungen von Registern, wie er sie brachte, nun und nimmer zusammenklingen könnten und waren um so erstaunter, als er zu spielen begann, und sie bemerkten, daß die Töne der Orgel bisher nie so herrlich zusammengeklungen hatten, obgleich die Registrierung ihre Ohren seltsam und ungewöhnlich anmutete. Es machte Sebastian auch stets Vergnügen, beim Improvisieren in alle Tonarten und oft in die entferntesten zu gehen, aber seine Modulationen waren so geschickt, daß nur wenige Hörer dies bemerkten. Ein am Hofe des Königs von Preußen wohlbekannter Musiker, Herr Quantz, der eine Abhandlung über die Kunst des Flöteblasens geschrieben hatte, die Sebastian mit viel Anteil gelesen, sagte in diesem Bande, daß Sebastian Bach, dieser »bewundernswerte Musiker«, das Orgelspiel auf den höchsten Grad der Vollkommenheit gebracht habe und daß man nur hoffen wolle, daß nach seinem Ableben diese Vollkommenheit nicht nachlasse und geringer werde, wie es bei einer kleinen Anzahl von Personen, die sich heutzutage noch dieser erhabensten Kunst widmen, zu befürchten stände. Herr Quantz hatte aber wohl, da er diese Stelle schrieb, nicht an die große Zahl von Sebastians Orgelschülern gedacht, die er so wunderbar mit seinem Geiste durchdrungen hatte. Alle diese Tribute, die die Mitwelt seinem Genius brachte und die ich wie Schätze in meinem Herzen aufhäufte, machten mir viel mehr Freude als Sebastian selbst, wenn er auch die Anerkennung wirklicher Musiker stets zu schätzen wußte. Obwohl er die Theorie der Musik bis in ihre Tiefen durchforscht hatte, war er doch nicht im kleinsten Pedant geworden, so daß einer seiner Freunde mit Recht von ihm sagen konnte: Man frage nur den großen Bach, der die Musik mit all ihren Kunstgriffen und Feinheiten kommandiert und dessen erstaunliche Werke man nur mit Entzücken anhören kann, ob er, als er sich seine ungeheure Geschicklichkeit erwarb, nur einmal an die mathematischen Beziehungen der Töne untereinander gedacht hat oder ob er sich beim Aufbau seiner gewaltigen Werke jemals bei der Mathematik Rat geholt hat. Ich jedenfalls kann behaupten, daß er es nie getan. Er hatte Musik im Blut und im Gebein und die Mathematik wirklich nicht nötig. Er hatte eine eigentümlich intuitive Kenntnis von dem Wesen des Klanges, das auch aus einer seltsamen Tatsache erhellt, die ich erzählen will. Als er einmal in Berlin weilte, forderte man ihn auf, das neugebaute Opernhaus zu besichtigen, und als er die Galerie des großen Speisesaals durchschritt, erklärte er plötzlich, daß, wenn jemand in einer Ecke der Halle stände und im leisesten Flüsterton spräche, eine andere Person, wenn sie an der schräg gegenüberliegenden mit dem Gesicht der Wand zugekehrt stehe, jedes Wort hören könne, und zwar nur *sie* allein. Man versuchte gleich das Experiment, und es stellte sich heraus, daß Sebastian recht hatte, obwohl nicht einmal der Architekt diese sonderbaren akustischen Verhältnisse geahnt hatte.

Vielleicht, weil diese umfassende natürliche Schau in das Wesen der musikalischen Dinge Sebastian gegeben war, war er weniger streng als viele andere Lehrer und erlaubte denen unter seinen Schülern, die wirklich innerlich musikalisch waren, eine gewisse Freiheit vom Regelzwang. »Zwei Quinten und zwei Oktaven dürfen nicht aufeinander folgen«, sagte er ihnen wohl zuweilen, und fügte mit einem kleinen Lächeln, das sein eher ernstes Gesicht tief aufleuchten ließ, hinzu: »Das ist nicht nur ein Vitium, sondern es klingt schlecht, und was schlecht klingt, kann keine Musik sein.« Er selber zögerte nie, eine Regel zu übertreten, wenn er eine Notwendigkeit dazu spürte, und ich empfand, wie sehr recht Martin Luther mit seinem Worte über einen vortrefflichen Musiker hatte: »Er ist *der Herr* der Noten, sie müssen tun, wie er will; andere Komponisten müssen tun, wie die Noten wollen.« Und dabei fällt mir noch ein anderer Ausspruch Luthers ein, den auch Sebastian oft mit Genugtuung zitierte und der lautete: »Der Teufel braucht ja nicht alle schönen Weisen für sich zu bekommen!«

Und ich glaube, sowohl Luther wie er haben dafür gesorgt, daß dieser sie auch nicht alle bekam.

Von Tod und Leben der Bachschen Kinder, von Sebastians Stolz und Herrschertum in der Stadt, von Künstlerfahrten und der Versenkung in Taulern

Die ganze Zeit über war unsere Familie angewachsen und die Wiege stets bewohnt gewesen, wenn auch ach! die erwürgende Hand des Todes manchen der kleinen Einwohner uns jählings wieder entrissen hatte. Es gab Zeiten, ich will es nur gestehen, wo es mir grausam vorgekommen ist, Kinder nur zu tragen, um sie wieder zu verlieren und Hoffnung und Liebe in den kleinen Gräbern zu verscharren, an denen wir, Sebastian und ich, so oft Hand in Hand und schweigend gestanden haben. Aber ich empfand doch immer wieder diese auflehnenden Gefühle als unfromm und versuchte mein Bestes, um sie zu unterdrücken. Meine älteste Tochter Christiane Sophie erlebte nur ein Alter von drei Jahren, und mein zweiter Sohn Christian Gottlieb mußte auch in diesem zarten Alter sterben. Ernestus Andreas lebte nur wenige Tage, und das nächste Kind Regina Johanna hatte auch ihren fünften Geburtstag noch nicht erlebt, als sie von dieser Welt scheiden mußte. Christine Benedikta, die einen Tag nach dem Kinde von Bethlehem das Licht der Welt erblickte, konnte den bitteren Winter nicht ertragen und verließ uns, als das neue Jahr vier Tage alt war. Wie freudevoll war uns zumute gewesen, daß unser neues Kind zu Weihnachten auf dieser Erde erscheinen sollte, und wie trübe sah mich das neue Jahr an, als Sebastian mit Tränen in seinen gütigen Augen zu mir an meinem Bette niederkniete und mir sagte, daß das Kleine uns wieder verlassen habe. Christiane Dorothea lebte bloß einen Sommer länger als ein Jahr, und Johann August sah das Licht nur drei Tage. So verloren wir von unsern dreizehn Kindern sieben, und das traf unser Herz schwer. Doch wir sagten uns, daß es die Heimsuchung des Herrn sei, und liebten die Kleinen, die uns geblieben waren, um so mehr. Als wir von dem Begräbnis eines dieser Kinder nach Hause kamen und ich trübe und untätig dasaß, denn ich konnte mich an diese Abschiede nicht gewöhnen, ob auch gütige Matronen unserer Bekanntschaft mich zu trösten versuchten und mir sagten, es sei eben das Los der Mütter, Kinder zu gebären und zu verlieren, und daß sie schon glücklich sein könnten, wenn sie nur die Hälfte derer, die sie getragen, auch aufziehen könnten, setzte sich Sebastian mit einem Buche in der Hand an meine Seite und las mir vor, was Luther sagte, als er seine geliebte Tochter Magdalena verloren hatte und an ihrem Sarge stand:

»Mein Liebling Lena, wie glücklich bist du nun! Du wirst wieder auferstehen und glänzen wie ein Stern, ja wie eine Sonne! Wie seltsam ist es doch, dich glücklich und im Frieden zu wissen und doch so traurig zu sein!« Und er las mir weiter vor, was Luther in einem Briefe an einen Freund geschrieben hat: »Du wirst gehört haben, daß meine liebste Tochter Magdalena im immerwährenden Königreich Jesu Christi wiedergeboren worden ist. Und obwohl ich und mein Weib Gott mit Freuden für ihr glückseliges Abscheiden danken sollten, wodurch sie der Macht der Welt, dem Fleische, den Türken und dem Teufel entronnen ist, so ist doch die natürliche Liebe in uns so stark, daß wir dies nur mit Jammern und tiefen Herzensseufzern ertragen können, und mit einem bitteren Gefühl vom Tode in uns selbst. So tief ist unserem Herzen ihr Wesen, ihre Worte, ihre Gebärden eingedrückt, während sie lebte und während sie sterbend lag, daß selbst Christi Tod uns unsere Angst nicht nehmen kann.«

Als ich diesen Brief gelesen hatte, konnte ich an Sebastians Schulter weinen und fühlte mich ein wenig erleichtert.

Damit wir den Schmerz all dieser Verluste ertragen konnten, waren sie gnädig über eine Reihe von Jahren verteilt. Es blieben uns ja sechs Kinder leben, die uns über den Tod der sieben Dahingegangenen trösten konnten. Aber ob wir Eltern nun traurig waren oder nicht, wir mußten unsere Kinder fröhlich erhalten, denn Traurigkeit läßt den Gesichtern der Kleinen nicht wohl.

Auch hatte ich ja all meine liebe Arbeit im Hause, und das tagtäglich nötige Werk lenkte mich wohltätig ab. Auch Sebastian war unablässig beschäftigt mit seinem täglichen Unterricht in der Thomasschule, seinem Kirchendienst und seiner eigenen Schaffensarbeit.

Solange Herr Gesner Rektor der Thomasschule war,

gingen die Dinge, was Sebastians Dienstverpflichtungen betraf, gut, und er lebte ein paar Jahre als Kantor ohne Reibungen und ohne daß man seinen Frieden störte. Er arbeitete schwer, er schuf so viele Kantaten und andere Musik, daß selbst ich sie nicht alle behalten konnte. Es war ja auch nur natürlich, daß er fruchtbarer sein konnte, wenn sein Geist nicht von äußerlichen Widerwärtigkeiten geplackt wurde. Wenn er in irgendeinen Zwist geriet, sei es mit dem Rat oder dem Konsistorium – und alle ernsthaften Streitigkeiten drehten sich um seine Rechte und Ansprüche als Kantor –, so konnte er leidenschaftlich zornig werden und, was schlimmer war, ganz außerordentlich hartnäckig sein und den Eigensinn, die Familieneigenschaft der Bachs, in ausgeprägtester Weise zeigen. Ich versuchte hin und wieder ihn zu überreden, doch nicht so halsstarrig zu sein, wenn ein wenig Nachgeben ein Ding in den rechten Weg gebracht haben würde. Aber es war immer nutzlos. Er klopfte mir auf die Schulter, denn nie ließ er seinen Ärger mit anderen irgendwie an mir aus und sagte sanft: »Liebes Weib, das ist eine Sache, die geht mich an und nicht dich!« Aber natürlich ging sie auch mich an, und wie konnte es auch anders sein, wenn ich den bösen Einfluß sah, den solche Angelegenheiten auf seinen Frieden hatten?

Nachdem Herr Gesner seinen Posten als Rektor der Thomasschule niedergelegt hatte und an seine Stelle der zweite Ernesti, Herr Johann August Ernesti, getreten war, änderten sich die Sachen sehr zu unserem Nachteil, und ich muß nun zu einer Angelegenheit kommen, an die ich mich nur äußerst ungern zurückerinnere: an den Streit Sebastians mit dem neuen Rektor und dem Rat und dem Konsistorium. Er dauerte fast zwei Jahre, und obwohl Sebastian dank des Dazutretens des Kurfürsten erfolgreich aus ihm hervorging, warf es doch eine Wolke über die ganze Zeit, und ich glaube, der Handel störte sein Wohlbefinden mehr, als er wahrhaben wollte – auch mir gegenüber. Als die Fehde beendet war, ergab er sich doch nie wieder mit seinem ganzen Herzen der Schule und dem öffentlichen Musikleben in Leipzig, sondern zog sich immer mehr in die Abgeschlossenheit seines Hauses und in die Einsamkeit seines Schaffens zurück.

Anfangs gingen die Sachen mit dem Herrn Rektor Ernesti ganz gut. Er war der Pate zweier unserer Kinder und viel jünger als Sebastian, der den Jahren nach fast sein Vater hätte sein können. Dies wäre ja nun eigentlich ein Grund mehr gewesen, seinem Kantor mit Achtung entgegenzukommen, wenn er auch sein tatsächlicher Vorgesetzter war. Die Sache mit dem Chorvorsteher Gottfried Theodor Krause aber zerstörte alle Freundschaft und alle Beziehungen zwischen dem Kantor und dem Rektor.

Die tiefste Wurzel all dieser Mißhelligkeiten lag wohl in dem Umstand, daß der neue Rektor der Musik ganz gleichgültig gegenüberstand. Ja, er schien diese Kunst im Innern zu verachten, sonst wäre es wohl nicht möglich gewesen, daß er zu den Knaben, wenn er sie auf einem Instrumente üben sah, zu sagen pflegte: „Ihr wollt also Bierfiedler werden?" Darüber hätte man noch hinweggehen können, wenn er nur die Leitung der musikalischen Dinge der Schule in Sebastians Hand gelassen hätte. Aber das wollte er eben nicht, er mischte sich in alle Ernennungen und beförderte den Chordirigenten des zweiten Chors zum Dirigenten des ersten, was ein sehr schwerwiegender Schritt war, denn wie Sebastian in seiner Beschwerde an den Rat ausführte, mußte der Leiter des ersten Chores nicht nur ein Mann sein, der einen festen Charakter und eine gute Stimme hatte –

er mußte auch sonst über eine große Fertigkeit und viele Kenntnisse in der Musik verfügen, da er das ganze Musikwesen zu leiten hatte, wenn der Kantor aus irgendeinem Grunde nicht anwesend sein konnte.

Die erste Widerwärtigkeit entstand also wegen des Chorpräfekten Theodor Krause, den Sebastian besonders beauftragt hatte, die kleineren Knaben zu beaufsichtigen, die zum Teil sehr ungezogen waren; vor allem sollte Krause jedes unehrerbietige Betragen in der Kirche streng ahnden.

Bei einer Hochzeit benahmen sich die Knaben, die Herrn Krause unterstellt waren, so schlecht, daß er sie mehrmals dringend verwarnen mußte, und als dies nichts half, zu Züchtigungen überging, die, da die Knaben Widerstand leisteten, heftiger ausfielen, als er wohl beabsichtigt hatte. Als dies dem Rektor zu Ohren kam, wurde er sehr zornig. Trotz Krauses vortrefflichem Charakter und trotz des Umstandes, daß er gerade zur Universität gehen wollte, verurteilte ihn der Rektor dazu, vor der ganzen Schule öffentlich ausgepeitscht zu werden. Sebastian war von der Härte und Ungerechtigkeit dieses Urteils wie vom Blitz getroffen und wollte alle Verantwortung für Krauses Handlung auf sich nehmen. Er machte zwei Versuche, die schmähliche Verurteilung Krauses rückgängig zu machen; der Rektor wollte aber von seinem vom Zorn diktierten Spruch nicht abgehen. Der arme Gottfried Krause kam zu uns, um sich bei uns das Ergebnis von Sebastians Bemühungen sagen zu lassen, und als Sebastian es ihm mit trübem Gesicht mitteilte, wurde der Ärmste ganz bleich und sagte: »Dann, Herr Kantor, bleibt mir nichts übrig, als zu fliehen und die Schule im Stich zu lassen – ich kann doch in solch eine Entehrung nicht willigen!« Und Sebastian mußte zugestehen, daß Flucht der einzige Ausweg sei, denn das Urteil war nicht nur ganz offensichtlich von roher Rachsucht gesprochen, nein, Ernesti trieb seine Bosheit so weit, daß er Krauses Besitztümer und sein Singegehalt, soweit dies alles in seiner Hand war, zurückhielt und es erst auf einen ausdrücklichen Beschluß des Rates zurückerstattete.

Dergleichen Dinge brachten Sebastian sehr in Unruhe. Er machte sich nicht nur Krauses wegen Kummer, sondern er empfand auch auf das kränkendste, daß man ihm als Kantor eine Beleidigung zugefügt habe, und von der Zeit an bekam er nie mehr ein leidliches Verhältnis zu dem Rektor. Und dabei war dies alles erst der Anfang. Die Stellung Gottfried Krauses als erster Chorpräfekt wurde einem andern Krause, einem *Johann* Krause gegeben. Sebastian dachte nicht gut von diesem jungen Mann, und als er eines Tages mit dem Rektor von einer Hochzeit, der sie beide beigewohnt hatten, nach Hause ging und sie über die Eignung dieses Krause zum Präfekten sprachen, meinte Sebastian, er sei, wie man wohl wisse, »ein liederlicher Hund gewesen«. Ernesti mußte dies in gewissem Maße zugeben, sagte aber, da Johann Krause sonst ganz befähigt sei, wolle er ihn dennoch zum Präfekten machen, und Sebastian, dem die ganze Sache gar nicht angenehm war, widersprach nun nicht mehr. So wurde nach Gottfried Krauses plötzlichem Verlassen der Schule Johann Krause erster Chorpräfekt an seiner Stelle. Aber wie zu erwarten stand, genügte er bald nicht, und Sebastian sah sich genötigt, ihn zum zweiten Präfekten herabzusetzen, und setzte den bisherigen dritten Präfekten an seine Stelle, worauf er dem Rektor ordnungsgemäß Mitteilung machte, warum er den Wechsel vorgenommen habe. Ernesti widersetzte sich anfangs dieser Änderung auch gar nicht, doch Krause, der sich gekränkt fühlte, wurde bei dem Rektor vorstellig, worauf ihn dieser zum Kantor schickte. Sebastian erzürnte sich bei ihrer Auseinandersetzung sehr heftig, und in einem Zornsanfall sagte er dem Krause, sehr unklugerweise, wie ich fürchte, daß er ihn zum zweiten Präfekten gemacht habe, um dem Rektor, der sich in Sachen mischte, für die er nicht zuständig sei, einmal zu zeigen, *wer* in diesen Dingen zu befinden habe. Krause hinterbrachte diese Äußerung, wie vorauszusehen war, sofort dem Rektor, der nun von Sebastian eine Erklärung forderte. Und Sebastian, in dem sich langsam eine wahre Wut auftürmte, wiederholte, ohne an irgendwelche Folgen zu denken, dem Rektor seine Worte ohne die geringste Abschwächung.

Ich werde nie vergessen, wie Sebastian an diesem Abend nach Hause kam – ich erfuhr erst später genauer, was vorgefallen war, obgleich mir schon immer ahnte, daß uns dieser elende Krause Ungemach bringen würde –, er blieb auf der Schwelle des Zimmers, in dem wir uns alle befanden, stehen, und mir schien es, als sei er mit einem Schlage um Jahre gealtert, als er die Worte hervorstieß: »Sprecht jetzt nicht zu mir, Kinder, oder ich müßte Dinge sagen, die mir nachher leid tun würden! Laßt mich noch etwas allein sein!«

Ich glaube, er fühlte, daß er sich in eine falsche Lage gebracht hatte, indem er dem starken Bachschen Temperament, das er gewöhnlich so fest beherrschte, einmal nachgegeben hatte. Immerhin, als der Rektor nun forderte, daß Krause in seine Stellung als erster Chorpräfekt wieder eingesetzt werde, widersprach Sebastian nicht. Doch war er finster und zornig, und Krause, unglückseligerweise unverschämt, spielte den Sieger und benahm sich bei der nächsten Chorprobe so schlecht, daß er damit nur wieder den Beweis erbrachte, daß er für den Posten ganz ungeeignet war. Deshalb machte Sebastian auch gar keine Anstalten, ihn ausdrücklich in seine alte Stellung wieder einzusetzen. Hierauf erklärte der Rektor, daß, wenn Krause nicht von dem Kantor wieder eingeführt werde, so werde er selber dies am folgenden Sonntagmorgen tun. Sebastian hüllte sich in Schweigen, und der Rektor tat, wie er gedroht hatte, und sandte daraufhin Krause zu Sebastian, damit er ihm dies mitteile. Dies geschah vor dem Frühgottesdienst. Sebastian aber begab sich gleich darauf zu dem Superintendenten und erzählte ihm, was vorgefallen. Dann ging er in die Sankt-Nikolaikirche, holte sich dort den zweiten Präfekten Küttler, nahm ihn mit sich in die Thomaskirche, wo der Gottesdienst gerade begonnen hatte, wirbelte Krause mitten in einem Gesang aus dem Chore hinaus und stellte Küttler an seinen Platz.

Ich glaube, Sebastian hätte dies nicht tun sollen, es war nicht klug von ihm und setzte ihn ins Unrecht. Es war eigentlich das einzige Mal in meinem Leben, daß ich zu denken wagte, er habe nicht weise gehandelt, aber das Bachsche Blut und die Bachsche Hartnäckigkeit waren nun einmal in ihm aufgeregt worden, und ein empörter Mensch ist nie vorsichtig.

Ernesti befand sich natürlich in der Kirche und war Zeuge dieses gewaltsamen Verfahrens. Nach dem Gottesdienst begab er sich zum Superintendenten und gewann ihn auf seine Seite. Dann überbrachte er diese Nachricht Sebastianen, der ihm antwortete, er mache in dieser Sache keinen Rückzieher, koste es auch, was es wolle! Jedenfalls werde er dem Rat eine schriftliche Beschwerde überreichen. Das nächste, was an diesem üblen Sonntag geschah, war, daß der Rektor vor der Vesper sich auf die Orgelempore begab und den Chorsängern unter Androhung schwerer Strafen verbot, den Anordnungen des Kantors in Hinsicht auf die Präfekten Folge zu leisten. Dies war ein außerordentlich rachsüchtiges und unrechtmäßiges Vorgehen von dem Rektor, denn es war ein altes Gewohnheitsrecht und eine seit langem eingeführte Sitte, daß alles, was mit dem Chor und den Präfekten zusammenhing, durch den Kantor zu bestimmen war. Als Sebastian nun zum Vespergottesdienst erschien und Krause wiederum am Platze des ersten Präfekten sah, faßte er ihn am Kragen und schob ihn zur Türe hinaus. Aber die Chorknaben waren durch die Rede des Rektors so eingeschüchtert worden, daß niemand von ihnen die Motette dirigieren wollte, aus Furcht, sich die angedrohte schwere Strafe zuzuziehen. Und der Gottesdienst hätte nicht vonstatten gehen können, hätte sich nicht zum Schluß ein alter Thomasschüler mit Namen Krebs auf Sebastians Bitte dieser Aufgabe unterzogen. Am nächsten Tage übergab Sebastian dem Rate eine Denkschrift, in der er ausführte, »daß in gestriger Nachmittags-Predigt zu St. Nicolai zu meinem größten Despect kein einziger Schüler aus Furcht vor Strafe das Absingen über sich nehmen, noch weniger die Motette dirigieren wollen; ja es würden die sacra gar dadurch sein gestöret worden, daferne nicht zu gutem Glücke ein ehemaliger Thomaner namens Krebs solches statt eines Alumni auf mein Bitten über sich genommen hätte. Gleichwie nun aber, wie in vorigem übergebenen gehorsamsten Memorial sattsam an- und ausgeführet, dem Herrn Rectori die Ersetzung des Praefectorum der Schulverfassung und Herkommens gemäß nicht zustehet, auch er hierdurch in modo procedendi gar sehr sich vergangen und mich in meinem Amte zum höchsten gekränket hat.«

Der Rat nahm aber in dieser Sache keine Stellung, weder für noch gegen Sebastian ein, sondern ließ die Dinge gehen, so daß sich die elende Angelegenheit noch fast zwei Jahre hinzog und ein Kriegszustand zwischen dem Rektor und dem Kantor bestehen blieb, der natürlich von unglücklichstem Einfluß auf die Disziplin der Schule war. Beide sandten dem Rat Denkschriften, um sich zu erleichtern, und Ernesti erlaubte sich, gehässige Dinge gegen Sebastian zu äußern, die so verächtlich gelogen waren, daß sie uns kaum treffen konnten. So behauptete er, Sebastian, der aufrechteste Mensch, den es wohl je gegeben, sei bestechlich, und ein alter Speziestaler habe schon manchmal aus einem Chorknaben einen Solisten gemacht, der es sonst nicht geworden wäre. Sebastian lachte nur verächtlich, als diese Anschuldigung zu seinen Ohren kam, aber er litt innerlich unter der Lage, in die ihn die ungehörige Einmischung des Rektors in seine Befugnisse gebracht hatte, und es gehörte zu seinen sittlichen Grundsätzen, nie nachzugeben, wenn es sich darum handelte, sein Recht zu verteidigen. Da er ein Bach war, lag die Möglichkeit zu einem Kompromiß außerhalb seiner Natur. »Ich habe die besondere Sorge und Oberaufsicht über den ersten Chor, und ich muß am besten wissen, wer befähigt ist und zu mir paßt«, schrieb er einmal an den Rat, »auch kann ich keine Erfolge mit den Schülern erzielen, wenn man sie hindert, mir in allem, was die Musik angeht, gehorsam zu sein.« Und er schloß die Denkschrift mit der Bitte (die mir tief zu Herzen ging, da sie, als von ihm kommend, eine eigene Leidenschaftlichkeit hatte), daß die Schüler angehalten werden sollten, ihm die Ehrfurcht und den Gehorsam zu erzeigen, auf die er Anspruch habe, und ihn so für die Zukunft befähigten, die Pflichten seiner Stellung zu erfüllen.

Aber der Rat nahm, wie gesagt, keine bestimmte Haltung in dem ganzen Handel ein, und so schleppten sich die Dinge hin, bis sich Sebastian in Verzweiflung an den Hof von Dresden wandte. Er hatte von dort vor kurzer Zeit die Ernennung zum »Hofkompositeur« erhalten, um die er sich vor drei Jahren beworben hatte, und faßte nun den Mut, dem Kurfürsten selbst mit dem Anliegen zu nahen, daß man den wahren Sachverhalt bei seinem Streitfall einmal aufkläre und ihm die gebührenden Rechte als Kantor nicht länger vorenthalte. Der Kurfürst sandte ihm eine günstige Antwort und legte dem Konsistorium nahe, sich mit Sebastians Beschwerden zu befassen. Bei der Ostermesse im Jahre 1738 kam der Kurfürst selbst nach Leipzig hinüber. Sebastian machte seinem fürstlichen Schutzherrn seine Aufwartungen und veranstaltete ihm zu Ehren eine Abendmusik, die sehr gnädig aufgenommen wurde. Als die Autoritäten an der Thomasschule sahen, in welch hoher Gunst er bei seinem Fürsten stand, ließen ihre kleinlichen Verfolgungen, mit denen sie ihn gequält hatten, allmählich nach.

Ohne Zweifel war Sebastian in der hauptsächlichsten Frage der langwierigen Streitigkeiten im Recht, und die Sitte und eine alte Tradition standen hinter ihm. Meiner Meinung nach setzte er sich am Anfang durch die Heftigkeit und herausfordernde Entschiedenheit seiner Haltung ein wenig ins Unrecht. Aber wenn man sich vorstellt, wie man ihm, der damals schon einen ungeheuren Ruhm besaß, zu begegnen wagte, wenn auch nicht von seiten des Konsistoriums, und den man damals schon die Glorie von Leipzig nannte, und wie ein in der Musik so unbedeutender Mensch wie Herr Ernesti ihn zu korrigieren wagte und ihn der Unverschämtheit eines übelbeleumundeten Jünglings wie Krause aussetzte, worauf die ganze Respektlosigkeit und Unbotmäßigkeit der Thomasschüler sich an ihm zu reiben wagte, wird man seine Stellungnahme wohl verstehn. Die ganze Sache ließ mich schmerzlich einsehen, welch wilde Vergeudung es war, Sebastian zum Musiklehrer halbwüchsiger Knaben zu machen. Diesen Unterricht konnten auch andere übernehmen, aber was Sebastian schuf, das verstand nur er allein zu machen.

Der ganze Handel aber ging an ihm leider nicht spurlos vorüber. Der fortwährende kleinliche Ärger hatte ihn gealtert und ließ ihn jede Gesellschaft immer mehr fliehen und sich ganz auf sein Haus beschränken. Von jeher hatte er sich bei einem ruhigen häuslichen Leben, das ihm eine ungestörte und beständige Arbeit an seiner Kunst ermöglichte, am glücklichsten gefühlt. Immer mehr zog er sich von einer Teilnahme an den öffentlichen Angelegenheiten in Leipzig zurück. Seine Kinder, seine Privatschüler – von denen viele vor Empörung über die respektlose Behandlung, die man ihrem angebeteten Lehrer hatte angedeihen lassen, brannten und nichts weniger als das Haupt des Ernesti auf einer ganz gewöhnlichen Schüssel forderten – und ich selbst, wir taten unser Äußerstes, um durch unsere Ehrfurcht und liebevollste Ergebenheit die Wunden zu stillen, die die Berührung mit der Kleinlichkeit der Welt seinem Geiste geschlagen. Seine Natur war keine leichte, und er empfand oft Dinge in der Tiefe seines Wesens, die nie nach außen drangen oder vielmehr nur für die, die ihm ganz nahestanden. Manches Mal in diesen langen Monaten, wenn ich den hängenden Zug um seinen Mund und sein geneigtes Riesenhaupt sah, wünschte ich, wir wären nach Rußland gegangen oder sonst irgendwohin auf dieser Erdkugel, wo die Menschen seine Größe ein wenig geschätzt und seinen Fehlern nicht so elend gehässig gegenübergestanden hätten.

Aber Gott sei Dank gab es auch in dieser Zeit neben so viel quälenden Dingen einige erfreuliche. Als Sebastian den Titel Hofkompositeur erhalten hatte, begab er sich nach Dresden und spielte am ersten Dezember nachmittags von zwei bis vier auf der neuen Orgel, die Silbermann für die Frauenkirche gebaut hatte. Es waren viele bedeutende Musiker und andere ausgezeichnete Personen zugegen, auch der russische Botschafter Graf Kayserling, der ihm mit der größten Bewunderung zuhörte. Und von solch einem Konzert kam er nach Leipzig zurück, um dort vor den Rat zitiert zu werden und in aller Form den Vorwurf entgegenzunehmen, daß ein Chorknabe eine Hymne zu tief intoniert hatte, und zugleich die Ermahnung erhielt, zuzusehen, daß dies in Zukunft nicht wieder vorkomme.

Graf Kayserling, der ein großer Liebhaber und Kenner der Musik war, wurde einer von Sebastians wärmsten Bewunderern und kam manches Mal von Dresden herüber, um ihn zu hören und zu sehen. Auf des Grafen Betreiben wurde auch Johann Goldberg Sebastians Schüler, und zwar ein außerordentlich glänzender Schüler, der bald auf dem Klavier, das er unablässig studierte, eine Geschicklichkeit und Leichtigkeit und Fingerfertigkeit zeigte, die ganz erstaunlich waren. Für diesen Schüler schrieb Sebastian die »Air mit dreißig Variationen«, die ein Zeugnis für die unerhörte Geschicklichkeit des Spielers und so anspruchsvoll sind, daß wohl nur wenige sie zu spielen vermögen. Das Thema zu dieser Musik entstand in Sebastians Sinn wohl bei der Sarabande in G-Dur, die ich in mein Notenbuch abschrieb. Auf besondere Bitte des Grafen wurde diese Musik für Goldberg komponiert, damit er sie ihm vorspiele, wenn dieser in schlaflosen Nächten ein Opfer seiner zeitweiligen Gemütsverfinsterung war, die er am wirkungsvollsten durch die Klänge der Musik erhellte. Er wurde nie müde, diese Variationen zu hören, und machte Sebastian für diese Komposition das wahrhaftig freigebige Geschenk einer schönen Schnupftabakdose, der hundert Louisdor beigegeben waren.

Aber nicht nur solch fürstliche Gabe und das Lob der Edlen ehrte Sebastian; ihn beglückte ebensosehr, wenn nicht mehr, die ehrfürchtige Spende eines Fachgenossen wie Andreas Sorge, der Hof- und Stadtorganist des Grafen von Reuß war und der einige kleine Klavierstücke eigener Komposition Sebastian widmete, »dem Fürsten«, wie er sagte, »aller Klavichord- und Orgelspieler. Die große musikalische Kraft«, fuhr er fort, »die Euer Hoch Edlen besitzt, wird noch verschönt durch die bewundernswerte Tugend der Leutseligkeit und der aufrichtigsten Nächstenliebe...«

Ich glaube, ich habe schon gesagt, wie außerordentlich gastfreundlich Sebastian war. Unser einfacher Tisch stand jedem offen, der nach Leipzig kam, um dort ernsthaft Musik von Sebastian zu hören, ob er nun ein berühmter Mann oder ein armer Student war. Auch teilte er stets aus dem Vorrat seiner Weisheit und Erfahrung und der Schönheit seines Spieles freigebig mit. Unter denen, die uns häufiger besuchten, befand sich auch der Direktor der Dresdener Oper, Herr Hasse, der berühmte Komponist, und seine Gattin, die große Sängerin Faustina Bordoni.

Frau Faustina Hasse war eine sehr heitere und stets wunderschön gekleidete Dame von gütigem Wesen und immer voller Begeisterung für Sebastians Musik, von der sie manches mit ihrer machtvollen Stimme außerordentlich schön sang. Mir und Sebastian war ihre und ihres Gatten Gesellschaft immer sehr angenehm, doch meinte Sebastian eines Tages, nachdem uns das Ehepaar verlassen hatte: »Es kommt mir immer vor, wenn Frau Hasse hier ist, als habe man meine Magdalena ein wenig in die Ecke geschmeichelt.« Ich muß gestehen, auch ich hatte dies Gefühl. Es mag daher kommen, daß Leute, die viel gereist sind und die Welt gesehen und dabei Ruhm und Ehren geerntet haben wie Frau Hasse, in jedem Raum, wo auch immer sie sich befinden, den größten Teil des Platzes einzunehmen scheinen. Aber ich hatte sie beide wirklich gern, denn sie schätzten und ehrten Sebastian, und Herr Hasse war ein Mann, mit dem er immer gerne sprach, nicht nur weil er ein großer Opernkomponist, sondern weil er vor allen Dingen ein gebildeter und vorurteilsloser Mann war und niemals von anderen Musikern abschätzig sprach, worin er Sebastian sehr ähnelte, der auch ganz frei von Eifersüchteleien war. Sebastian begab sich oft von Friedemann begleitet nach Dresden, wo er immer der ehrfürchtigsten Aufnahme sicher war. Es machte ihm zuweilen große Freude, zur Abwechselung von seiner ernsten Kirchenmusik einmal wieder Opernmusik zu hören und, wenn ihn der Wunsch packte, nach Dresden zu gehen, so pflegte er zu Friedemann zu sagen: »Nun, Friedemann, wie wär's, wenn wir einmal wieder die hübschen kleinen Lieder und Arien im Theater uns anhören würden?« Ich war immer sehr erfreut, wenn ich Vater und Sohn gemeinsam sich zu solchem kleinen Ausflug rüsten sah, denn Sebastian kehrte stets sehr erheitert und erfrischt von dergleichen kleinen Reisen zurück. So wohnte er der Erstaufführung von Hasses Oper Cleofide bei, in der auch Frau Hasse auftrat. Am folgenden Tage, dem 14. September 1731, spielte Sebastian in der Sophienkirche vor einem auserlesenen Publikum, zum großen Teil waren es ausgezeichnete Musiker, die Orgel. Als Friedemann im Jahre 1733 in Dresden Organist geworden war, hatte Sebastian erst recht Grund, die herrliche Stadt oft aufzusuchen, denn er liebte Friedemann ja über alle Maßen. Zuweilen auch begleitete ich statt Friedemann ihn auf seinen musikalischen Reisen, doch konnte das nicht oft geschehen, denn es hielt immer sehr schwer, mich im Hause abkömmlich zu machen, und als die Kinder alle so erwachsen waren, daß sie mich entbehren konnten, da hatten weder Sebastian noch ich mehr große Lust am Reisen. Im Jahre 1732 wurde er nach Kassel eingeladen, um die erneuerte Orgel in der Sankt-Martinskirche zu probieren, an der zwei Jahre lang gearbeitet worden war. Auf diese Reise nahm er mich mit, und wir wurden von dem Rat zu Kassel außerordentlich freundlich aufgenommen. Sebastian erhielt für das Probieren der Orgel fünfzig Taler und außerdem sechsundzwanzig Taler als Reiseentschädigung. Auch unsere Ausgaben in unserem Logis, wo wir acht Tage verweilten, und wo man Sebastian einen Diener stellte, wurden uns ersetzt. Diese Tage bedeuteten reizende und glückliche Ferien für mich. Ich warf alle Sorgen des Haushaltes einmal ab, trug meine zwei besten Kleider, ein maulbeerfarbenes und ein blaues, ging überall mit meinem Gatten hin, war Zeuge all der Ehrerbietung, die man ihm zollte, hörte ihn auf verschiedenen Orgeln spielen, betrachtete mit ihm die schöne Stadt mit ihren schönen Aussichten und kam mir vor, wie Sebastian lächelnd meinte, wie eine Jungvermählte, und nicht wie jemand, der schon seit elf Jahren verheiratet war.

Jedes Mitglied der weit verzweigten Familie Bach, ob es nun aus Erfurt, aus Arnstadt, Eisenach oder irgendeinem andern Orte Sachsens kam, war der herzlichsten Aufnahme unter Sebastians Dache sicher. Er erzog seinen Neffen Bernhard, den Sohn seines älteren Bruders, der ihn selber aufgezogen hatte, und kein Bach wandte sich jeweils vergeblich um Beistand an ihn. Sein Vetter Johann Elias Bach, der augenblicklich Kantor in Schweinfurt war, studierte eine ganze Zeitlang in Leipzig und war ein willkommener Gast in unserem Familienkreis. Einige Zeit, nachdem er Abschied genommen, sandte er uns zum Zeichen seiner Dankbarkeit ein Fäßchen Wein. Doch als wir es öffneten, stellte sich heraus, daß es zum dritten Teil geleert war. »Was in der Tat sehr schade ist«, sagte Sebastian und guckte wehmütig in das offene Fäßchen, »es ist ein Jammer um jeden Tropfen von solch einer Gottesgabe.« Der Vetter hatte uns für eine fernere Zeit noch ein solches Fäßchen versprochen, aber Sebastian rechnete aus, daß das halb geleerte Fäßchen ihn mit Fracht und sonstigen Transportkosten so teuer zu stehen kam, als zahle er den Liter Wein mit fast fünf Groschen. »Nein«, sagte er, nachdem er diese Berechnungen angestellt hatte und erhob sich vom Tische, »fünf Groschen für die Maß, das ist zu viel, wir werden uns den Wein aus Schweinfurt nicht schicken lassen. Das ist für ein

Geschenk zu teuer. Ich werde dem guten Vetter für seine Güte und seine Gabe danken und ihn bitten, uns weiter keine Sendung zukommen zu lassen.«

Er befleißigte sich aus Notwendigkeit und aus Gewohnheit in allem und jedem der bekannten erblichen Bachischen Sparsamkeit und Einfachheit in der Lebensweise und einer großen Vorsicht bei allen Geldausgaben. Ich erinnere mich nur an eine einzige Gelegenheit, bei der er ein paar Groschen verschwendete, um sich einen musikalischen Scherz zu machen. Er traf eine Zeitlang eine Schar von Bettlern, die sich ihm immer mit der gleichen Bitte näherten, wobei sie ihre Stimmen regelmäßig zu einem Crescendo des Flehens erhoben, in dem Sebastian eine bestimmte Reihe von Intervallen zu hören bekannte. So tat er denn oft, als wolle er ihnen etwas geben, gab dann aber vor, kein Geld bei sich zu haben, worauf der Schrei der Bettler ganz durchdringend wurde, dann aber reichte er ihnen ein kleines Almosen, was ihre Klagen ein wenig beruhigte. »Aber«, sagte Sebastian, als er uns diese kleine Geschichte erzählte, »ich muß mich noch vergewissern, ob ein *großes* Almosen nicht das ganze Klagegeschrei durch alle Ausweichungen hindurch zur vollen Auflösung und zum Grundton zurückbringt.« Als er nun sein Bettlerquartett – so nannte er die Schar der Vagabunden – wieder traf, spendete er ihnen einmal so freigebig, daß sich zu seiner Erheiterung und Genugtuung das mißtönende Geschrei in der von ihm erwarteten und gewünschten musikalischen Weise auflöste.

Auch für einen Freund aus den Leipziger Tagen, für Christian Henrici, der ihm unter dem Namen »Picander« die Texte für eine Reihe Kantaten und Passionen schrieb, tat Sebastian viel. Die weltlichen Schriften dieses Picander hatten nicht den besten Ruf, als Sebastian ihn zuerst kennenlernte, aber er empfand, daß der junge Mann begabt war. Picander zählte fünfzehn Jahre weniger als Sebastian, und da er eines Verfassers für seine Vokalmusik sehr bedurfte, nahm er ihn zur Mitarbeit an die Hand. Picander zeigte, daß er gute Eignung besaß trotz einer gewissen Rauheit und Gewöhnlichkeit seines Geistes, aber er verstand Sebastians Zwecke, wurde sein Bewunderer und Freund und schrieb die Art religiöser Dichtung, die Sebastian nötig hatte. Er sagte einst zu Sebastian, viele seiner Freunde hätten gelacht, als sie gehört, daß er sich nun der geistlichen

Dichtkunst befleißigte, aber man möge nur nicht glauben, daß er sich früher nie um himmlische Dinge gekümmert habe. Auch halte er dafür, daß es nur billig sei, wenn er auch von den jugendlichen Früchten seines Geistes seinem Schöpfer weihe und ihm nicht nur die saftlosen seines Alters zudenke, falls er ein höheres Alter erreichen werde. Er verfaßte einen Jahrgang Kantaten, den er, wie er in der Vorrede sagte, »Gott zu Ehren und dem Verlangen guter Freunde zur Folge verfertigt habe«. »Ich habe solches Vorhaben desto lieber unternommen«, fuhr er in seiner Einleitung fort, »weil ich mir schmeicheln darf, daß vielleicht der Mangel der poetischen Anmut durch die Lieblichkeit des unvergleichlichen Herrn Capellmeisters Bach dürfte ersetzet, und diese Lieder in den Haupt-Kirchen des andächtigen Leipzigs angestimmet werden.«

Picander war selbst ein guter Musiker, was ihn für Sebastian natürlich besonders brauchbar machte – er wurde auch zum Mitglied der Musikalischen Gesellschaft erwählt, als diese unter Sebastians Leitung stand.

Ich fühlte immer, daß Sebastians unbewußter Einfluß – sein aufrechtes Wesen, seine Liebe zu allem, was schön und rechtlich war – eine ausgezeichnete Wirkung auf das Wesen Christian Henricis ausübten. Wer Sebastian kennenlernte, wurde unweigerlich in dieser wundersamen Weise von ihm verändert, und das Anhören seiner Musik ließ jeden eifrig streben, gut zu werden. Ich habe schon gesagt, daß Sebastian nicht sehr erpicht auf Lob war und sich nur mäßig darüber freute, doch einmal, glaube ich, wurde er im Herzen froh, als nach der Aufführung einer Kantate ein Student zu ihm kam und ihm sagte: »Bei dieser Musik fühle ich, daß ich wenigstens eine Woche lang, nachdem ich sie gehört habe, nicht das geringste Üble tun könnte.« Ich hatte das Gefühl, als ob diese Rede Sebastian tief ins Herz ging, tiefer, als das lauteste Lob des raffiniertesten Kenners.

Eine Beschäftigung, der Sebastian einen Teil seiner Muße widmete, war das Zusammentragen des »Archivs der Bachs« – es war eine Art Stammbaum und eine Sammlung von Berichten und Kompositionen verschiedener Mitglieder der Familie Bach. Er hatte ein starkes Familiengefühl, ein Bach war ihm immer etwas anderes als jeder andere Mensch, war ihm einer, mit dem durch unsichtbare Bande gemeinsamer Vorfahren und durch eine gleiche geistige Richtung verbunden war, denn ein Bach sein, hieß ein Musiker sein.

Die Buchstaben des Namens selbst waren ja schon ein musikalisches Thema, wie Sebastian schon lächelnd festgestellt hatte, als er eine Fuge über dies Thema schrieb.

Als er älter wurde, kehrten seine Gedanken oft zu den früheren Schauplätzen seines Lebens zurück, nach Eisenach, nach Erfurt und nach Arnstadt. Einmal reiste er auch nach Erfurt und hatte dort eine lange und freundliche Unterredung mit einem Verwandten aus der Bachschen Sippe, der voll Stolz von Sebastians Werken und Taten hörte und von dem er selber erfrischt und erheitert wiederkam. Dies ganze Sippengefühl fand natürlich seinen tiefsten Ausdruck in seiner Hingabe an die eigene Familie, an die heranwachsenden Söhne und Töchter unter seinem Dache, für deren Erziehung und Wohlfahrt er unablässig besorgt war. Als die älteren Söhne uns zu verlassen begannen und in der Welt selbständig ihr Glück suchten, wahrte er ihnen doch ein so beständiges Interesse, als säßen sie noch bei ihm am Tische, und als spiele er noch mit ihnen in seinen Mußestunden die Konzerte in d-moll und C-dur, die er für drei Klavichords geschrieben und die gehört zu haben mir immer als ein besonders schönes Erlebnis vorgekommen ist. Er selber war bei solchen Hausaufführungen immer eigentümlich selig, denn Friedemann und Emanuel waren solch vortreffliche Virtuosen, daß sie ihm an Fertigkeit fast gleichkamen und ihm auch sonst innig glichen, da sie doch alles von ihm selbst gelernt hatten. Die Musik entströmte mit erlesener Weichheit und Genauigkeit ihren drei Paar Händen, und bei besonders schönen Stellen blickte Emanuel mit seligem Ausdruck zu Friedemann herüber, oder Friedemann lächelte fremdartig erregt dem Vater zu. Und ich sah sie alle an, und mir kam heiß in den Sinn, daß Sebastian der Vater der Spielenden und der Vater der Musik sei, und ich staunte ihn mit Verwunderung an, wie es mir oft vorkommen konnte, wenn ich still saß und meine Gedanken sich ruhig um ihn ergingen. Er wurde mir nie in all den Jahren unserer Ehe *gewohnt*, und immer wieder zuckte mir ein seltsames Staunen durchs Herz vor irgend etwas Gewaltigem in ihm, das ich nicht verstand und nicht erklären konnte, das auch die Menschen in Leipzig, ja selbst seine eigenen

Söhne und Töchter trotz ihrer kindlichen Ehrfurcht vor ihm nicht zu bemerken schienen. Tief im Untergrund meiner Seele türmte sich dies Gefühl jedoch irgendwie auf, es war wie eine Art leiser Furcht, und selbst unsere Liebe konnte dies Gefühl nicht ganz überdecken. Er war immer größer, als mir zu umschließen möglich war – ich hatte dies ja schon bei unserer ersten Begegnung gefühlt –, obwohl er mich oft geradezu in Liebe einhüllte und in seiner Nähe zu sein mein elementarstes Bedürfnis wurde. Mir eine Welt ohne ihn vorzustellen, war mir unmöglich, es sei denn, sie erschien mir als ein Nachtmahr, als ein Erwachen in einem plötzlichen Schauder, daß ich allein war. So ging es mir vom ersten Augenblick an, da ich ihn kennengelernt, bis sein Tod mich wirklich fühlen ließ, daß die Welt auf immer leer für mich war.

Doch zu welch traurigen Gedanken bin ich von den himmlischen Erinnerungen abgeschweift, die mich Sebastian mit seinen beiden ältesten Söhnen musizierend sehen ließen! Diese beiden Söhne verließen bald unser Dach und suchten draußen ihr Leben von der Kunst zu fristen, die sie so glorreich bei ihrem Vater erlernt hatten. Friedemann wurde Organist an der Sophienkirche in Dresden und schrieb Musik, die Sebastian so wertvoll erschien, daß er sie oft mit eigener Hand kopierte. Sebastian hatte eine außerordentlich hohe Meinung von den schöpferischen Arbeiten seiner beiden ältesten Söhne, hielt ihre Werke für gleich wichtig wie seine eigenen und stellte sie zur Veröffentlichung oft zusammen. So war Friedemanns Klaviersonate bei dem Autor in Dresden, bei seinem Vater in Leipzig und bei seinem Bruder in Berlin zu haben, während Sebastians sechs dreistimmige Choräle erhältlich waren: in Leipzig beim Kapellmeister Bach, bei seinen Söhnen in Berlin und Halle und bei dem Verleger in Zella.

Friedemann war dreizehn Jahre lang Organist in Dresden und kam dann an die Sankt-Marien-Kirche in Halle, an der Herr Zachau, ein berühmter Organist, der Händels Lehrer gewesen, die musikalische Leitung bisher in Händen gehabt hatte. Die Anstellung erfüllte Sebastian mit großer Zufriedenheit, doch verursachte ihm ein unglückseliges Ereignis, das mit dieser Anstellung zusammenhing, viel Kummer und trug mit dazu, ihm die letzten Lebensjahre zu vergällen. Friedemann erhielt den Auftrag, für eine

Festlichkeit der Universität Halle Musik zu schreiben, für die man ihm die Summe von hundert Talern versprach. Friedemann nun paßte seinem Text eine Musik an, die Sebastian einmal für eine Passion geschrieben hatte, weil – diese bittere Tatsache kam erst später zu unserer Kenntnis – er so viel getrunken hatte, daß er seine Gedanken nicht mehr zum Komponieren zusammenhalten konnte. So nahm er einfach die Musik seines Vaters und führte sie unter großem Erfolg auf. Wäre nicht zufälligerweise jemand aus der Nachbarschaft von Leipzig, der die Musik genau wiedererkannte, zugegen gewesen, so wäre die ganze Geschichte wohl unentdeckt geblieben – aber nun kam sie ans Tageslicht, und Friedemann erhielt seine hundert Taler natürlicherweise nicht ausbezahlt. Diese Enttäuschung durch seinen Lieblingssohn gab dem Vater in Leipzig einen schweren Schlag aufs Herz, und doch versuchte er immer wieder die Sache im besten, im mildesten Licht zu sehen. »Er hat Kopf und Hirn genug, um selbst Musik zu schreiben. Die meine hat er nicht nötig, und ohne das verfluchte Trinken wäre ihm die ganze Geschichte nie in den Sinn gekommen. Armer Friedemann!«

Er war wirklich ein »armer« Friedemann! So einzig großartig begabt und so selbstzerstörerisch belastet mit seiner zunehmenden Zügellosigkeit und leidenschaftlichen Trunksucht, – Friedemann, der sich mit jedem, der ihm hilfreich nahte, überwarf, der seine Frau und seine kleine Tochter im Stiche ließ! Ich bin nur froh, daß Sebastian diese letzte Zeit im Leben seines Lieblingssohnes nicht mit erleben mußte. Friedemann kam mir im Kreise der Bachs oft wie ein großartiger Wechselbalg, wie ein von einem Dämon untergeschobenes Kind vor, nur nicht in seiner Musik, die durch sein ganzes unglückselig ausschweifendes Dasein wie reines Gold aus trübstem Rückstand leuchtet.

Emanuel, den sein Vater anfangs zum Studium der Philosophie und der Rechte ersehen hatte, war doch in der Bachschen Leidenschaft für die Musik so tief entbrannt, daß ihm nichts anderes übrigblieb, als in die Fußstapfen seines Vaters zu treten, was er mit großem Fleiß in wunderbarem Wachstum tat. Sein musikalisches Dasein stieg ruhig und gleichmäßig aufwärts. Mit sechsundzwanzig Jahren trat er in die Dienste des höchst musikalischen Königs Friedrich von Preußen, als dieser noch Kronprinz war, und ist noch heute der erste Begleiter seines königlichen Herrn. Er erzählte oft mit einigem Stolze, daß er nach der Thronbesteigung des Kronprinzen die Ehre gehabt habe, in Charlottenburg dem neuen Könige ganz allein sein erstes Flötensolo zu begleiten. Durch Emanuels offizielle Stellung am preußischen Hofe kam auch Sebastian dazu, dem Könige, der die Musik ebenso verstand wie schätzte, vorzuspielen.

Sebastians dritter Sohn Bernhard wurde Organist in Mühlhausen, wo sein Vater einmal vor ihm angestellt gewesen war. Als Sebastian hörte, daß dort eine Vakanz sei, schrieb er dem Rat einen Brief, in dem er um dessen gütige Unterstützung, den Posten zu erhalten, bat, »und mich dadurch bittselig, meinen Sohn aber zugleich glücklich zu machen.« Aber der arme Bernhard lebte nicht lange, er wanderte viel herum, eine Zeitlang wußten wir überhaupt nicht, wo er sich aufhielt, was uns viel Kummer bereitete. Er geriet in Schulden und starb in Jena.

Von meinen und Sebastians drei Söhnen wurden zwei Musiker und der dritte, der ihm die meiste Freude machte, und der bei ihm, obwohl er fast noch ein Kind war, beinahe die Stelle des abwesenden Friedemann einnahm, war unser jüngster Sohn

Johann Christian. Er zählte fünfzehn Jahre, als Sebastian starb, und ihm vermachte er drei seiner schönsten Pedalklaviere. Sebastian selbst war fünfzig Jahre alt, als ihm Johann Christian geboren wurde, und von seinen Kindertagen an hatte er eine besondere Vorliebe für dieses Kind, das so glänzend begabt war wie nur irgendeiner von Sebastians Söhnen, und dazu voll Lebhaftigkeit, Liebenswürdigkeit und Klugheit. Er hing sich von früh auf an Sebastian an, folgte ihm wie ein Hündchen auf Schritt und Tritt, heftete sich an seine Rockschöße, bat um Musikunterricht und um Notenpapier – und war in jeder Beziehung eine Herzensfreude und ein Augentrost für seinen Vater, und wenn ich sie zusammen betreute, empfand ich immer ein ganz besonderes Vergnügen. Das Leben bringt Enttäuschungen genug, und auch die Kinder zählen oft dazu, aber unser letzter Sohn Johann Christian war ein besonderes Geschenk Gottes und brachte in seines Vaters sich neigendes Leben noch einmal Licht durch seine Jugend, seine Lieblichkeit, seine Gaben. Wie viele Jünglinge Sebastian auch durch die verzwickten Labyrinthe der Musik geführt hatte, ich glaube, niemanden leitete er mit größerer Freude als diesen seinen jüngsten Sohn.

Und so verließ uns nach und nach unsere große Familie von dreizehn Kindern. Viele starben, wie ich erzählt habe, ehe sie das Leben nur einmal versucht hatten, andere entwuchsen der Kindheit, wurden Jünglinge und verließen das Kantorhaus in Leipzig, um draußen ihr Glück zu machen. In unseren späteren Jahren war der Haushalt auf Sebastian und mich und das älteste Kind von Sebastian, die Tochter Katharina Dorothea, sowie meinen ältesten Sohn Gottfried zusammengeschrumpft, der, obwohl herangewachsen, doch kindischen Geistes geblieben war, trotz blitzhafter Eingebungen in der Musik, wie sie nur ein musikalischer Genius haben konnte, die sich jedoch nie weiter ausbauen ließen. Ich habe seinen Vater oft neben ihm am Klavier sitzen und mit Tränen in den Augen lauschen sehen, wenn Gottfried in seiner wilden unausgebildeten, aber ergreifenden Weise am Klaviere improvisierte, und die anderen Kinder, die auch noch bei uns waren, das hübsche kleine Lieschen, Christian, Johanna und die kleine Susanna verwundert danebenstanden. Katharina Dorothea war in ihrer sanften, weichen und tüchtigen Art mir eine große Hilfe im Haushalt. Sie zog sich vor Fremden immer sehr zurück und zeigte ihre ganze Liebenswürdigkeit nur in ihrem eigenen häuslichen Kreise. Ihrem Vater war sie mit einer Leidenschaft zugetan, die die wenigsten unter ihrem stillen und süßen Wesen vermutet hätten.

Als ein vielversprechender junger Rechtsgelehrter um ihre Hand anhielt, gab sie ihm, selbst betrübt über ihre Unhöflichkeit, einen ausbündig bestimmten Korb. Ich drang darauf ein wenig in sie und setzte ihr all die Vorteile, die ihr diese Heirat bieten würde, auseinander. »Du hast gut reden«, erwiderte sie mir, »du bist mit unserem Vater verheiratet. Aber dieser Herr Advokat ist kein Mann wie mein Vater, er neigt sich gar nicht besonders zur Musik hin, ja ich weiß nicht einmal, ob er Vaters Kompositionen überhaupt zu würdigen vermag, und überhaupt, ich liebe ihn nicht. Außerdem«, und hier begann sie mit einer Heftigkeit zu weinen, die niemand hinter ihrer gewöhnlichen Gelassenheit gesucht hätte, »könnte ich den Vater nicht verlassen, ich könnte nicht entfernt von ihm leben! Das, Mutter, solltest du doch verstehen!« Ich verstand sie und drängte nicht weiter. Sebastian machte in seiner gewöhnlichen Güte auch keinen Gebrauch von seiner väterlichen Autorität, sondern sagte nur: »Laßt das gute Mädchen tun, was sie will, ich habe es nie für gut gehalten, die Neigung zu einer Ehe erzwingen zu wollen.«

Wie die Jahre schwanden, wurden auch die Haushaltsorgen ein wenig geringer für mich, denn Katharina und Elisabeth waren gut und tüchtig und mir eine wahre Stütze, und so hatte ich denn hin und wieder Muße, die ich von neuem Sebastian widmen konnte, und wir genossen wieder ein wenig der Ruhe unserer ersten Ehejahre. Welch eine Freude empfand ich jedesmal, wenn unsere Besucher gegangen waren und ich wieder allein bei Sebastian saß! Dann kamen die Stunden, nach denen ich immer so herzlich verlangte, da Sebastian ein Buch nahm und mit seiner tiefen Stimme vorlas. Ich hörte von ihm den größten Teil von Luthers Tischgesprächen, die ihm ein ungewöhnliches Vergnügen machten. Oft auch las er mir Luthers Spruch vor: »Wenn die natürliche Musik durch Kunst erhöht und vergeistet wird, so kann der Mensch in ihr mit großem Staunen bis zu einem gewissen Grade (denn ganz ist es unmöglich) die große und vollkommene Weisheit Gottes erkennen, die Er in der Schöpfung, Seinem großen Musikwerke, niedergelegt hat.« Wenn er mir diesen oder einen andern Spruch Luthers gelesen hatte, so pflegte er

wohl das Buch sinken zu lassen, zu mir herüberzublicken und zu sagen: »Ist es nicht wundervoll, Magdalena, daß du und ich durch dies Buch in meiner Hand mit Luthern reden, ihn um seine Meinung befragen können und er uns Antwort gibt? Wie ehrfürchtig muß jedes Buch behandelt werden, es enthält doch für uns die ganze Weisheit der Vergangenheit!«
Er selber pflegte seine kleine Bibliothek auf das sorgfältigste, und seine Bücher waren ihm immer eine große Erquickung, die ihm über die Mißhelligkeiten der kalten und kleinlichen Außenwelt hinweghalf. Die Ungezogenheiten der Thomasschüler und ihre Quälereien vergaß er, wenn er des gelehrten Josephus »Geschichte der Juden« las oder Geyers »Zeit und Ewigkeit« oder den Band von Rambach »Über die Tränen Jesu«. Besonderen Trost auch gaben ihm die »Predigten« des guten Dominikanermönches Johann Tauler von Straßburg, der so lange vor uns gelebt hatte. Ich glaube, Sebastian wurde zuerst veranlaßt, dies Buch zu kaufen und zu lesen durch Luthers Ausspruch: »Wenn du Lust hast, ein Buch reinster gründlicher Gottesgelehrtheit zu lesen, so nimm die Predigten Johann Taulers, des Dominikaners, zur

Hand. Nirgendwo, weder in lateinischer noch in deutscher Sprache habe ich eine heilsamere Gotteslehre gefunden oder eine, die besser mit den Evangelien übereinstimmte. Dies ist ein Buch, aus dem zu ersehen ist, daß die beste Gelehrsamkeit unserer Tage nicht einmal Messing, nein, nur schlechtes Eisen ist gegen das Gold dieser wahrhaft heiligen Gelehrtheit.«

Aus diesem Bande las mir Sebastian manchmal zu meiner großen Erbauung vor, besonders an Sonntagabenden, wenn der Geist des Menschen besonders friedvoll gestimmt ist und geistlichen Dingen offensteht. Einige Stellen, die ihm besonders gefielen, las er mir so oft vor, daß ich sie auswendig behielt, wie zum Beispiel die folgende:

»Wie können wir dahingelangen, die unmittelbare Führung Gottes zu verspüren? Dadurch, daß wir sorgfältig nach innen sehen und innerhalb der Tore unserer eigenen Wohnung ruhig leben; deshalb möge der Mensch in seinem eigenen Herzen zu Hause sein und die ruhelose Jagd nach äußeren Dingen aufgeben. Wenn er so hier auf Erden bei sich zu Hause ist, wird er gewiß auch sehen, was zu Hause zu tun ist, was Gott in ihm ohne Mittel und außerhalb mit der Hilfe von Mitteln von ihm verlangt. Und dann möge er sich Gott übergeben und ihm folgen, wohin der liebende Herr ihn auch führen möge. Sei es nun zur Kontemplation oder zur Tat, in die Schar der Büßer, oder in die Reihe derer, die die Zierde Seines Hauses lieben. In Sorgen oder Freuden möge er nur folgen. Und solle er einmal Gottes Hand nicht in seinem Herzen und in allen Dingen spüren, so möge er sich selbst doch nur einfach aufgeben und um Gottes Willen ohne das Gefühl Seiner Gegenwart weiterschreiten, indem er sich nur immer das liebreiche Beispiel unseres Herrn und Heilands Jesu Christi vor Augen hält.«

Vom Weltall der Bachschen Musik: durch irdische Freuden bis zu den Passionen

Ich fühle, ich muß in meiner kleinen Chronik wieder etwas Raum und Zeit lassen, um über Sebastians Musik zu reden, die ich, indem ich über ihn und sein Leben schrieb, ein wenig vernachlässigt habe, obgleich in meinem Herzen und Geiste er und seine Musik nicht getrennt werden können. Ich kann mir Sebastian so wenig ohne Musik vorstellen, wie ich mir denken könnte, jemand anders habe seine Musik geschrieben. Ich kann auch keinen gelehrten Traktat über seine Kunst verfassen, so sehr nötig dies wäre. Dazu wäre nur eine Persönlichkeit von der Qualität des Herrn Marpurg oder des Herrn Quantz geeignet, doch kann ich einiges über die Wirkung, die seine Kunst auf die Hörer hatte, aussagen.

Wenn ich die Musik, die er im Laufe seines Lebens geschrieben hat, aufzuzählen beginne, so bin ich allein schon erstaunt über die Menge. Da ist seine Orgelmusik, die Kammermusik, die Hunderte von Kirchenkantaten, die große lateinische Messe, die fünf verschiedenen Vertonungen der Leidensgeschichte unseres Herrn nach den Evangelien, die Violinkonzerte, das Weihnachtsoratorium, das Wohltemperierte Klavier, all die Suiten und Partiten und die andere Klaviermusik – und wenn ich mich an all das erinnere, so streicht mir ganz plötzlich irgendeine liebliche Arie, eine Orgelfuge oder ein Trio durch mein inneres Ohr, und ich vernehme deutlich: »Mein gläubiges Herze« oder »Bereite dich, Zion« oder solche Orgelmusik wie der ganz verzaubernde bannende Anfang der Passacaglia, oder die ernste und liebliche Kanzona in d-moll, und ich kann, in solche Hoheit versinkend, nicht weiterschreiben. Und er, der all dies schuf, ist von uns gegangen, obgleich alle die, die ihn liebten, mit den göttlichen Worten sagen können: »Er, der tot ist, redet doch!« Ich fühle in mir die festeste Gewißheit, daß er so lange leben wird, wie die Musik lebt. Ich weiß wohl, es gibt jetzt neue Strömungen in der Musik, und die jungen Leute folgen ihnen, wie sie immer dem Neuen folgen; aber wenn sie älter geworden sein werden, werden sie alle wieder zu ihm zurückkehren. Ganz abgesehen davon, daß ich seine Frau bin oder ach! *war*, verstehe ich genügend von Musik, um zu wissen, daß dies sich wirklich so ereignen wird, wenn auch augenblicklich, wenige Jahre nach seinem Tode, seine Werke fast vergessen sind und man die Kompositionen seiner Söhne Friedemann und Emanuel den seinigen vorzieht. Jetzt ist er »der alte Bach« und »die alte Perücke«. Ach, ich glaube, die Ehrfurcht hat mit ihm die Welt verlassen! Wie anders redeten wir in unserer Jugend von unsern großen Lehrern!

Sebastian selbst folgte nie irgendeiner Strömung. Er hatte im Laufe seines Lebens in der Zeit seiner künstlerischen Entwicklung und Reife alle Formen durchstudiert, und mit eiserner, unbeugsamer Beharrlichkeit folgte er seinem innersten Triebe, die wahre Struktur und Bedeutung der Musik zu ergründen. Aber in alledem, was er schrieb, folgte er nur seinem Genius und nie einer Rücksichtnahme auf die Meinungen seiner Zeitgenossen. Deshalb bekümmert man sich um eine ganze Menge seiner Musik nicht oder versteht sie nicht. »Ich glaube, du würdest dieselbe Musik schreiben, wenn alle Menschen taub wären«, sagte ich einst. »Das glaube ich auch«, antwortete er lächelnd. »Übrigens sind ja viele von ihnen heute noch taub, aber man kann vielleicht hoffen, daß sie eines Tages hören werden. Und wenn ich zu meinem eigenen Vergnügen schreibe, darf ich doch nicht zu böse sein, daß sie meine Kunst nicht alle mögen.« Niemals habe ich auch bemerkt, daß es ihn besonders interessiert hätte, zu hören, was die Menge über ihn dachte. Es war nur ein kleiner Kreis von Leuten, an deren Urteil ihm lag.

Während ich dies schreibe, kommt in meine Hand durch Caspar Burgholts Güte eine Beschreibung der musikalischen Natur meines Gatten, die alles bekräftigt, was ich von seiner Größe gesagt habe, und die ich zu meiner tiefsten Freude hier noch einmal niederlegen will: »Herr Johann Sebastian Bach war ein Genius der allerersten Ordnung. So ungewöhnlich waren die Ausmaße seiner Seele, daß Jahrhunderte vergehen werden, ehe wir seinesgleichen wiedersehen werden. Er spielte das Klavier, den Flügel, das Cymbal und alle Tasteninstrumente mit gleicher schöpferischer Kraft, und wer herrschte auf der Orgel

wie er! Wer wird je als Orgelspieler seinesgleichen sein? Er hatte für seine Kunst außerordentlich günstig gebaute Hände, er konnte mit der linken zwölf Tasten umspannen und mit den drei andern Fingern im Zwischenraum laufende Passagen spielen. Er bediente die Pedalregister mit der größten Genauigkeit, Sicherheit und Schnelligkeit, er zog die Register mit einer solchen Ruhe und Lautlosigkeit, daß der Hörer nie etwas davon gewahr, sondern stets durch den reinsten, zauberhaftesten Zusammenklang überrascht wurde. Seine Hände waren unermüdbar und hielten wohl einen ganzen Tag lang das Orgelspiel aus. Das Grab und der humoristische Stil, beides war ihm vertraut. Er war ein Virtuos und ein Komponist. Er hatte solch einen Reichtum an Ideen, daß nur sein großer Sohn ihm gleichkommen konnte, und mit all dem verband er eine Gabe, andere zu lehren, die auf das erstaunlichste bei ihm ausgebildet war.«
In seiner Jugend schrieb Sebastian ein Capriccio auf die Abreise seines älteren Bruders Johann Jakob, und dies lustige Stück führten wir oft in unserem Familienkreise auf, um uns zu amüsieren, denn es ist sehr scherzhaft, und die Kinder hatten immer ein großes Vergnügen an der Posthornfuge, während das La-

mento über den Bruder, den man nicht bewegen konnte, doch zu Hause zu bleiben, eine sehr einprägsame Melodie hat. Sebastian war immer sehr erheitert, wenn wir diese jugendliche Komposition spielten, und sagte einmal, er fühle sich beim Anhören wieder ganz in die Jugendjahre zurückversetzt, da er dies Werkchen schrieb.

Der weitaus größte Teil seiner Musik ist Kirchenmusik, doch schrieb er in Cöthen, wie ich erzählt habe, eine Menge Kammermusik; aber abgesehen von dem eben erwähnten Capriccio, komponierte er er nur sehr wenig weltliche Kantaten. Die wichtigsten von diesen sind wohl die Bauernkantate, die Kaffeekantate und die Kantate Phöbus und Pan. Dann sind da noch einige weltliche Musikdramen auf die Namenstage gewisser Personen, ein paar Hochzeitskantaten und die entzückende Frühlingskantate, die, für eine Sopranstimme allein geschrieben, ich auf Sebastians Wunsch oft in unserem Hause gesungen habe. Für mich und meine Stimme schrieb er auch eine geistliche Kantate zum Sonntag Septuagesima »Ich bin vergnügt«. Er sagte, als ich die Kantate gesungen, in seiner ganzen Güte zu mir, daß die Worte der tiefen Zufriedenheit mit dem Dasein so recht für sein Weib paßten. »Wie sollte es auch anders sein, da sie *dein Weib* ist«, antwortete ich ihm. Ich wußte ja die Ursache meiner innigen Zufriedenheit und kannte ihre starken Wurzeln.

Ein so großer Teil der Musik Sebastians handelt vom Grabe und von heiligen Dingen, daß alle, die Sebastian nicht näher kannten, überrascht waren, daß er so humoristische Dinge wie die Kaffeekantate komponiert hatte. Doch er liebte stets eine Erzählung, über die man lachen konnte, und er schätzte auch den Kaffee, sowie ein gutes Bier und seine Pfeife voll Tabak, und als sein Freund Picander eine heitere Geschichte geschrieben hatte über die üble Wirkung des Kaffeetrinkens, und wie der Kaffee ein Mädchen fast um ihren Bräutigam gebracht, bis sie ihren Vater überlistet und sowohl Liebhaber wie Kaffee errungen, hatte Sebastian ein großes Vergnügen an diesem Scherz und dachte ihn in Musik zu setzen. Picander begann nun seine Geschichte mit der Erzählung, daß ein königliches Verbot erlassen worden sei, daß einem jeden, außer ihm selbst, am Königlichen Hof der Kaffeegenuß auf das strengste verboten worden sei. »Ach«, wehklagten die Frauen in Leipzig, »ebensogut hätte man uns das Brot wegnehmen können, denn ohne Kaffee sind wir tot.« Man sagte den Leipzigern nämlich von je eine besondere Neigung zum Kaffeetrinken nach. Die Tochter eines gewissen Schlendrian war eine solche Kaffeeschwester, daß ihr Vater ihr drohte, sie solle keinen Mann haben, bis sie sich dies Laster abgewöhne, aber sie übertrumpfte ihn, indem sie es überall wissen ließ, daß sie nur den zum Manne wolle, der sie auch Kaffee trinken ließe. Zu dieser kleinen Geschichte schrieb Sebastian eine heitere lebhafte Musik, die in der Familie immer gerne gespielt wurde, und ich habe ihn manchmal fröhlich lachen hören, wenn drei seiner Kinder das lustige Trio sangen, mit dem die Sache schließt.

Picander schrieb auch die Worte zum »Streit zwischen Phöbus und Pan«. Diese amüsante heitere Kantate wurde im Jahre 1731 von der Musikalischen Gesellschaft aufgeführt. Der Gesang des Phöbus ist schön und höchst melodiös, und Momus tut recht, ihm zu sagen, er möge noch einmal in die Leier greifen, da nichts so lieblich sei als sein Gesang. Pan hat einige sehr lebhafte Stellen zu singen, die in gewissem lustigem Gegensatz zu dem Gesang des Phöbus stehen. Nach der ersten Aufführung kam einer der Leipziger Ratsherren zu mir und sagte zu mir: »Ich gratuliere Ihnen, Frau Bach, zu dieser neuen Schöpfung Ihres Mannes! Ich wußte gar nicht, daß er auch Musik dieses Stils schreiben kann, ich hatte mir den Herrn Kantor nur immer in Verbindung mit Kirchenmusik gedacht.« »Das kommt daher, daß Sie ihn nicht in seinem Heim kennen, da macht er wirklich Musik jeder Art«, entgegnete ich. Und ich dachte dabei an die Quodlibets und kleinen Menuetts und all die spaßhaften Gesänge, die er für die Kleinen zurechtzumachen pflegte, wenn er sie auf seinen Knien reiten ließ, Gesänge voll kindlichen Unsinns und mit so ansteckenden Melodien, daß bald die ganze Kinderschar sie im Haus herumbrummelte und oft erst die Androhung von Vaters Zorn nötig war, um sie wieder zum Schweigen zu bringen. »Aber du hast es doch selbst gemacht, Vater!« widersprach ihm einmal eine kleine Tochter, als er verlangte, sie solle sofort mit einem solchen Liedchen aufhören. »Jawohl«, sagte er, »aber nun will ich wie ein römischer Vater, daß du aufhörst«, und kniff die Kleine ins Ohr, »ich will nicht von meinen eigenen Produkten zu Tode gepeinigt werden.«

Im großen ganzen hatte der Ratsherr natürlich recht,

»Wir machten zu Hause Musik in allen Mußestunden und bei allen kleinen Festlichkeiten; wir konnten auch in unserer eigenen Familie ein Konzert geben, und ein jeder von uns bis fast zum kleinen Kinde konnte jede Art von Musik ohne Schwierigkeiten lesen.«
Seite 150.

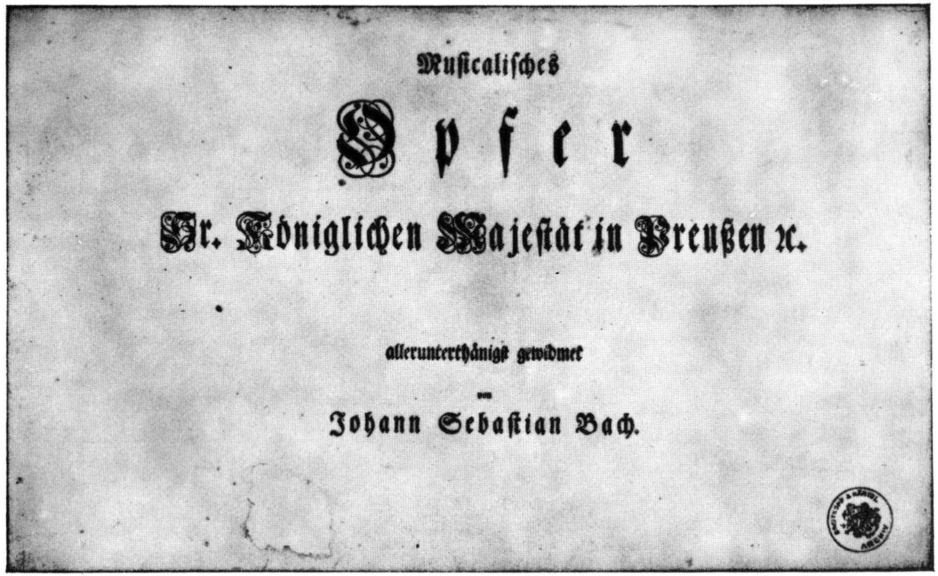
Musicalisches

Opfer

Sr. Königlichen Majestät in Preußen ꝛc.

allerunterthänigst gewidmet

von

Johann Sebastian Bach.

»Ein schönheitsvolles
Werk, würdig,
von einem Musiker
wie Sebastian einem
König dargeboten
zu werden.«
Seiten 281–284.

Sebastian vor allen Dingen in Verbindung mit geistlicher Musik zu bringen und ihn sich stets mit all dem Ernst und der Würde bekleidet zu denken, die diese Kompositionen ausströmten. Er hat ihrer so viele geschrieben, daß ich sie nicht alle aufzählen könnte, außerdem sind sie den Leipzigern durch viele Sonntage hindurch bekanntgeworden. So begleitete mich jeden Sonntag, wenn ich in den Frühgottesdienst ging, die schöne Empfindung, daß ich eine neue Musik von Sebastian hören und daß er mir hohe und himmlische Dinge vor meinen Geist bringen werde. Unter seinen Kompositionen waren natürlich manche, die ich vor allen andern liebte, ja, die mich mit einer Art von Verzückung erfüllten, so daß ich zuweilen, wenn ich mit ihm nach Hause gekommen war und er am Tische der Schar der Kinder voran saß und mit bestem Appetit speiste – was er übrigens immer tat, so daß es ein Vergnügen war, für ihn zu kochen –, von dem sonderbaren Gefühl ergriffen wurde, das sei nicht wirklich, oder als hätte die Musik nicht von dem geschrieben werden können, der da saß und aß und schlief und hier umherging in dieser Welt, sondern als sei sie gerade vom Himmel auf uns herabgefallen. Sebastian hätte mich gewiß für sehr töricht gehalten, wenn er in den Stunden, da ich so empfand, in mein Herz hätte sehen können.

Ich, die ich sein Leben teilte und die wußte, wie unablässig sich seine Gedanken mit religiösen und geistigen Dingen befaßten und was ihm die Choralmelodien bedeuteten und ihm von früh auf gewesen sind, ich wäre dennoch die letzte, die sich wundern würde, daß er irgendeine, wenn auch noch so fernliegende Art von Musik hervorgebracht hätte. In diesem *einen* Sinne also war ich nie über ihn erstaunt, aber in manchen Stücken seiner Musik, in einigen Melodien und manchen der großen Chöre darinnen war etwas, was ich mit tiefstem Staunen nicht anders als *wunderbar* nennen kann – etwas, das einem den Atem verschlug und mit Furcht erfüllte vor dem, der dies geschrieben. Solche Empfindungen bestürmten mich, als ich am siebenundzwanzigsten Sonntag nach Trinitatis, zehn Jahre nach meiner Verheiratung, die Hauptmusik hörte, die Sebastian für diesen Tag geschrieben hatte: »Wachet auf...!« Worte und Melodie dieses Chorals waren mehr als hundert Jahre früher von dem Pastor Nicolai verfaßt worden, als fast seine ganze kleine

Herde einer Seuche zum Opfer gefallen war. Es ist ein gutes Gedicht und eine edle Melodie, die beide sicher dazu beitrugen, Sebastian seine wundervolle Eingebung finden zu lassen. Der Gegenstand des Textes, der himmlische Bräutigam, der in der Nacht kommt, die klugen und die törichten Jungfrauen, die Freude der Braut, alle diese herrlichen Vorstellungen entzündeten in Sebastian jene unaussprechliche Melodie, die nur er auf der Welt hat schreiben gekonnt.

Eine andere Kantate, die mich auch stets mit einer Art von Schrecken erfüllte, war die, die Sebastian für den ersten Ostertag setzte: »Christi lag in Todesbanden«. Doch jede einzelne von ihnen hatte ihre besondere Schönheit, die einen waren ernst und majestätisch bis zum Schaudern, die andern waren lieblich und zart und voller Licht, voll der Schönheit und der Liebe Gottes. Je mehr man diese Kantaten kennt, um so weniger kann man von ihnen sprechen. Worte können ja das nicht ausdrücken, was die Musik sagt. Sebastian aber verachtete das Wort darum nicht, im Gegenteil, Verse bedeuteten ihm unendlich viel, wenn sie von großen und schönen und erhabenen Dingen sprachen, gewisse Stellen aus der

Heiligen Schrift, die Verse mancher Hymnen entfesselten in seiner Brust die Ströme seiner nie dagewesenen Musik. Zuweilen sang ich in unserm Hause mit den Kindern Teile der größeren Werke, Sebastian kam dann wohl herein, setzte sich mit gesenktem Kopfe und geschlossenen Augen zu uns hin und hörte zu, und ich fragte mich oft, was er nun empfände, wie *ihm* die Musik, die er geschrieben, wohl klänge. Uns schien sie vollkommen zu sein – er lauschte, und aus manchem, was er bei solchen Gelegenheiten sagte, schloß ich, daß er nicht mit allem vollständig zufrieden war –, besonders in seinen letzten Jahren verwandte er viel Zeit auf immer erneutes Feilen an den Werken, denen er besonderen Wert beimaß. »Die *wirkliche* Musik erraten wir doch bloß«, pflegte er hin und wieder zu sagen. Ich glaube immerhin, daß er derjenige Mensch auf der Welt war, der diese wirkliche Musik noch am besten erriet. Er saß wohl näher an ihrem Quell und Ursprung als irgendein anderer sterblicher Mensch. Gewiß wird mir jeder ohne Zögern hier beipflichten, wenn er an solche Dinge denkt wie an die Motette »Singet dem Herrn ein neues Lied«. Es stimmen ja wirklich alle Heiligen mit ein in diese glorreiche und erhabene Musik, die alle, die sie hören mit offenen Herzen und Ohren, in einem Zustande des Wunders und heiliger Scheu zurückläßt – nicht weil sie über dies unbeschreibliche Musikertum staunen, wie es in der Fuge zutage kommt, sondern weil ihnen die Geisteskraft in Sebastians Seele so überwältigend vor das Gemüte tritt.

Ich fühlte immer, daß er diese Kraft ganz besonders in seinen Orgelkompositionen zeigte. Ich habe ihn dies sein geliebtes Instrument so oft und so eindringlich spielen hören, seine Orgelmusik ist so tief in die Geschichte meiner Ehe verwoben – sah und hörte ich ihn doch das erstemal an der Orgel –, daß ich mein Herz nicht aus der Mitte dieses Gegenstandes herausreißen kann, um in irgendeiner bestimmten Ordnung über ihn zu berichten. Ich brauche wohl nicht ausdrücklich zu sagen, daß mir auch hier manches noch lieber war als anderes. So schätzte ich das köstliche Pastorale in f- und die Kanzone in d-moll ganz besonders, sowie eine Reihe der Choralvorspiele aus dem kleinen Orgelbuch, das mir ja ganz besonders innig vertraut war. Wenn aber Sebastian selber seine Orgelstücke spielte, so klangen sie alle gleich überwältigend. Man wurde dann von den gewaltigen

Wellen dieser edlen Schönheit ganz überflutet. Und wenn mich zuweilen irgendeine neue Komposition verwirrte oder nicht gleich ansprach, so brauchte ich sie doch nur einige Male hintereinander zu hören, und die Bedeutung ihrer melodischen Linie und Lieblichkeit ging mir gleich auf, und ich erkannte, daß das erste Befremden immer nur in meiner Dumpfheit gelegen hatte. Pracht und Glanz der Tokkata und Fuge in d-moll schlägt *jeden* Zuhörer gleich in Bann, nicht so gleich die ernste Schönheit und Größe der dorischen Tokkata. Ach! Und erst die großen Präludien und Fugen in C-dur, A-dur, f-moll und Es-dur, die in G-dur und g-moll, und die wundervolle Passacaglia! Dann gibt es noch ein kleines Präludium mit Fuge in e-moll, das außerordentlich lieblich ist. Kann irgendein Herz sich der zarten Traurigkeit verschließen, die von den »Wassern Babylons« auf die Seele übergeht? Dann möchte ich noch an die Reihe der Orgelvorspiele zu dem Choral »Allein Gott in der Höh' sei Ehr«, deren er allein neun geschrieben hat, erinnern. Und an die Choralpräludien, an denen er arbeitete, als der Tod ihn abrief, an so glorreiche Stücke wie »Komm, heiliger Geist«. Nein, ich will erst gar nicht anfangen, einzelne Sachen zu benennen, ich fühle auch zu tief, daß ich kein Wort finden könnte, das der Orgelmusik Sebastians würdig wäre. Zuviel von seinem innersten Herzen hat er in sie versenkt, zuviel von meinem vergangenen Lebensglück birgt sie in ihren Klängen.

Ich kann, seit er gegangen, keine Orgelmusik mehr hören – ich lese sie nur noch aus der Handschrift und lebe in der Erinnerung an sie.

Und nun habe ich noch immer nichts von den ungeheuren Werken Sebastians gesagt, die er aus der Erzählung der Leidensgeschichte unseres Herrn nach den Worten der Evangelien gemacht hat. Die Matthäus- und die Johannespassion, das sind gewiß die größten Kunstwerke, die je eines Menschen Geist ersonnen hat. Dahin gehört auch noch die große Messe in h-moll. Ich glaube, man wird verstehen, daß ich über diese Werke nichts zu sagen wage. Als ich sie gesungen hörte – und die Messe habe ich nie vollständig, immer nur in Teilen gehört –, war ich in einer Weise überwältigt, als sei eine ungeheure See über mich hinweggegangen. Der Anfangschor der Messe, der große Schrei des Kyrie eleison und dann das Verstummen der Stimmen, während die Instrumente die schönheitsvolle Musik weiterführen, das ist mir immer über jeden Ausdruck erhaben vorgekommen. Diejenigen, die diese Messe und die Passionen nicht gehört haben, können sich auch nach besseren Worten als den meinen keine Vorstellung von der Musik machen. Ich fühlte tief, man sollte diesen Dingen nicht mit Worten zu nahen versuchen, sie reichen nicht hinan, und alles Reden ist hier eitel. Diese Musik kam aus Sebastians innerstem Herzen: er schrieb sie in schwerem Leiden, denn nie konnte er Christi Wunden und seines Kreuzestodes gedenken, ohne selbst zu leiden und die Sündhaftigkeit der Kreatur zu empfinden. Und aus diesen Schmerzen kam einzig die erschütternde Schönheit, die seine ganze Passionsmusik überflutet. Da höre ich in meinem Sinn das Altsolo aus der Johannespassion: »Es ist vollbracht«, das mir immer so ganz eigentümlich in seiner grandiosen und wehen Farbe vorgekommen ist. Als diese Passion zum erstenmal in der Karwoche des Jahres 1724 aufgeführt wurde, sang ein Knabe dies Solo mit einer so unaussprechlich beseelten und seltsam ergreifenden Stimme, daß mehr als einem Zuhörer dabei die Tränen aus den Augen stürzten.

Die Musik zum Matthäusevangelium wurde erst

fünf Jahre später am Karfreitag aufgeführt, und sie war zu gewaltig, um beim ersten Hören verstanden zu werden. Das Leipziger Publikum nahm keinen großen Anteil an ihr, und da sie außerdem auch noch recht schwer aufzuführen war und die Chöre an der Thomaskirche auch nicht zum besten standen, wurde sie erst im Jahre 1740 zum zweiten Male zu Gehör gebracht, als Sebastian sie bedeutend verändert hatte. Sie schien in dem neuen Gewande den Leipzigern besser einzugehen, vielleicht auch waren sie ein wenig mehr zu der Erkenntnis gekommen, welch ein Musiker unter ihnen weilte. Eine der Änderungen, die Sebastian gemacht hatte, bestand darin, daß er den glorreichen Chor »O Mensch, bewein' dein Sünde groß« von dem Anfang der Johannespassion an das Ende des ersten Teiles der Matthäuspassion setzte. Eines der schönsten, rührendsten und traurigsten der Choralvorspiele in meinem Orgelbüchlein hat dasselbe Thema. Es ist ein sehr schöner Gedanke, daß Sebastian die Worte Jesu in der Passion immer nur von Streichern begleiten läßt, so daß ER immer wie in einem Lichtschimmer in die Erscheinung tritt. Der Chor, mit dem dies Werk schließt, gehört unter die größten Hervorbringungen, die dem Genie Sebastians gelungen sind – vor dieser Musik steht der Geist staunend still wie vor dem »Kruzifixus« der Messe, bei dem mir immer die heiligen Worte durch den Sinn gingen »Deine Seele wird ein Schwert durchdringen«. Und wenn ich Sebastians von Tintenspuren durchwühlte Partitur dieses »Kruzifixus« ansah, so hätte ich, auch ohne die Musik zu hören, gewußt, daß hier ein Schwert seine Seele durchdrungen. Er brauchte, wie wir alle, nach diesem Schmerzensschrei den Trost der erlesenen Melodie des Altsolos: *»Agnus dei qui tollis peccata mundi"* und den Frieden des Schlußchores: *„Dona nobis pacem«*. Diese Musik kommt rein aus dem Seelenlande, in dem Sebastian immer heimisch war, trotz all der Widrigkeiten, in die der alltägliche Tag ihn oft dick einhüllte. Je mehr ich ihn und seine Musik verstand, um so mehr sah ich dies ein. Vor seinem inneren Auge stand stets ein Bild, nach dem sich sein Geist in leidenschaftlicher Inbrunst hinreckte, und er konnte mit dem heiligen Paulus sprechen: »Die Dinge, die hinter mir sind, lasse ich zurück und dränge aufs Ziel« – aber sein Ziel war, wie das des heiligen Paulus, nicht auf dieser Welt.

Von der Tochter Hochzeit, dem Besuch beim König von Preußen, dem Musikalischen Opfer und der Kunst der Fuge, von der letzten Heimsuchung und dem letzten Seelenruf „Vor deinen Thron tret' ich hiemit"

Ich habe noch wenig von Johann Christoph Altnikol gesagt, einem Schüler Sebastians, der unser Sohn wurde, da er unsere Tochter Elisabeth heiratete. Er kam sechs Jahre vor Sebastians Tode als sein Schüler zu uns, und sein bescheidenes sanftes Wesen in Verbindung mit seiner Tüchtigkeit als Musiker gewannen ihm nicht nur Lieschens, sondern auch mein und Sebastians Herz. Er war uns schon ein Sohn, bevor er unsere Tochter heiratete. Ich bemerkte bald, daß Christoph mehr als nur Musik in unserem Hause fühlte, und Lieschens scheues Erröten und jungfräuliche Zurückhaltung ließ mich oft plötzlich über Jahre zurück an die Tage denken, da Sebastians Fußtritt an der Türe das Blut in meine Wangen und mein Herz aus seinem Takte trieb. Aber trotz aller Jahre hätte ich nicht behaupten können, daß mein Herz in seinem gewöhnlichen Takte weiterschlug, wenn ich etwa nun Sebastians Schritt, den ich unter tausenden herauskannte, nach einer kurzen Abwesenheit wieder unter unserer Tür hörte! Aber diese Entfernungen waren Gott sei Dank nur noch sehr selten, und so brauchte mein armes Herz nicht zu oft aus seinem Takte zu kommen.

Lieschen war nur zwei Jahre älter, als ich als Braut gewesen, als Christoph um ihre Hand anhielt. »Ja«, antwortete ihm Sebastian, »du hast meine freudige Zustimmung und auch die meiner Frau, dies weiß ich, *ohne* sie zu fragen. Wir übergeben unsere Tochter gern deiner Sorge und Liebe.«

Christoph stand mit geneigtem Haupte vor Sebastian, und Tränen glücklicher Erregung überfluteten seine Augen. »Meister«, bat er, »gib mir deinen Segen, damit ich sie glücklich mache und würdig werde, mich deinen Sohn zu nennen.« Und als er dann gegangen war, um seine Verlobte zu treffen, sank ich in Sebastians Arme und weinte an seiner treuen Brust. »Wie muß ich an den Tag denken, da du um mich anhieltest!« flüsterte ich. »War das so ein unglücklicher Tag, Magdalenchen?« antwortete er und hob mein Gesicht zu seinem zärtlichen und neckischen Lächeln empor. Auf diese Frage brauchte ich ihm wohl nicht zu antworten, standen wir nicht da, selig in unseren Erinnerungen, in ungetrübteste Liebe eingehüllt und glücklich im Glücke unserer Tochter?

Einige Monate gingen nun in heiteren Vorbereitungen auf die Hochzeit hin, die am 20. Januar 1749 stattfand. Lieschen und ich waren mit der Aussteuer beschäftigt, während Sebastian seinem neuen Sohne ein schönes Hochzeitsgeschenk machte, indem er ihm die Organistenstelle in Naumburg verschaffte. Sebastian hatte Christoph kein Wort von seiner Absicht gesagt, sondern sich heimlich an den Rat von Naumburg gewandt, der schon früher oft seine Meinung eingeholt hatte, wenn es galt, eine Orgel zu reparieren. Nun bat er um den Posten für seinen früheren geliebten Schüler, der schon eine Zeitlang in Niederwiesa eine Orgel zu betreuen gehabt und über eine vollständige Fertigkeit sowohl des Orgelspielens als auch der Kunst, sie zu pflegen, verfüge. Auch sei Altnikol außerordentlich geschickt in der Komposition, im Gesang und im Violinspiel. Sebastians Bitte wurde denn auch sofort erfüllt. Altnikol erhielt den Posten, und Sebastian empfand ein großes Vergnügen, als er ihm diese angenehme Nachricht selber überbringen konnte.

Am Polterabend gaben wir ein kleines Familienkonzert und führten dabei Sebastians Frühlingskantate auf, die er viele Jahre früher in Cöthen für eine andere Hochzeit geschrieben hatte. Diese Kantate ist immer mein besonderer Liebling unter Sebastians Kantaten gewesen, sie ist so ganz besonders frisch und voll jugendlicher Schönheit. Seite an Seite saßen die verlobten Liebenden am Vorabend des Tages, der sie einander zu Mann und Weib machen sollte, Lieschen hübsch und rosig und errötend, Christoph ruhig und zufrieden. Sebastian begleitete am Klavichord und leitete die Musik, die er geschrieben, hielt alle Fäden in der Hand, und als sie sangen, da blickte alles lächelnd auf die Verlobten, Sebastian und ich aber sahen auch einander an.

Und weiter sangen wir noch auf Sebastians Vorschlag das liebliche:

> O Jesulein süß, o Jesulein mild,
> Des Vaters Will' hast du erfüllt.

Dieser Brautabend, an dem die ganze Familie versammelt war und die reinste und süßeste Musik gemacht wurde, die himmlischste, die je aus seinem Herzen aufgequollen war, ist festlicher und bräutlicher in meiner Erinnerung geblieben als all die hochzeitlichen Lustbarkeiten am folgenden Tage, so glücklich und freudvoll er auch verlief. Und dann küßten wir unser liebes Kind, und Christoph entführte sie uns durch den Schnee nach Naumburg, wo Gott sie, ehe der Weihnachtstag wieder erschien, mit einem Knaben segnete, den sie, wie es fast unnötig ist zu sagen, Johann Sebastian tauften, wie auch Emanuel seinen zweiten Sohn, der ihm ein Jahr vorher in Berlin geboren worden, so genannt hatte.

So waren denn Sebastian und ich Großeltern geworden, was mir immer ganz unglaublich vorkam; stand doch meine eigene Brautzeit und Heirat so frisch vor meinen Augen, daß ich oft auch die Jahre, die mich nun von diesen seligen Stunden trennten, fast nicht mehr empfand. Diese erste Hochzeit einer Tochter – und ich werde wohl eine zweite nicht erleben, wie es auch Sebastian nicht beschieden war – aber brachte mich nun im Jahre 1749 ganz in die Zeit von 1722 und 1723 zurück, so daß ich manchmal, wenn ich in den Spiegel sah, das Antlitz wieder zu erkennen glaubte, das ich damals getragen. Aber wie es auch mit dieser liebeheißen Selbsttäuschung beschaffen gewesen sein mag, besser war, daß das Antlitz gealtert war als die Liebe. Und Sebastians Angesicht hatte ich so unverwandt angeblickt, daß all die Veränderungen, die an ihm vorgegangen sein mochten, seit ich ihn in der Sankt-Katharinen-Kirche in Hamburg zum erstenmal gesehen, ganz unbemerkt geblieben waren, und ich mußte erst absichtlich und ausdrücklich Vergleiche anstellen, um mir klarzumachen, daß natürlicherweise die Zeit auch an seinen geliebten Zügen ihr Werk vollbracht hatte. Im Jahre von Lieschen Hochzeit wurde er vierundsechzig alt, und sein Gesicht hatte in der Ruhe, wenn sein wunderbares Lächeln es nicht aufweichte, einen eher strengen Ausdruck, der Unbekannte, die nicht wußten, wieviel Güte in ihm war, wohl erschrecken konnte. Die Linien seines Gesichtes hatten sich vertieft und verschärft, Der Mund war noch fester geschlossen und abweisend finsterer, eine tiefe Linie hatte sich zum Kinn eingegraben, und auch das Dräuen zwischen den dicken Augenbrauen hatte sich noch verschärft. Doch nicht der Zorn hatte diese Rinne geschaffen als vielmehr die Anstrengung, die ihm in späteren Jahren das Sehen mehr und mehr

»Kaum in Potsdam angekommen, wurde Sebastian sogleich zum König befohlen, der ihn mit ausgesuchtester Höflichkeit behandelte und ihn bat, ihm und dem Hofe die Freude zu machen und zu spielen. So setzte sich Sebastian nieder und musizierte, und es mochte manch einer fühlen, daß von nun ab zwei Könige im Schlosse waren.« Seiten 278–280.

»Sebastian arbeitete bis spät in die Nacht bei Kerzenlicht, trotzdem er oft Augenschmerzen dabei empfand. Ich ersparte ihm bei dieser Arbeit, was ich konnte, indem ich ihm beim Abschreiben half.«
Seite 287.

machte, nachdem er seine Augen in der Jugend schon überanstrengt und sein ganzes Leben hindurch an Partituren ermüdet hatte. Der schöne offene, breite Blick, den sie hatten, als ich Sebastian kennenlernte, war verschwunden, nun sah er unter zusammengezogenen Lidern klein und scharf hervor, um die Gegenstände der Außenwelt genügend zu erkennen. Ich glaube, wenn ein Fremder Sebastian in diesen Jahren kennenlernte, so hatte er dem Äußeren nach gewiß den Eindruck eines sehr ernsten, strengen, in gewissem Sinne zu fürchtenden Mannes. Doch dauerte dies nur so lange, als Sebastian den eintretenden Besucher einen Augenblick lang musterte und mit vorgeneigtem gewaltigem Haupte seinen durchdringenden Blick mit einem leicht verwirrten, verblüfften, ein wenig starren Ausdruck über ihn gleiten ließ – im Augenblick, da er zu sprechen begann und lächelte, kam die ganze Güte, Innerlichkeit und Herzlichkeit zum Vorschein, unter der wir, die ganze Familie, wie im Schutze eines großen Felsens gelagert waren, und es auch dem Fremdesten verständlich machte, warum Weib und Kind und alle Schüler so innig an ihm hingen. Uns ließ er ja in sein Herz sehen, in das liebevollste und frommste

Herz, das je geschlagen. Aber nicht aller Welt machte er dies Herz zugänglich, und so war es denn natürlich, daß viele ihn nicht leiden mochten und nicht anstanden, Dinge über ihn zu sagen und zu schreiben, die nicht gütig und nicht wahr waren. In Leipzig hatte er viel von der Eifersucht mancher Personen zu leiden und von allerhand Streitigkeiten und Streitreden und Schreibereien. Er nahm ja stets nur wenig Notiz von all diesen Dingen, wenn ihn auch die öffentlichen unwahren Behauptungen Herrn Scheibes so ärgerten, daß er seinen Freund, den Magister Birnbaum, bat, in der öffentlichen Presse für ihn zu antworten, da er weder Zeit noch Lust hatte, sich von seiner Musik zu trennen, um es selbst zu tun. Es war ihm überhaupt vollkommen gleichgültig, daß *irgend etwas* über ihn geschrieben wurde, und so unterließ er es auch, Herrn Mattheson biographische Einzelheiten von sich zu übermitteln, die dieser für ein Musikerlexikon haben wollte, dem er den Titel gab: »Grundlagen einer Ehrenpforte, worin der tüchtigsten Kapellmeister, Komponisten, Musikgelehrten, Tonkünstler etc. Leben, Werke, Verdienste etc. erscheinen sollen.« Ich muß gestehen, ich war über Sebastians ablehnende Haltung ein wenig betrübt, denn ich hätte sein Leben sehr gerne in diesem Werke beschrieben gesehen. Doch in seinen letzten Jahren zog er sich immer mehr in sich und sein Haus zurück – er mochte wohl fühlen, daß er noch viel Musik zu schreiben und nur wenig Zeit noch zu leben hatte. »Meine Liebe«, sagte er einstmals zu mir, »der alte Bach« – so nannten ihn die Thomasschüler – »hat nicht viele Jahre mehr übrig, um seine Musik zu schreiben, und er darf sie nicht mit äußerlichen Dingen verschwenden.« Er lehnte es sogar eine Zeitlang ab, der Mizlerschen Sozietät der musikalischen Wissenschaften beizutreten, zum Teil aus dem Grunde, weil er, wenn er beitrat, sich in Öl malen lassen und dies Bild der Gesellschaft verehren mußte. Zum Schluß gab er doch aber Mizlers Überredung nach, ließ das Bild malen – und es wurde ein sehr gutes Bild –, schrieb einen Tripelkanon in sechs Stimmen und Variationen über »Vom Himmel hoch«, was alles er der Gesellschaft schenkte, die die Sachen stechen ließ. Lorenz Mizler, der Gründer der Gesellschaft, war eine Zeitlang Sebastians Schüler gewesen, und er sagte kurze Zeit vor seinem Scheiden aus Leipzig in einer öffentlichen Dissertation: »Großen Gewinn habe ich, berühmter Bach, aus deiner Unterweisung in der praktischen Musik gezogen und bedaure, daß ich sie nicht auch ferner genießen kann.« Mizler war in mancher Beziehung sehr geschickt, doch Sebastian hielt keine großen Stücke auf ihn, denn er war zu eitel und zu sehr mit sich selbst zufrieden. »Trotz seines Verstandes ein flacher Bursche«, urteilte Sebastian über ihn. Vielleicht war auch dieser Umstand ein Grund, daß er so lange gezögert hat, Mitglied der Sozietät der musikalischen Wissenschaften zu werden.

Sebastian hatte ja auch die ganze musikalische Wissenschaft, die er brauchte, in sich; er hatte sie durch ein lebenslanges, geduldiges und nie endendes Studium erworben. Er bereicherte seinen Geist an jedem Stück Musik, das unter seine Hände kam, und er verschmähte es nie, aus den Werken von Komponisten viel geringerer Art zu lernen. Es war ihm immer ein Genuß, zu sehen und zu hören, was andere hervorgebracht hatten, und kein junger Musiker brauchte bei ihm Unduldsamkeit oder grundsätzliche Ablehnung zu fürchten, wenn seine Verbesserungen auch immer streng genug waren. Oft wurde er gebeten, ein einfaches Klavierwerk für die zu setzen, die noch nicht weit vorgeschritten waren, und immer erwiderte er mit gleicher Freundlichkeit: »Ich will sehen, was sich machen läßt.« Er nahm dann gewöhnlich ein ganz leichtes Thema; aber kaum begann er es zu entwickeln, so drängten sich so viel Ideen in seinen Kopf, daß das Stück sehr bald aufhörte, leicht zu sein. Wenn er es dann selber merkte, so pflegte er mit einem halb gütigen, halb scherzhaften Lächeln zu sagen: »Übt es nur fleißig, so werdet ihr schon merken, wie leicht es ist!« In dieser Zeit hatte Sebastian den Höhepunkt seines Ruhmes erreicht. Er reiste nicht mehr, aber die Musiker aller Art kamen aus allen Ländern vor seine Tür, und er begrüßte sie mit herzlichem Interesse und dem Wunsche, ihnen zu helfen und ihnen gefällig zu sein. Emanuel stand im Dienste des Königs von Preußen in Berlin, und der König, selbst der Musik tiefst ergeben, drückte seinem Klavierspieler den Wunsch aus, seinen berühmten Vater, den Kantor von Leipzig, zu sehen und zu hören. Emanuel übermittelte den hohen Wunsch seinem Vater, der diese königliche Anerkennung mit Dank empfand, aber wenig Lust hatte, sich der Reise nach Berlin und der ganzen Öffentlichkeit und all ihren Zeremonien auszusetzen. Als der König seine Bitte allerdings immer dringlicher äußerte, wurde es klar, daß die Reise gemacht werden müsse. So machte er sich denn eines Tages auf den Weg, fuhr über Halle, wo er Friedemann traf, kam an einem Sonntagabend in Potsdam an und begab sich in Emanuels Wohnung. Kaum dort angekommen, müde und reisestaubbeschmutzt, wurde er sogleich zum König befohlen. Er hatte nicht einmal Zeit, sein Reisekleid mit dem schwarzen Kantorrock zu vertauschen. Der König, der immer eine sehr ungeduldige Gemütsart hatte, wollte, nachdem er so lange auf ihn gewartet, nun auch nicht eine halbe Stunde mehr zugeben. Im Schlosse sollte das gewöhnliche Abendkonzert gerade beginnen, der König hatte die Flöte schon in der Hand, das Orchester wartete auf sein Zeichen, als man Seiner Majestät eben noch die Fremdenliste überreichte. Er durchflog sie und sagte dann mit einer leisen Erregung in seiner Stimme: »Meine Herren, der alte Bach ist gekommen!« Und dann ließ er gleich nach ihm schicken. Sebastian, ziemlich aufgeregt von der Reise und müde, mußte nun so vor dem König erscheinen und fast aus dem Reisewagen in das glänzende Gemach und die strahlende Gesellschaft treten. Er hat mir später erzählt, wie reich und glänzend der ganze Palast war. Der Konzertsaal war mit großen Spiegeln und Skulpturen geschmückt, teils vergoldet, teils in einem wundervollen grünen Lack ausgeführt, das Notenpult Seiner Majestät war aus Schildpatt und sehr künstlerisch und reich mit Silber eingelegt. Auch befand sich ein reiches Cembalo, dessen Pedale und Rahmen auch aus Silber waren, im Musiksaal, die Futterale mancher Instrumente bestanden aus dem gleichen köstlichen Material, aus dem das Pult des Königs gefertigt. Sebastian entschuldigte sich wegen seines nachlässigen Aufzugs – einige der Hofdamen und Herren hatten schon ein Lächeln nicht unterdrücken können; aber der König hatte, wie mir Friedemann erzählte, durch einen blauen Blitz seines Auges sie gleich in Haltung zurückgescheucht und behandelte Sebastian mit ausgesuchtester Höflichkeit. Der König war selber Musiker, und darum erkannte er auch Sebastians Größe und sah den unmodischen Schnitt seines Rockes nicht. Das königliche Flötenkonzert wurde an dem Abend beiseite gelegt, und der König spielte an diesem Abend nur den Zuhörer. Er führte Sebastian durch alle Gemächer des Schlosses und zeigte ihm die sieben Fortepianos, die Silbermann gebaut hatte, und bat ihn, ihm und dem Hofe die Freude zu machen und die Instrumente zu spielen. So setzte sich Sebastian nieder und musizierte, und es mochte manch einer fühlen, daß von nun an *zwei* Könige im Schlosse waren. Als Sebastian alle Silbermannschen Hammerklaviere durchgeprobt hatte, bat er den König um ein Fugenthema, über das er nun extemporieren wolle. Seine Majestät gab das Thema an, und Sebastian entwickelte es nun aus dem Stegreif und führte es in seiner unnachahmlich lebendigen und strengen Weise zum großen Erstaunen des Königs durch.

Am nächsten Tage spielte Sebastian vor einer großen und bewundernden Gesellschaft die Orgel in der Heiligen-Geist-Kirche. Am Abend war er wieder nach Potsdam befohlen, wo ihn der König um eine sechsstimmige Fuge bat, da er sehen wolle, wie weit sich die polyphonische Behandlung eines Themas treiben lasse. Sebastian wählte diesmal das Thema selbst, weil nicht ein jedes sich zu einer so vollen Ausarbeitung eignet, und entfaltete aus ihm eine Fuge, die den König zu großer Bewunderung hinriß, so daß er mehrmals begeistert rief: »Es gibt nur *einen* Bach! Es gibt nur *einen* Bach!«

Nach diesem angenehmen Besuch in Potsdam ging

Sebastian nach Berlin, wo er das neugebaute Opernhaus besichtigte und dabei die eigentümlichen akustischen Verhältnisse, die er intuitiv, nicht durch Erfahrung, feststellte, wie ich es schon erzählt habe, bekanntmachte.

Bei seiner Rückkehr – wie stolz war ich auf ihn, als er mir von dem begeisterten Lob erzählte, das ihm der König gespendet – machte er sich gleich daran, das königliche Fugenthema in einer dreistimmigen und sechsstimmigen Fuge auszuarbeiten und zu glätten – er verwandte es zu acht Kanons, schrieb zugleich eine kanonische Fuge mit der Antwort in der Quinte, eine Sonate in vier Sätzen, einen zweistimmigen Kanon *perpetuus* über einen *basso continuo* – alles mehr oder weniger als Verarbeitung des königlichen Themas. Dieses Werk nannte er das Musikalische Opfer und wandte eine Menge Zeit und Lust daran, es mit kleinen geistreichen Einfällen zu zieren. So schrieb er über den vierten Kanon die Worte: »*Notulis crescentibus crescat fortuna Regis*«, das bedeutet, wie er sagte: »Wie die Noten hier an Wert zunehmen, so möge auch das Glück des Königs wachsen.« Über den fünften Kanon schrieb er: »*Ascendenteque Madulatione ascendat Gloria Regis*

– Wie die Modulation höher steigt, möge auch der Ruhm des Königs steigen.« Dies Werk ließ er stechen und verehrte es dem König Friedrich mit einem Widmungsschreiben, das ich hier folgen lasse:

Allergnädigster König,

Ew. Majestät weyhe hiermit in tiefster Unterthänigkeit ein Musicalisches Opfer, dessen edelster Theil von Deroselben hoher Hand selbst herrühret. Mit einem erfurchtsvollen Vergnügen erinnere ich mich annoch der ganz besonderen Königlichen Gnade, da vor einiger Zeit, bey meiner Anwesenheit in Potsdam, Ew. Majestät selbst, ein Thema zu einer Fuge auf dem Clavier mir vorzuspielen geruheten, und zugleich allergnädigst auferlegten, solches alsobald in Deroselben höchsten Gegenwart auszuführen. Ew. Majestät Befehl zu gehorsamen, war meine unterthänigste Schuldigkeit. Ich bemerkte aber gar bald, daß wegen Mangels nöthiger Vorbereitung, die Ausführung nicht also gerathen wollte, als es ein so treffliches Thema erforderte. Ich fassete demnach den Entschluß, und machte mich sogleich anheischig, dieses recht Königliche Thema vollkommener auszuarbeiten, und sodann der Welt bekannt zu machen. Dieser Vorsatz ist nunmehro nach Vermögen bewerkstelligt worden, und er hat keine andere als nur diese untadelhafte Absicht, den Ruhm eines Monarchen, ob gleich nur in einem kleinen Puncte, zu verherrlichen, dessen Größe und Stärke, gleich wie in allen Kriegs- und Friedens-Wissenschaften, also auch besonders in der Musik, jedermann bewundern und verehren muß. Ich erkühne mich dieses unterthänigste Bitten hinzuzufügen: Ew. Majestät geruhen gegenwärtige wenige Arbeit mit einer gnädigen Aufnahme zu würdigen, und Deroselben allerhöchste Königliche Gnade noch fernerweit zu gönnen

Ew. Majestät

allerunterthänigst gehorsamsten Knechte,

dem Verfasser.

Leipzig, den 7. Julii

1747.

Der erste Teil dieses musikalischen Angebindes – es wurde nicht auf einmal fertiggestellt – war in dem Exemplar für den König von Preußen sehr schön auf dickem Papier gestochen, in Leder gebunden und reich mit Gold verziert. Die ganze Arbeit des Schreibens und Entwickelns des königlichen Themas hatte

Sebastian viel Freude gemacht. Als besonderes Kompliment an den König, der ein guter Flötenbläser war, ist die Fuge im Kanonstil für Flöte und Klavier geschrieben; die Sonate und der Schlußkanon sind für Flöte, Geige und Klavier gesetzt. Die beiden ersten Fugen sind für Klavier allein, einige der andern Stücke für Streichinstrumente geschrieben. Dies musikalische Angebinde ist ein anregendes und schönheitsvolles Werk, würdig, von einem Musiker wie Sebastian einem König dargeboten zu werden, der auch ein guter Musiker war.

Als Nachfolger dieses Werkes und vielfach von ihm angeregt, schrieb Sebastian seine unvergleichliche »Kunst der Fuge«, diese strahlende Krönung seines musikalischen Lebens als besonderer Meister der Fuge. Es ist ein tiefgelehrtes Werk, über das ich mich nicht verbreiten und keine Erklärungen zu geben mir erlauben kann. Aber ich habe oft zugehört, wenn Sebastian mit Freunden über dies Werk sprach, und so habe ich mir wohl eine Vorstellung seiner Bedeutung und seines Wertes machen können. Einer seiner Bewunderer nannte es einmal »ein praktisches und prächtiges Werk«, ein anderer meinte, »dies Werk, die Kunst der Fuge, sei zu hoch für diese Welt«.

Es war in Wirklichkeit so gelehrt, daß nur ein sehr fertiger Musiker diese ganze gewaltige Anhäufung von Genie, Eingebung, Wissen und Können überschauen konnte, die Sebastian in dieser »Kunst der Fuge" niedergelegt hatte, der herrlichsten all seiner Hervorbringungen in dieser musikalischen Form. Der Ton und die Gefühlslage in diesem Werk sind ernst und religiös. So war Sebastian ja sein ganzes Leben hindurch gewesen, doch als er dem Ende sich nahte, wurde diese tiefe Veranlagung in seiner Persönlichkeit immer sichtbarer. Oft noch führte er Luthers Worte an: »Die Musik ist der beste Trost, sie erfrischt das Herz und setzt es in Frieden«, und niemand bewies und empfand wohl die Wahrheit dieser Worte tiefer als er. Noch arbeitete er an der »Kunst der Fuge«, als er den Tod schon nahen hörte. Der größere Teil war schon unter seiner Aufsicht gestochen worden, als er von allen Werken dieser Welt abberufen wurde. Die Arbeit wurde ohne ihn vollendet, aber durch eine bedauernswerte Sorglosigkeit und Nachlässigkeit der Herausgeber kamen unfertige Arbeiten mit hinein, sowie eine unvollständige sehr lange und prächtige Fuge, die in keiner Verbindung mit der »Kunst der Fuge« stand, von deren Vollendung Sebastian nur durch sein Hinscheiden abgehalten worden war. Diese Fuge ist ganz besonders wundervoll und auch darum noch interessant, weil Sebastian die Entdeckung gemacht hatte, daß die Buchstaben seines Namens Bach als Noten gespielt eine Melodie ergeben – was wir alle hätten entdecken können, hätten wir bloß bedacht, was ihr Träger in der Musik bedeutete. Diese Notenfolge benutzte er im letzten der drei Themen dieser Fuge, doch war ihm nicht mehr Zeit gegeben, die wundervolle Arbeit fertigzustellen.

An dieser kontrapunktischen Arbeit der Buchstaben des Namens Bach beschäftigt, der so lange Zeit schon und auf noch manche Jahrhunderte hin mit der Musik verbunden ist, die in ihm zu solch großartiger Blüte kam, schrieb Sebastian diese Fuge, die sein letzter Beitrag zu dieser Kunst war, die er mit all seinen Kräften geliebt hatte. Sie war sein letztes Werk, außer einem, das, wie es sich gehörte, für sein geliebtestes Instrument, für die Orgel, geschrieben war, auf der er immer sein innerstes religiöses Wesen ausgedrückt hatte und in der alle seine Eigenschaften gipfelten, die ihn, wie ich mit demütiger, aber fester Überzeugung fühle, weitab von allen andern Musikern stellen als einen, dem die Gottheit in ganz besonderer Weise ihr Siegel aufgedrückt hatte.

Er hat sein ganzes Leben hindurch mit äußerster Strenge und Willensanstrengung in der Musik gearbeitet. Der Musik hatte er sein Dasein geweiht und ihr ohne Zagen jeden Augenblick und jedes Quentchen seiner körperlichen und seelischen Kräfte gewidmet, bis sie ihm zuletzt sein Augenlicht kostete. Seit seinen Knabenjahren hatte er seine Augen durch das unablässige Ausschreiben seiner Eingebungen überanstrengt, ganz abgesehen von den zahllosen Bogen, auf denen er sich die Werke seiner Zeitgenossen festhielt. Er arbeitete bis spät in die Nacht bei Kerzenlicht, trotzdem er oft Augenschmerzen dabei empfand. Ich ersparte ihm bei dieser Arbeit, was ich konnte, indem ich ihm beim Abschreiben half, auch die Kinder anhielt, ihm beizustehen, und ebenso seine Schüler dazu vermochte. Aber die Musik, die in seinem Hirn entstand, konnten wir natürlich nicht für ihn schreiben. Und so wurden seine Augen immer matter, und ich erlebte den Schmerz, ihn mit der Hand nach der Türe tasten zu sehen, wenn er aus und ein ging, oder seinen Stuhl erfühlen, ehe er Platz nehmen konnte. Doch rief er nur nach *mehr*

Kerzen, wenn er schreiben wollte, als ob ein größeres äußeres Licht die zunehmende Verdunklung seines Gesichtes hätte wieder wettmachen können. »Ich muß schreiben, solange ich sehen kann, Magdalena«, entgegnete er mir wohl, wenn ich es einmal wagte, meine Hand abwehrend auf seine Schulter zu legen, und hob seinen zwinkernd gewordenen Blick zu mir. Ich wußte, wenn er es auch nie aussprach, daß der Gedanke, zu erblinden, ihm schlimmer war als der Gedanke an den Tod. Und ich konnte nichts anderes tun, als beiseite gehen und weinen und wünschen, seine Erblindung komme über mich, statt über ihn, denn ich hatte keine Musik zu schreiben wie er.

Dann brach in diese Heimsuchung ein Hoffnungsstrahl. Ein berühmter englischer Wunderarzt erschien in Leipzig, dem der Ruf vorausging, in seinem Heimatlande in ähnlichen Fällen wie dem Sebastians mit Glück operiert zu haben. Er hieß Herr Johann Taylor. Unsere Freunde drangen in uns, die Gelegenheit wahrzunehmen und uns der Geschicklichkeit dieses Arztes anzuvertrauen, der durch eine Operation Sebastians Augen wieder zu altem Gebrauch herstellen würde. Sebastian selbst zögerte. Er scheute die große Ausgabe und fürchtete auch, die Sache möge

übel verlaufen. Doch ein jeder drängte ihn, nur ich nicht, die ich mit Dankbarkeit empfand, daß hier *er* allein zu entscheiden habe. Das Wort Operation in Verbindung mit den Augen, die eine so empfindliche Gottesgabe sind, machte mich bange. Aber immer wieder wiesen die Freunde darauf hin, daß die Anwesenheit des Herrn Taylor in Leipzig vielleicht einen Glücksfall für Sebastian bedeute, den man nicht ungenutzt vorübergehen lassen dürfe.
So gab Sebastian denn all dem Drängen und den guten Ratschlägen nach, und der berühmte Arzt versprach ihm ein befriedigendes Ergebnis.
Eines Tages kam denn auch Herr Taylor mit seinen Instrumenten an und arbeitete an meines Sebastian Augen herum. Sebastian sagte kein Wort, aber ich sah die Knöchel seiner ineinandergepreßten Hände blaß werden, und mir war, als werde mein Herz in einem Schraubstock zusammengepreßt. Dann legte man ihm Bandagen über die Augen, und als man diese nach einiger Zeit wieder entfernte, sah er nicht nur nicht besser, sondern schlechter als zuvor, und Taylor behauptete, es sei noch eine Operation nötig. Auch diese ließ Sebastian über sich ergehen mit dem Ergebnis, daß er, der doch bislang noch *etwas* ge-

sehen hatte, nun völlig blind war. Ach Gott, den Schmerz von damals fühle ich noch heute! Doch Sebastian war nun, da das Gefürchtete wirklich eingetreten, von ergreifender Geduld. Ich war nicht so ruhig wie er, und weinte, an seinem Bette kniend. Er aber legte die Hand auf mein Haupt und sagte: »Seien wir nicht traurig, daß wir leiden müssen; es bringt uns näher an unsern Herrn, der für uns alle gelitten hat.« Nach einer Weile bat er mich, ihm aus Taulers Predigtbuch die zweite Predigt zum Sonntag Epiphanias vorzulesen, in welcher eine Stelle vorkommt, deren er sich aus den früheren Zeiten entsann und die er zu unser beider Trost nun noch einmal hören wollte: »Daß meine Augen in meinem Haupte stehen, das hat Gott unser himmlischer Vater von Ewigkeit vorausgesehen, wenn sie mir nun genommen werden, wenn ich blind werde oder taub, so hat auch dies unser himmlischer Vater von Ewigkeit vorausgesehen, und sein ewiger Ratschluß hat es von Ewigkeit her so beschlossen. Soll ich da nun nicht meine inneren Augen und Ohren öffnen und Gott danken, daß SEIN ewiger Wille sich in mir erfüllt hat? Wie könnte ich darüber trauern? Und so gehe es mit jedem Verlust, mit dem von Freunden oder Eigentum oder Ruf oder womit immer sich Gott uns in Erinnerung bringt; alles muß dazu dienen, dich vorzubereiten und dir zum wahren Frieden zu verhelfen.«

Und Sebastian erlitt noch mehr als den Verlust seiner Augen. Man behandelte ihn mit gewaltsam wirkenden Arzneimitteln und Aderlässen, die vielleicht alle nötig waren, unter denen aber seine starke Gesundheit niederbrach, so daß er sich die wenigen Monate, die ihm noch zu leben blieben, nie wieder einigermaßen wohlfühlte.

Und doch kam in dieser letzten Zeit eine tiefe, weite Heiterkeit über ihn. Der Tod hatte nie einen Schrekken für ihn gehabt, sondern war ihm sein ganzes Leben hindurch eine Hoffnung gewesen, auf die er unverwandt geschaut hatte – er war ihm immer als die wahrhafte Vollendung alles Lebens erschienen. Auch in seiner Musik hatte sich diese Seelenstimmung ausgedrückt, nie wurde seine Melodie so schön und leidenschaftlich, als wenn sich in seinen Kantaten die Vorstellungen Tod und Scheiden von dieser Welt aussprachen. Menschen, in denen kein Genius lebt, können dies nicht verstehen und wissen nicht, wie das alltägliche Leben, das irdische Dasein solchen

Geistern nur als eine Fesselung ihrer Kräfte erscheinen muß. Auch ich empfand dies nicht in seiner ganzen Stärke, solange Sebastian noch lebte, denn er sprach nie davon. Wir waren ja glücklich miteinander, und er war immer tätig und voller Arbeit. Aber ich weiß, daß es ihm doch oft auf Sekunden zum Bewußtsein kam, daß die beste Hoffnung im Leben die war, einmal scheiden zu können und zum Erlöser zu gehen, den er so inbrünstig liebte.

Diese Todessehnsucht in Sebastian erschreckte und betrübte mich in meiner Jugend zuweilen, und ich dachte nie darüber nach, wie ihr und ob ihr abzuhelfen wäre. Aber seit er dahingegangen und ich so oft über sein Wesen, seine Art und seine Worte nachgrübele und mir die vergangene Zeit vor die Seele bringe, bin ich dahin gekommen, zu sehen, daß der Tod ihm eine Entlassung in eine höhere Freiheit bedeutete, wo seine Kräfte, die sich hier nicht ganz ausdrücken konnten, in der himmlischen Weite der Vorhöfe des Herrn ihre gewaltigeren Spiele spielen könnten.

Einer seiner Kantaten legte er selbst ein paar Worte von Neumeister zugrunde:

Willkommen will ich sagen.

Und welch süße trauervolle Melodie fand er in einer anderen Kantate zu den Worten:

Schlage doch, gewünschte Stunde.

Und wiederum wie sehnsuchtsvoll hebt die wundervolle Kantate an:

Liebster Gott, wann werd' ich sterben?

Die Worte stammten nicht von Sebastian, nur die Musik, aber in ihr drückte er sein tiefstes verborgenstes Herz aus.

O du mein Gatte, mein großer Mann! Nun bist du gegangen, um vor dem Herrn des Himmels deine Musik zu machen.

Aber selbst in den letzten Monaten seines Lebens in dieser Welt, ja selbst im Schatten der Blindheit hörte Sebastian nicht auf, in der Musik zu arbeiten. Sein alter Schüler und sein Schwiegersohn Christoph Altnikol und ein jüngerer und neuer Schüler, Johann Gottfried Müthel, der zu jener Zeit in unserm Hause lebte, standen ihm dabei zur Seite.

Er war darniedergeworfen, aber er war nicht untätig, wie er nie im Leben untätig gewesen war, und er vergeudete keinen Augenblick von der geringen Menge Zeit, die ihm noch geblieben. Mitten in der Arbeit, seine achtzehn großen Orgelchoräle durchzusehen, verließ ihn die letzte Kraft – die Julihitze jener Tage erschöpfte ihn vollends, doch wegen der Schmerzen und der Schwäche konnte er sich von seinem Lager, seinem Sterbelager, nicht erheben. Mit welcher Genauigkeit ich mich aller Einzelheiten jener letzten Tage, jener letzten Stunden erinnere! Er litt seit mehreren Tagen sehr, und drei Nächte hatte ich an seinem Bett gewacht, immer denkend: »Wie mag ihm sein, der all dies Leiden im Dunkel ertragen muß? Wir, die wir sehen, können uns gar nicht vorstellen, wie das sein muß!« Dann sandte ihm Gottes Güte eine kleine Zeit der Erleichterung. Er sagte, er könne schlafen und schickte auch mich zur Ruhe. Dabei fuhr er mit seiner lieben Hand über mein Gesicht und sagte: »Ich fühle, wie müde du bist! Geh und schlafe um meinetwillen!«

So verließ ich ihn denn für wenige Stunden und legte mich im Nebenzimmer nieder. Unser lieber Schwiegersohn Christoph (weder Friedemann noch Emanuel waren um diese Zeit im Hause) versprach mir, mittlerweile bei ihm zu wachen. Er erzählte mir später, daß Sebastian, nachdem er vielleicht eine Stunde lang so still gelegen hatte, daß er ihn schlafend geglaubt, sich plötzlich im Bett aufgerichtet und gesagt habe: »Christoph, geh, hole Papier, ich höre Musik in meinem Kopfe, schreib sie für mich auf!«

Eiligst holte Christoph Papier und einen Gänsekiel und ein Tintenfaß und schrieb nach Sebastians Diktat. Als er geendet, legte sich Sebastian mit einem Seufzer nieder und flüsterte so leise, daß Christoph es eben noch vernehmen konnte: »Das war die letzte Musik, die ich in dieser Welt mache.« Und dann schlief er noch einige Stunden, wobei all sein Leiden von ihm abzufallen schien.

Als ich mit dem frühen Sonnenaufgang hereinkam, zeigte mir Christoph das Manuskript und erzählte mir, was sich zugetragen hatte. »Sieh einmal, wie schön das ist!« sprach er: »‚Vor Deinen Thron tret' ich hiermit', wie seine Seele durch Pein und Dunkelheit kämpft, und wie die liebliche ruhige Melodie wie ein Dämmern durch die Finsternis kommt und zur himmlischen Helle anschwillt.«

Aber ich konnte das Blatt vor Tränen nicht lesen, ich sah zu Sebastians Angesicht hinüber, das da auf den Kissen lag, und ich fühlte, das war das Lied, das letzte, wie es der sterbende Schwan am Ende singt. Ich ging ans Fenster und schob die Gardinen ein wenig beiseite, schaute zu, wie die aufsteigende Sonne den Himmel färbte, und drängte mein Weinen zurück, damit es den Schlaf, den friedvollen, ersehnten, des Geliebten nicht störe.

Ich weiß nicht, wie lange ich so gestanden, umrauscht von Elend und Glorie. Nach einer Weile hörte ich seine leise Stimme: »Magdalena, Geliebte, komm her!« Ich wandte mich um, wie von einem Pfeil durchdrungen von dem seltsam schaudernden Ton seiner Stimme. Christoph war gegangen, ich war allein mit ihm. Ich stürzte zum Bett, da lag er mit weitgeöffneten Augen, er blickte zu mir hin, er sah mich! Die eingesunkenen und vom Leiden und der Anstrengung, zu sehen, zusammengezogenen Sterne hatten sich noch einmal erweitert und strahlten in einem schmerzvollen Glanze.

Das war das letzte Geschenk Gottes an ihn, die Rückkehr des Lichtes kurz vor dem Ende. Er sah noch einmal zur Sonne, sah zu den Kindern hinüber, sah mich an, den kleinen Enkel, den ihm Lieschen entgegenhielt und der seinen Namen trug. Ich reichte ihm eine rote herrliche Rose hin, sein Blick verweilte auf der Pracht ihrer Farbe: »Magdalena«, sagte er, »wo ich hingehe, da werde ich schönere

Farben sehen und die Musik hören, von der wir, du und ich, bislang nur geträumt haben. Und schauen wird mein Auge den Herren selbst!«

Er lag still, hielt meine Hand in der seinen und schien das Bild zu sehen, das ihm Zeit seines Lebens vorgeschwebt hatte, das Bild des höchsten Gottes, dem er in seiner Musik gedient hatte.

Doch bald wurde immer sichtbarer, daß das Ende nahte. »Macht mir ein wenig Musik!« sagte er, während wir um sein Bette knieten. »Singt mir ein gutes Lied vom Tode, denn nun ist es Zeit dafür.« Ich zögerte einen Augenblick, welche Musik wir ihm, der so bald die himmlische hören sollte, als letzte auf dieser Erde darbringen sollten. Da gab mir Gott einen richtigen Gedanken, und ich begann den Choral: »Alle Menschen müssen sterben«, zu dem er ein Orgelpräludium für das kleine Orgelbuch gemacht hatte. Die anderen fielen ein, wir waren vierstimmig beisammen. Während wir sangen, kam ein großer Friede über Sebastians Gesicht – er war fast nicht mehr auf dieser Welt, er schien all ihre Zeitlichkeit überstanden zu haben.

An einem Dienstagabend ein Viertel nach acht, am 28. Juli des Jahres 1750 schied er. Er war fünfundsechzig Jahre alt geworden. Am Freitagmorgen begruben wir ihn auf dem Johanniskirchhof in Leipzig. Der Pastor verkündete von seinem Pult die Worte:

»Er ist in Gott sanft und seelig entschlafen der Wohledle und Hochachtbare Herr Johann Sebastian Bach, Seiner Königlichen Majestät in Polen und Churfürstlichen Durchlaucht zu Sachsen Hofcomponist, wie auch hochfürstlich Anhalt-Cöthenscher Capellmeister und Cantor an der Schule zu St. Thomae allhier am Thomas-Kirchhof. Dessen entseelter Leichnam ist heutigen Tages christlichem Gebrauche nach zur Erden bestattet worden."

Doch mehr als alle Worte des Geistlichen vernahm ich in mir den Choral, den Sebastian sich auf seinem Totenbette geschrieben und zugesungen hatte:

»Vor Deinen Thron tret' ich hiemit.«

Und so bin ich an dem Ende der Geschichte von Johann Sebastian Bach angekommen. Die Arbeit, die mir Caspar Burgholt auferlegte, als er mir riet, so gut ich mich immer entsinne, die Geschichte seines Lebens und seiner Werke zu schreiben, diese Arbeit ist mir lange Monate hindurch eine starke Tröstung und Stärkung gewesen – nun ist sie beendet. Und da sie nun beschlossen ist, kommt es mir vor, als sei auch mein Dasein an seinem Ende angekommen. Ich habe weiter keinen Grund mehr zu leben: Mein wirkliches Dasein ging an dem Tage zu Ende, da Sebastian erlosch, und ich bete nun täglich, daß mich Gottes Gnade bald von diesem Orte der Schatten wegnehme und mich wieder mit ihm vereinige, der, seit ich ihn zuerst gesehen, all mein Gut gewesen ist. Die Zeitlichkeit allein trennt mich von ihm.

WAS DIE CHRONIK ERZÄHLT

VERZEICHNIS DER BILDER

Helfen und Retten bei Koehler/Mittler

Hans Georg Prager

Retter ohne Ruhm

Das Abenteuer der Seenothilfe

4., verbesserte und überarbeitete Auflage, 1980. 288 Seiten, 16 x 24 cm, mit 19 farbigen und 9 schwarzweißen Fotos, 2 doppelseitigen farbigen Schnittbildern auf dem Vorsatz sowie 5 Karten. Efalinleinen. DM 29,80.

Dieses ungewöhnliche Buch fasziniert schon nach wenigen Seiten: Spannende Einsatzreportagen wechseln mit Informationen über die sachlichen Zusammenhänge ab. Hier erfährt man, was die Rettungsmänner an den Küsten leisten.

Aus Pressestimmen:

». . . ein ungewöhnlich fesselndes Buch über die Rettungsmänner und Seenotflieger, authentisch von der ersten bis zur letzten Zeile. Ein Bericht über Männer, deren Leistungen man gut und gern mit denen der Astronauten vergleichen kann.«

Hamburger Hafen-Nachrichten

»... Das Lied vom braven Mann – diesmal fast eine sensationelle Reportage ...« *Neue Revue*

Hans Georg Prager

Florian 14: Achter Alarm

Das Buch der Feuerwehr

9., verbesserte und ergänzte Auflage; 1980. 372 Seiten, 16 x 24 cm, 69 schwarzweiße und 25 meist ganzseitige farbige Fotos auf Tafeln. Efalinleinen; DM 29,80.

Ein Sachbuch über die Feuerwehr? Ein packendes Reportagebuch? Mehr: Ein Dank an die Männer, die ihr Leben dem Dienst am Nächsten verschrieben haben. Prager stellt aber auch die neue faszinierende Technik vor, die Erfolge bringt, wo andere Mittel versagen: Feuerwehrhubschrauber, Löschboote, Löschraketen und erstmals die neue EDV-gesteuerte Einsatzzentrale der Hamburger Feuerwehr, um nur einige Neuentwicklungen zu nennen.

Mit dem Kauf dieses Buches spenden Sie der DGzRS DM 4,–

Hermann Neuber und Kapitän Hans Peter Jürgens

Schiffbruch und Strandung

156 S., 21 x 27 cm, mit 25 ganzseitigen farbigen Gemäldereproduktionen, 32 Zeichnungen. Efalinleinen, einschl. Spende DM 44,–.

Der Bundespräsident schrieb u.a. in seinem Geleitwort:

»Als Schirmherr der DGzRS begrüße ich die Absicht, mit diesem Buch dem tapferen und opfermutigen Einsatz jener Männer ein Denkmal zu setzen . . .«

». . . Man erfährt im einzelnen vom Kampf mit Sturmsee und Brandung, von den Ängsten der Betroffenen, von spektakulären Seenotfällen . . . Die großartigen, teils schwarzweiß, teils in farbigen Komplexen zusammengefaßten Illustrationen . . . sind für sich alleine schon des Betrachtens und Nachdenkens wert . . .«

Fritz Brustat-Naval in »der literat«